Gulliver Taschenbuch 334

Kurt Wasserfall, geboren 1952, wuchs in Ostfriesland auf. Er arbeitete in vielen verschiedenen Berufen, unter anderem als Regieassistent und Schauspieler. Heute ist er freischaffender Autor und lebt mit seiner Familie im Sauerland.

Kurt Wasserfall

Ben Mahkis oder Die Reise in das Abendland

Abenteuer-Roman

BELTZ
& Gelberg

Für *Ben Mahkis oder Die Reise in das Abendland* wurde Kurt Wasserfall mit dem Friedrich-Gerstäcker-Preis ausgezeichnet.

Für Justus

Gulliver Taschenbuch 334
© 1999 Beltz Verlag, Weinheim und Basel
Programm Beltz & Gelberg, Weinheim
Alle Rechte vorbehalten
Erstmals erschienen 1989 bei Anrich
Einbandgestaltung von Max Bartholl
Einbandbild von Ute Martens
Gesetzt nach der neuen Rechtschreibung
Gesamtherstellung Druckhaus Beltz, 69494 Hemsbach
Printed in Germany
ISBN 3 407 78334 5
1 2 3 4 5   03 02 01 00 99

Inhalt

1. Kapitel
Der Falke *7*
2. Kapitel
Die Mauer der Toten *17*
3. Kapitel
Der Schwarzmagier *38*
4. Kapitel
Kamelmist und Rosenöl *46*
5. Kapitel
Der Beweis *51*
6. Kapitel
Ein Beutel voller Gold *63*
7. Kapitel
Im Kerker *73*
8. Kapitel
Der Nachtritt *84*
9. Kapitel
Das Meer *93*
10. Kapitel
Die Falle *106*
11. Kapitel
Feuer und Wasser *117*

12. Kapitel
Qasruun *133*
13. Kapitel
Rivalen *144*
14. Kapitel
Weg am Abgrund *160*
15. Kapitel
Der Ziegenhirt *169*
16. Kapitel
Sturmgelächter *181*
17. Kapitel
Die rote Bucht *190*
18. Kapitel
Der Kriegsknecht *202*
19. Kapitel
Der Einsiedler *212*
20. Kapitel
Mordshunger *220*
21. Kapitel
Die gierigen Hände *235*
22. Kapitel
Bruder Florianus *252*
23. Kapitel
Der Zauberer *266*
24. Kapitel
Abschied *279*
Worterklärungen *288*

1. Kapitel

Der Falke

Benkis blickte kurz über die Schulter, ob ihn niemand beobachtete, dann schob er die Ginsterbüsche auseinander und kroch unter ihnen hindurch bis zu einer Mauerspalte. Er räumte Steine zur Seite und steckte einen Stock in den Sand. Das war ihr Zeichen, wenn sich jemand im Versteck aufhielt. Doch außer ihm und Makir kannte niemand diesen alten Turm in der Hohen Mauer.

Makir würde erst spät kommen.

Benkis zwängte sich durch den Mauerspalt ins Innere des Turms. Der Falke Zad stieß einen spitzen Schrei aus, wie einen Warnruf, und schlug mit den Flügeln.

»Ich bin es!«, rief Benkis. »Ganz ruhig, Zad.«

Der Junge kletterte geschwind die Strickleiter hinauf in das obere Stockwerk. Dort erwartete ihn der Falke auf einem Kiefernast, den Benkis und Makir in einer Ecke befestigt hatten. Der Falke nickte aufgeregt mit dem Kopf. Er schrie noch einmal hell und scharf. Benkis zog einen alten Lederhandschuh über die Hand und hielt den ausgestreckten Arm dem Vogel hin. Der Falke betrachtete den Arm, dann hüpfte er darauf. Es sah unbeholfen aus, Benkis musste lachen.

Aber in der Luft war der Falke keineswegs unbeholfen.

»Ganz ruhig, ganz ruhig.« Benkis streichelte den Raubvogel, kraulte ihn im Nacken. Das gefiel ihm sehr, er nickte wieder mit dem Kopf.

Zad war ein Hassa- oder Kolumbarfalke, kleiner als die Falken der Wüste, doch rasanter auf der Jagd. Wie ein Blitz stieß er auf seine Beute herab und war im nächsten Moment schon hoch in der Luft.

Im letzten Frühjahr hatte Benkis den Vogel geschenkt bekommen. Nein, man hatte ihm den Vogel zur Pflege anvertraut und …

An einem Nachmittag hatte er sich in den Gärten am Stadtrand herumgetrieben. Er fühlte sich einsam und wusste nichts mit sich anzufangen. Hinter einer hohen Mauer hörte er fremdartigen Gesang. Schnell kletterte er auf einen Feigenbaum, der sich weit über die Mauer neigte, um hinüberzuspähen. Auf einem Ast wagte er sich zu weit vor, der Ast brach, er stürzte in einen Garten, in ein Meer von Blumen und Büschen.

Eine Frau lachte auf, Benkis wurde von einer starken Hand in die Höhe gehoben. Ein dunkelhäutiger, kahl geschorener Sklave hielt ihn fest.

Die Frau trat näher, sie sah ihn fragend an.

Ihre Augen würde Benkis nicht mehr vergessen, so dunkel und freundlich waren sie.

»Na, du kleiner Dieb«, sagte der Sklave. »Was suchst du denn hier?«

Ehe Benkis erwidern konnte, dass er kein Dieb sei, ließ ihn der Sklave los und stürzte zu einem Vogelkäfig am anderen Ende des Gartens unter einem Dach aus Schilfrohr.

Im Käfig herrschte großes Durcheinander von Flügelschlagen und Gekreisch. Auch die Frau beachtete Benkis nicht weiter, sie eilte zum Käfig.

Neugierig folgte Benkis.

Der Sklave öffnete die Tür und griff mit bloßer Hand in den Käfig, unbesorgt um spitze Schnäbel und scharfe Krallen. Er holte einen kleineren Vogel heraus, dessen Gefieder zerzaust war, am Hakenschnabel klaffte ein tiefer Riss.

»Der ist hinüber«, sagte der Sklave und hielt der Frau den Vogel hin. »Er muss durch die Verbindungsklappe in den großen Käfig gekommen sein. Wie er das gemacht hat, ist mir ein Rätsel.«

»Meinst du, wir können ihn nicht mehr abrichten?«, fragte die Frau besorgt. »Was machen wir mit ihm?«

»Wenn wir ihn so in die Freiheit lassen, wird er wahrscheinlich nicht durchkommen«, meinte der Sklave und untersuchte ihn genau.

»Es ist ein schöner Vogel«, sagte Benkis.

»Ja«, antwortete ihm die Frau. »Es ist ein Hassafalke, sie sind recht selten hier. Im Norden, weit über dem Meer gibt es sie häufiger. Er ist noch jung. Wir hätten besser aufpassen müssen. Nun ist es zu spät. Gefällt er dir?«

»Sehr«, sagte Benkis und betrachtete den Vogel.

Der Vogel beruhigte sich, nur die Augen funkelten zornig. Seine Brust war braun gestreift, der Rücken glänzte grau, wie Eisen.

»Siehst du«, sagte die Frau zu Benkis, »die Schwanzbinde ist dunkelrot, das ist sehr selten bei diesen Vögeln, gewöhnlich ist sie schwarz. Er ist wild und angriffslustig, er wird sich mit dem Würger nicht mehr vertragen. Diese Vögel haben ein besonders gutes Gedächtnis. Wir werden die beiden nie zusammen zur Jagd mitnehmen können. Sie würden sich sofort aufeinander stürzen. Also, was machen wir mit ihm?«

»Soll ich …?«, fragte der Sklave.

Er will ihn umbringen, dachte Benkis. »Kann ich ihn nicht haben?«, fragte er schnell. »Bitte!«

Der Sklave lachte und meinte: »Was willst du denn mit einem Hassafalken, noch dazu mit einem verletzten? Verkaufen kannst du ihn nicht mehr, und ob er die Verletzung überlebt, ist noch eine andere Frage.«

»Ich will ihn nicht verkaufen, ich werde ihn gesund machen und dann freilassen.«

»Und ein Dieb bist du nicht zufällig?«, fragte der Sklave grinsend.

»Das glaube ich nicht«, sagte die Frau. »Warum sollen wir ihm den Vogel nicht geben?«

Der Sklave hielt Benkis den Vogel hin, Benkis griff danach. Aber erschrocken zog er die Hand zurück. Über seinen Handrücken lief eine feine Blutspur.

»So geht das nicht«, meinte der Sklave. »Du hast wohl keine Erfahrung mit Beizvögeln?«

Benkis wischte sich das Blut an seinem Umhang ab, die Schmerzen unterdrückte er.

»Willst du ihn immer noch mitnehmen?«, fragte der Sklave. »Das ist kein Singvögelchen. Wenn es auch ein kleiner Falke ist, so ist er doch ein richtiger Raubvogel. Du brauchst einen Handschuh, wenn du ihn hältst.«

Die Frau nahm einen alten Lederhandschuh aus einem Regal und gab ihn Benkis. Er zog den Handschuh über, so konnte er den Vogel halten.

»Du musst ihn auf eine Stange setzen«, erklärte der Sklave. »Am besten bindest du ihn fest, damit er nicht wegfliegen kann. Noch besser wäre ein Käfig.«

»Ich habe einen Käfig«, rief Benkis stolz, »eine alte Fuchsfalle, da kann er hinein.«

»Wenn der Riss geheilt ist, bringst du den Falken zu uns«, sagte die Frau. »Mahmut wird dir erklären, wie du ihn abrichten kannst.«

»Danke!«, sagte Benkis.

Durch den Lederhandschuh spürte er den heftigen Herzschlag des Vogels. Seine dunklen Augen musterten ihn streng und abschätzend, als wollten sie prüfen, wem sie da anvertraut wurden.

»Du brauchst keine Angst zu haben«, flüsterte Benkis dem Vogel zu. »Wenn du wieder gesund bist, lasse ich dich in die Freiheit.«

Er flüsterte so leise, dass der Sklave ihn nicht verstehen konnte. Der wäre damit vielleicht nicht einverstanden gewesen.

Die Frau verabschiedete sich freundlich von Benkis, der Sklave öffnete eine Pforte in der Mauer und ließ ihn hinaus.

»Friede sei mit dir«, sagte er. »Du musst dreimal laut gegen die Tür klopfen, dann werde ich dich schon hören. Wenn du es schaffst, den Vogel zu heilen, bekommst du auch noch eine Belohnung.«

Dann hatte der Sklave die Pforte geschlossen, Benkis stand allein mit dem Falken unter dem Feigenbaum.

Er eilte in sein Turmversteck und setzte den Vogel in den Käfig. Der Vogel verkroch sich in einer Ecke. Benkis wusste nicht, wie er dem Vogel helfen sollte. Er wusste nicht einmal, womit er ihn füttern sollte.

Er eilte zu Mulakim und fragte ihn um Rat. Aber Mulakim kannte sich mit Vögeln nicht aus, schon gar nicht mit Raubvögeln. Auch seine Frau Jasmin nicht.

»Versuche es doch mal mit Mäusen«, riet Jasmin.

Doch wie sollte er so schnell Mäuse fangen? So suchte er erst einmal einige Grillen und Käfer und brachte sie dem Vogel in einer Schale.

Der Vogel beachtete die Käfer nicht, geschweige denn, dass er davon fraß. Benkis war ziemlich verzweifelt, der Sklave hätte ihn besser aufklären sollen. Für die Nacht stellte er dem Vogel eine Schale mit Wasser hin und ließ ihn allein.

Am nächsten Tag waren die Grillen und Käfer weg,

die Wasserschale schien unberührt, doch dem Vogel ging es besser, der Riss war verschorft.

Es dauerte keine zwei Tage, da fraß der Falke auch die erste Maus, die Benkis im Stall von Abu Barmil, Makirs Vater, gefangen hatte. Ein Sklave hatte ihm eine Falle ausgeliehen.

Der Vogel fraß, wurde zusehends gesund, der Riss verheilte, zurück blieb eine Narbe am Schnabel, die dem Falken Ähnlichkeit mit einem Bartgeier gab. Benkis nannte ihn »Zad«, weil er zustoßen konnte wie ein Blitz.

Es war der Tag gekommen, an dem Benkis dem Vogel die Freiheit zurückgeben wollte. Er hatte es sich genau überlegt. Zuerst wollte er den Vogel fliegen lassen, danach wollte er zu der Frau und dem Sklaven gehen, um es ihnen zu berichten. So würden sie es nicht mehr rückgängig machen können. Es machte ihn traurig, er hatte den Vogel lieb gewonnen.

Auch der Vogel schien sich an ihn gewöhnt zu haben, jedenfalls wehrte er sich nicht mehr, wenn Benkis nach ihm griff und ihn hielt. Er nickte dann heftig mit dem Kopf, was Benkis als ein Zeichen von Freude deutete.

An jenem Tag nahm Benkis den Vogel aus dem Käfig, drückte ihn fest an sich und kletterte durch die Fensternische auf die Mauer hinaus. Er hielt die Hand mit dem Vogel hoch in die Luft und wartete, dass Zad auffliegen würde.

»Nun flieg, du!«, ermunterte ihn Benkis. »Das ist die Freiheit, du kannst jetzt für dich selber sorgen.«

Der Vogel blinzelte ins helle Sonnenlicht, schüttelte ein wenig sein Gefieder und drehte den Kopf hin und her. Er spähte auf Benkis herab, als wollte er fragen, was das nun wieder sollte.

»Flieg doch!«, rief Benkis. »Ich will dich nicht einsperren.«

Plötzlich schlug der Vogel kräftig die Flügel und erhob sich pfeilschnell in den Himmel. Wie ein dunkler Blitz schoss er davon. Ehe Benkis sich besinnen konnte, sah er den Vogel nur mehr als kleinen Punkt hoch im Blau des Himmels.

Fort war der Falke.

Benkis starrte noch eine Weile dem Punkt nach, er musste ein Aufschluchzen unterdrücken. Dann verließ er sein Versteck und lief zu der Gartenpforte neben dem Feigenbaum.

Er klopfte dreimal kräftig dagegen.

Hoffentlich schimpfte die Frau nicht, dass er den Vogel freigelassen hatte, dachte er. All die Tage, an denen er den Falken versorgt hatte, hatte er auch diese Frau und ihre dunklen Augen vor sich gesehen. Sie war ihm schön und stolz erschienen, wie eine Königin, und freundlich wie eine Mutter. Er selbst hatte seine Mutter nie gekannt, sie war bei seiner Geburt gestorben.

Die Pforte wurde von einem Sklaven mit einem Brandzeichen auf der Stirn geöffnet.

»Was willst du hier?«, fragte der Sklave.

»Ich möchte …« Benkis fühlte sich verunsichert.

»Hier wohnt doch eine Frau mit einem Sklaven, die Falken besitzen, oder?«

»Nein«, sagte der Sklave. »Sie sind abgereist. Nun verschwinde.«

»Aber ich sollte hierher kommen«, wehrte sich Benkis gegen den Sklaven, der ihn zur Tür hinausdrängeln wollte. »Ich wollte ihnen sagen, dass der verletzte Falke, den mir die Frau geschenkt hat, wieder gesund ist.«

»Die Frau mit den Falken und ihr Mann und all die Sklaven und Dienerinnen haben nur vorübergehend hier gewohnt«, brummte der Sklave. »Mein Herr hatte ihnen das Haus vermietet. Jetzt sind sie fort und wir suchen einen neuen Mieter. Und du verschwindest jetzt schleunigst.«

Traurig drehte sich Benkis um. Die Frau war weg, der Vogel war weg und er war wieder allein.

Er ging in sein Turmversteck, hockte sich neben den Falkenkäfig auf den Boden und weinte still in sich hinein.

Ein Schrei schreckte ihn auf. Ein hoher, spitzer Schrei. Den kannte er genau.

Benkis sprang auf die Mauer hinaus.

Da saß der Falke auf einem Vorsprung und starrte ihn an. Benkis schien es, als lache er ihn aus.

Seitdem war der Falke Zad bei ihm geblieben. Benkis brauchte ihn nicht mehr in den Käfig zu sperren. Der Falke hatte seinen festen Platz auf der Stange. Er konnte, wann immer er wollte, durch die Fensternische hinausfliegen. Benkis brauchte auch nicht für seine Nahrung zu sorgen, die besorgte sich der Vogel selbst. Wenn Benkis auf der Hohen Mauer stand und ihn rief, kam der Falke, falls er sich in der Nähe befand, und ließ sich auf dem ausgestreckten Arm des Jungen nieder. Den Handschuh benutzte Benkis immer, denn die Krallen waren scharf, und manchmal stieß der Falke mit dem Schnabel zu, was bestimmt nicht böse gemeint war. Allerdings konnte nur Benkis den Vogel halten. Sein Freund Makir hatte es einmal versucht, da hatte sich Zad mit scharfem Schnabel gewehrt. Seitdem hatte Makir riesigen Respekt vor dem Vogel.

»Tza, tza«, sagte Benkis zu dem Vogel und kraulte ihn. »Willst du mit hinaus? Ich warte auf Makir, wir haben ein kleines Abenteuer vor.«

Benkis konnte sich mit Zad unterhalten, er verstand alles.

Benkis setzte sich draußen auf einen Stein, lehnte sich in den Schatten der Turmwand und wartete, dass sein Freund käme.

Der Falke wippte unruhig.

»Na los, du alter Geier!«, ermunterte ihn Benkis. »Und bring mir nicht wieder ein halb totes Wüstenhuhn, ich fresse so was nicht.«

Der Falke erhob sich in die Lüfte, kreiste einmal, dann flog er davon. Ein Leben ohne den Falken konnte sich Benkis nicht mehr vorstellen.

2. Kapitel

Die Mauer der Toten

Von seinem schattigen Platz auf der Hohen Mauer konnte Benkis den größten Teil der Stadt überblicken. Al Suhr hieß die Stadt, die Stadt der Mauern. Hier lebte Benkis seit seiner Geburt vor fünfzehn Jahren.

Die Stadt der Mauern.

Er kannte jede davon. Wenn er sich vorbeugte, konnte er die Innere Mauer sehen, bei der Moschee und dem großen Platz. Sie bestand nur noch aus einem Wall und wurde als erhöhte Straße benutzt, es war eine langweilige Mauer. Die Südliche Mauer konnte er sehen, wenn er gegen das Sonnenlicht blinzelte. Sie war fest und hoch, nicht zu erklimmen, die Steine waren zu glatt, die Fugen zu fein. Einen Versuch hatte er mit einem aufgeschürften Knie bezahlen müssen, das von Jasmin sorgfältig verbunden und mit Limettensaft und duftendem Öl eingerieben worden war. Auf der Südlichen Mauer hockten manchmal Scharen von fetten Raben, die sich krächzend in den Himmel erhoben, wenn Makir und er mit Steinen nach ihnen warfen.

Es gab die Niedrige Mauer, die die nördliche Karawanenstraße abgrenzte. Über die konnte man an einigen

Stellen hinüberspringen, man konnte auf ihr herumspazieren, bis einen die Wächter vertrieben. Es gab Mauern, die einzelne Stadtviertel abgrenzten, es gab eine Mauer um das Hospital, die Mauer um den Moscheenhof, an der auch seine Schule gelegen hatte. Es gab Mauern, die Gärten und Felder einschlossen. Es gab die unüberwindlichen Mauern um die Lagerhäuser, die Karawanserei, die Mauer mit den Rundbögen um die Kaserne am Marktplatz. Die eigentliche Stadtmauer war längst verfallen.

Und schließlich gab es die Hohe Mauer.

Auf ihr saß Benkis, es war seine Lieblingsmauer. Sie war alt, sehr alt. Nicht einmal der Buchhändler Abu Fahlin wusste, aus welcher Zeit sie stammte, Benkis hatte ihn gefragt. Die Hohe Mauer war dick wie ein ganzes Haus. Sie war hoch, höher als alle anderen Mauern. Man musste schon schwindelfrei sein, wenn man hinuntersah. An manchen Stellen war die Mauer verfallen, bestand nur noch aus Steinhaufen und Mauerresten. An anderen Stellen gab es geheime Aufgänge, Treppen, halb verfallene Türme. Wie das Versteck von Benkis. Das war ein Turm, von dem nur noch die ersten zwei Stockwerke aufragten. Der frühere Eingang war zugeschüttet. Den Spalt ins Innere des Turmes hatte Benkis zufällig einmal entdeckt, als er ein Kaninchen in die Ginsterbüsche verfolgte, das dann unter der Turmmauer verschwand. Benkis hatte Sand und Steine beiseite geräumt und so den Mauerspalt freigelegt.

Ein großartiges Versteck mit Ausblick.

An anderen Stellen war die Hohe Mauer zu Wohnungen mit Dachgärten ausgebaut worden.

Benkis lauschte hinunter. Nein, von Makir war nichts zu hören.

Die Hohe Mauer, das war sein Reich, er fühlte sich wie ihr Besitzer. Wehe, Makir wagte es, das zu bezweifeln, dafür kannte er nur Verachtung. Wer kannte die Mauer so gut wie er? Wer kannte all die Unterschlupfe, die geheimen Durchgänge, wer die gefährlichen Kletterpartien, um hinaus- und wieder hinunterzukommen? Auch hier, an der Außenseite seines Turms, wusste Benkis einen Fluchtweg, falls der Ausgang durch die Ginsterbüsche einmal versperrt sein sollte. Direkt an der nördlichen Turmseite gab es einen lockeren Stein, den man entfernen musste. Dann konnte man fast mühelos hinabsteigen. Aber man musste sich gut festhalten, sonst konnte man gefährlich tief fallen. Nicht einmal Makir wusste von diesem Fluchtweg. Makir würde sich auch gar nicht trauen, dort hinabzuklettern. Überhaupt, Makir war zwar sein bester Freund, aber eben ein Junge mit richtigen Eltern und einem Haus und Sklaven und vielen Kamelen.

Er, Benkis, aber war ein freier Junge.

Seine Mutter war bei seiner Geburt gestorben. Vater wie Mutter waren mit einer Karawane auf der Durchreise gewesen, als die Mutter in Al Suhr niederkam. Der Vater hatte das schreiende Kind in die Hände des Wasserverkäufers Mulakim gegeben, hatte versprochen, dass er auf der Rückreise das Kind abholen würde. Ohne die Mutter würde das Neugeborene eine Karawanenreise nicht überleben. Der Vater hatte dem Wasserverkäufer Geld gegeben und war auf Nimmerwiedersehen verschwunden. So hatten der Wasserverkäufer und seine Frau Jasmin den kleinen Jungen aufgezogen. Jasmin hatte einen eigenen Sohn gehabt, ungefähr so alt wie Benkis, aber der war nach einem halben Jahr plötzlich gestorben; niemand wusste woran. Jasmin hatte sich des kleinen Benkis doppelt liebevoll angenommen. Aber seine wirkliche Mutter war sie nicht.

Der Preis für seine Freiheit war wohl, dass er sich manchmal einsam fühlte. Das musste er in Kauf nehmen.

Seit er nicht mehr zur Schule ging, ließ ihn Mulakim meistens tun und lassen, was er wollte. Oft half ihm Benkis bei seiner wenig einträglichen Arbeit.

Benkis griff an den Gürtel. Ja, das Messer war an seiner Stelle.

Es gab noch eine Mauer, an die Benkis jetzt denken musste.

Weit draußen vor der Stadt war die Mauer der Toten.

Dieser Mauer wollten Benkis und Makir einen Besuch abstatten.

Benkis hatte vor drei Tagen ein Gespräch zwischen zwei nubischen Sklaven belauscht. »Ich habe Angst«, hatte der kahlköpfige Sklave gesagt, eine tiefe Narbe lief über sein Gesicht. Wie eine Schlange, die dunkelrot glühte.

»Du musst mitkommen«, antwortete der andere Sklave. »Allein schaffe ich es nicht.«

Benkis sah, dass der zweite nur eine Hand hatte. Die beiden Sklaven standen am Brunnen vor dem Hospital und waren so mit sich beschäftigt, dass sie Benkis nicht bemerkten.

»Der Tote ist zu schwer für mich allein«, sagte der erste Sklave.

»Ich bin ja dabei und kann dir helfen«, meinte der zweite.

»Und wenn sie uns greifen? Wenn sie uns in ihr Reich zerren?«, flüsterte der Sklave mit der Narbe aufgeregt.

»Die Toten sind tot, ich bin schon zweimal dort gewesen. Er kann nicht genug davon bekommen. Es ist keine Gefahr dabei«, sagte der Einhändige ruhig.

»Vor ihm habe ich am meisten Angst, er hat den magischen Blick.«

»Hör auf damit!«, befahl der zweite Sklave und hob einen Krug auf die Schulter. »In drei Tagen, kurz vor Mondaufgang, hörst du! Wir treffen uns bei der alten Eiche.«

»Allah hat es verboten«, sagte der narbige Sklave, aber der andere ging schon mit dem Krug davon.

Bei der alten Eiche, hatten sie gesagt. Benkis wusste sofort, welche Eiche sie gemeint hatten, denn es gab nur eine alte Eiche. Sie stand als Wächter vor dem Tal und der Mauer der Toten. Das war eigentlich gar keine Mauer, sondern an einen Felshang gemauerte Grabnischen, die längst nicht mehr benutzt wurden. Nur wenn ein Fremder in der Stadt starb, wurde seine Leiche in einer der Nischen bestattet. Die Bürger der Stadt wurden auf dem Friedhof neben der Moschee unter schattigen Bäumen begraben.

Dort also hatten sich die beiden Sklaven mit einem Dritten verabredet. Da wollte Benkis unbedingt dabei sein. Makir hatte sich überreden lassen mitzukommen, doch sein Vater, der dicke Abu Barmil, durfte davon nichts wissen. Der Vater hielt nichts von nächtlichen Unternehmungen, schon gar nicht, wenn sie zur Mauer der Toten führten.

Vom Minarett der großen Moschee tönte der Ruf zum Nachmittagsgebet.

Benkis fand Beten nicht wichtig, dennoch verneigte er sich dreimal in Richtung Mekka und murmelte: »Allah ist groß!« Das schien ihm durchaus genug. Sein Adoptivvater Mulakim war ein sehr frommer Mann, der wäre mit einem kurzen Gebet nicht einverstanden gewesen. Aber es gab wirklich Wichtigeres als Beten, fand Benkis. So fromm wie Mulakim würde er nie werden. Mulakim war sogar ein Hadschi. Das war der Ehrentitel für diejenigen, die die lange Pilgerreise nach Mekka unternommen hatten.

Mulakim betete fünfmal am Tag zur vorgeschriebenen Zeit und besuchte regelmäßig die Moschee. Wenn er ein bisschen Geld verdient hatte, gab er sofort ein Almosen. Das fand Benkis völlig übertrieben, denn Mulakim war nicht so reich wie Abu Barmil. Ganz im Gegenteil. Mulakim war ein armer Wasserverkäufer, der gerade genug für sich und seine Frau hatte und obendrein noch ein Pflegekind und eine Freigelassene versorgte. Benkis wollte einmal so reich werden wie Abu Barmil. Nachdem er die Frau in ihrem wunderschönen dunkelblauen Sari nicht wieder getroffen hatte, hatte er sich das geschworen. So wollte er auch leben. Reicher als Abu Barmil. Mit einer Kamelherde, dreimal größer als die von Barmil. Mit einer Schar von Sklaven, Dienern, einem weiträumigen Haus und einem Dachgarten über einem Innenhof voller Blumen und Blüten, mit einem Brunnen, aus dem ununterbrochen Wasser sprudelte und die Luft kühlte. So reich wollte er werden. Dann würde er zu Mulakim sagen: »Jetzt hast du genug Wasser getragen, jetzt kannst du bei mir wohnen und dich ausruhen und deine Frau Jasmin kannst du auch mitbringen.«

Warum kam Makir nicht, überlegte Benkis.

Notfalls würde er allein zur Mauer der Toten gehen. Angst hatte er nicht, jedenfalls nicht viel. Ob die Toten wirklich jemanden in ihre Welt ziehen könnten? Er glaubte das nicht, aber genau wissen konnte man es auch nicht.

Was wollten die beiden Sklaven mit einem Toten? Hatten sie einen Reisenden beraubt, ermordet, und wollten sie nun die Leiche verscharren? Vielleicht hatten sie ihr Versteck dort? All das geraubte Gut? Und der Dritte? Vor dem der narbige Sklave mehr Angst hatte als vor einem Toten? Wer war das? Sie würden alles genau beobachten und es beim Scheich der großen Moschee melden. Der würde dafür sorgen, dass die Übeltäter in den Kerker geworfen würden, und sie bekämen eine dicke Belohnung. Wenn er das Geld für sein erstes Kamel zusammen hätte, wäre schon viel gewonnen.

Benkis hörte ein Geräusch. Das musste Makir sein. Schnell sprang er auf und blickte durch die Fensteröffnung in den Turm.

Makir kam atemlos die Strickleiter hinaufgeklettert, unter dem Arm trug er ein Paket.

»Der dumme Musma wollte mich nicht gehen lassen, es war fürchterlich«, schimpfte Makir auf seinen Haussklaven. »Es ist zu spät, um noch fortzugehen. Soll ich es deinem Vater sagen? Wenn er es erfährt, o weh, o weh, und so weiter«, ahmte Makir den Sklaven nach. Er setzte sich auf einen Stein, wischte sich den Schweiß von der Stirn, spuckte weit über die Mauer.

»Schimpf nicht«, sagte Benkis. »Er weiß nicht, worum es geht.«

»Meinst du, es wird gefährlich?«

»Ja.« Benkis nickte. »Ich habe ein Messer, damit verteidige ich uns.«

»Ich bin nicht sehr scharf darauf, von irgendwelchen Totschlägern zerstückelt zu werden. Vielleicht sind es Menschenfresser?«, überlegte Makir.

Wie Menschenfresser hatten die beiden Sklaven nicht ausgesehen, dachte Benkis. Eher wie Räuber.

»Es gibt Geister bei der Mauer«, fuhr Makir fort. »Dschinns, die uns in Tiere verwandeln können. Mich werden sie sicher in eine Ratte verwandeln. Ich hasse Ratten, und sie verwandeln einen immer in das Tier, das man am wenigsten mag.«

»Woher willst du das wissen?«, fragte Benkis.

»Musma weiß alles über Dschinns.«

»Es soll auch gute Dschinns geben.«

»Aber nicht bei der Totenmauer«, erwiderte Makir. »Musma hat gesagt, der Geruch ziehe sie an. Wenn es auch gefährlich ist, ich bin doch neugierig auf die Geister.«

»Hast du mit Musma über unseren Plan geredet?«

»Nein, nein. Nur so ganz allgemein. Ich habe ihn über Tote und Aasfresser ausgefragt, und da hat er gesagt, wir müssten eine Maske mitnehmen. Die Masken sollen wir aufsetzen, wenn wir den Dschinns gegenübertreten. Dann können sie uns nichts anhaben. Ich habe auch gleich zwei Masken von meinem Vater ausgeborgt, er hat sie von einem Reisenden geschenkt bekommen.«

»Zeig mal!«, bat Benkis.

Makir wickelte zwei Holzmasken aus dem Paket. Grässliche Fratzengesichter waren das, mit weiß lackierten Eckzähnen und aufgerissenen Augen.

»Das sollen wir aufsetzen?«, fragte Benkis. Er zog sein Messer aus dem Gürtel, wog es in der Hand.

Das gab ihm mehr Vertrauen als eine Maske. »Wir müssen uns auf den Weg machen«, sagte er und sprang auf.

Die beiden Jungen kletterten ins Untergeschoss und krochen ins Freie. Bald würde die Sonne untergehen, sie mussten sich beeilen. Nachdem sie den Basar der Färber und Weber durchquert hatten, wurden die Gassen ruhiger.

Gerade wollten sie die Böschung hinaufklettern, die hier die Stadtgrenze bildete, als sie den blinden Achmed sahen.

Der blinde Achmed galt allgemein als verrückt. Nur einige Leute, darunter auch Mulakim, behaupteten, er sei ein Heiliger. Er bewegte sich so sicher durch die Stadt, als sei er nicht blind. Und die Leute sagten, er könnte Gedanken lesen.

Jetzt stand der blinde Achmed mit erhobenen Armen und drehte sich langsam im Kreis. Um die eigene Achse drehte er sich, seine Lippen bewegten sich murmelnd. Er war ganz in sich versunken. Die Jungen sahen gebannt hin. Plötzlich schrie der Blinde auf und stand regungslos still. Als habe er die Jungen längst entdeckt, wandte er sich ihnen zu und sagte: »Ihr seid auf gefährlichen Wegen. Richtet euch mehr nach dem Licht, dem Licht!«

»Bloß fort!«, rief Makir und zog Benkis mit sich.

Vielleicht ist er ja gar nicht blind, überlegte Benkis, während sie sich ihren Pfad durch die wilden Rosen suchten. Der drehende Tanz hatte ihn beeindruckt, irgendwie, aber trotzdem, der hatte bestimmt einen Vogel. Mulakim hatte ihm einmal erklärt, dass Achmed dem Paradies näher stände als jeder von ihnen. »Wenn er seine Lieder singt, ist es für Allah«, hatte Mulakim erklärt, »auch wenn wir das Gelalle nicht verstehen können.« Gelalle, genau das richtige Wort für diesen Singsang. »Es ist eine Ehre, ihm dabei zusehen zu dürfen«, hatte Mulakim gesagt. Ehre, na ja, Mulakim war manchmal auch etwas wunderlich im Kopf.

Sie ließen die Büsche hinter sich und standen außerhalb der Stadt. Eine leicht geneigte Ebene zog sich von hier bis weit in die Ferne. Links konnten sie im Sonnenlicht die Bewässerungskanäle wie eine schwarze Linie ausmachen. Rechts begann ein Zypressenwald, dahinter verlief die Karawanenstraße nach Süden. In die Wüste hinein. Doch bis dahin waren es noch viele, viele Wegstunden.

Sie rannten über die mit Gras und vereinzelten Büschen bewachsene Ebene. Dass sie barfuß waren, störte sie nicht, sie waren es gewohnt.

Sie kamen an einen Felsabhang, Benkis zeigte hinunter. Dort stand die alte Eiche.

In einer steilen Schotterrinne stürzten die Jungen hinunter, standen atemlos vor dem alten Baum, dessen knorrige Äste drohend in den Himmel ragten.

»Wir müssen uns beeilen«, meinte Benkis. »Die Sonne geht unter und wir müssen noch ein Versteck finden.«

»Aber nicht bei den Toten.«

Makir klopfte gegen den Baum, darin müssten sie sich verstecken können.

Sie umrundeten den Baum, doch gab es keine Möglichkeit hineinzugelangen. Obwohl er so hohl klang.

»Wir könnten hinaufklettern«, schlug Benkis vor, doch Makir winkte gleich ab. »Da sehen sie uns sofort und für Geier werden sie uns bestimmt nicht halten.«

Sie näherten sich langsam der Totenmauer und kamen an eine Stelle, an der ein loser Sack eine Öffnung in der Mauer verdeckte.

»Sollen wir nachsehen, was dahinter ist?«, fragte Benkis.

Makir schüttelte stumm den Kopf.

Wahrscheinlich lag da eine Leiche drin oder ein Dschinn sprang ihnen entgegen, wenn sie den Sack anhoben.

Sie schlichen weiter die Wand entlang, in regelmäßigen Abständen gab es offene oder verschlossene Nischen. Ein gutes Versteck konnten sie lange nicht finden.

Bis Benkis ein Tamariskengebüsch auffiel, das über der Mauer im Hang wuchs. Er zeigte es Makir.

»Aber dann hocken wir über den Toten, das kann nicht gut gehen«, meinte Makir.

»Wir haben keine andere Wahl.« Kurz entschlossen zog sich Benkis an einer Felsstufe hinauf, von dort aus konnte er bis zu dem dichten Busch weiterkriechen. Er konnte fast das ganze Tal überblicken. Die Räuber würden ihnen bestimmt nicht entgehen.

Makir sah unschlüssig zu ihm auf.

»Es ist ein gutes Versteck«, sagte Benkis.

Widerstrebend folgte der Freund.

»Sollen wir die Masken gleich aufsetzen?«, fragte er, als er oben angekommen war.

»Nein«, entschied Benkis. »Falls es nur einfache Räuber sind, brauchen wir die Masken nicht.«

»Ich setze sie auf jeden Fall auf«, sagte Makir. »Die Dschinns können sich als Räuber tarnen, und dann? Musma meinte ...«

»Hör doch mit Musma auf!«, sagte Benkis.

Die Sonne ging unter, die Schatten wuchsen, und wenig später fiel Dunkelheit über das Tal und die Totenmauer. Ein Steinkauz glitt niedrig über die Steine und Hänge, rief unheimlich.

»Wer weiß, wovor der uns warnen wollte«, überlegte Makir. »Wenn ich einen Wunsch frei hätte, würde ich mir wünschen, dass ich die Vögel verstehen könnte.«

»Ich würde mir eine Kamelherde wünschen«, meinte Benkis nüchtern.

Sie schwiegen eine Weile.

»Musma hat erzählt, dass in seiner Heimat die Toten auf hohen Bäumen bestattet werden«, erzählte Makir leise. »Sie werden auf Plattformen gelegt und von den Geiern gefressen. Nur so können sie in eine andere Welt gelangen.«

»Durch den Bauch der Geier?«, fragte Benkis zweifelnd.

»Es muss schrecklich stinken auf diesem Friedhof. Stell dir vor, du gehst auf die Jagd, und plötzlich fallen Knochen von den Bäumen und die Geier über dich her.«

»Geier fallen keine Menschen an«, sagte Benkis.

»Die vielleicht schon, wenn sie immer nur mit Menschenfleisch gefüttert werden.«

»Hör schon auf!«, sagte Benkis. »Er hat dir ein Märchen erzählt.«

»Ja, er ist ein unwissender Sklave«, sagte Makir. »Vater wollte ihn verkaufen, aber ich will das nicht. Er ist ein guter Sklave, er tut alles, was ich sage, meistens. Außerdem habe ich ihn gern.«

Die Dunkelheit lag wie ein schweres Tuch über dem Tal, lastete auf den Jungen wie ein mächtiges Nachtwesen.

»Ich glaube nicht an Dschinns«, sagte Benkis. »Ich habe noch nie einen gesehen.«

»Aber Musma!«, sagte Makir, der sich näher an den Freund drängte. »Musma hat einen Erddschinn gesehen. Sie wohnen in kleinen Höhlen unter Steinen und Wurzeln. Wenn man ihnen zu nahe kommt, springen sie einen an und zerkratzen einem das Gesicht.«

»Haben sie Musmas Gesicht zerkratzt?«

»Nein. Er konnte gerade noch zur Seite springen.«

»Er hat dir ein Märchen aufgebunden«, brummte Benkis. »Er ist voller Märchen, wie eine Melone voller Kerne.«

»Aber er hat eine Kralle in der Tasche. Ich habe sie gesehen, es ist die Kralle eines Erddschinns. Sie schützt ihn vor Verwandlung.«

»Es ist eine alte Hühnerkralle. So eine kann ich mir auch machen.«

Sie schwiegen wieder. Benkis lauschte in die Finsternis. Nichts war zu hören, nicht das kleinste Rascheln, kein Eulenruf mehr, es war still bei den Toten.

Wenn er erst mal eine Kamelherde hätte, würde er mit seiner Karawane nach Süden ziehen, stellte Benkis sich vor. Durch die Salzsümpfe, über das Tibestigebirge, das so hoch war, dass ewiges Eis und Schnee auf den Gipfeln lagen. Schnee war gefrorener Regen, das konnte er sich nicht so richtig vorstellen. Dann schon eher einen Dschinn. Weiter würde er mit seinen Kamelen reiten, beladen mit wertvollen Schätzen und Waren, die er in fremden Ländern verkaufen würde. Es kamen Kaufleute nach Al Suhr, die sieben Jahre unterwegs gewesen waren. Sie berichteten von Ländern, in denen es immer regnete. Dort wuchsen Bäume hoch wie Minarette, Wälder voller Bäume, dicht an dicht. Reißende Flüsse stürzten die Berge herab, Flüsse, die im Sommer nicht austrockneten, und auf den Feldern wuchsen fremdartige Getreide und Früchte, ohne dass sie bewässert werden mussten. Das alles wollte er sehen und viel, viel Geld verdienen, um sich ein angenehmes Leben zu schaffen. Eine Frau würde er zu sich nehmen, die so aussehen sollte wie die Frau mit den Falken.

»Sie kommen!«, flüsterte Makir aufgeregt. »Ich sehe einen Lichtschimmer.«

»Wo?«, fragte Benkis, aus seinen Träumen gerissen.

»Hinter der Eiche.«

Benkis konnte nichts erkennen, bis auf einen Stern, der über der Eiche blinkte. »Ein Stern, du hast dich getäuscht.«

»Ich habe aber Stimmen gehört.«

»Es war ein Tier.«

»Meinst du, es war ein Löwe?«, fragte Makir. »Musma hat einen Löwen mit bloßer Hand gefangen.«

»Es gibt keine Löwen mehr in Stadtnähe. Es war ein Esel, der sich verlaufen hat.«

Benkis legte den Kopf auf die angewinkelten Knie und schloss die Augen, so konnte er besser lauschen.

Sie schliefen ein, wachten erst durch laute Stimmen direkt unter ihnen wieder auf.

»Verdammt will ich sein, wir haben den großen Sack vergessen!«, fluchte eine Stimme.

Benkis öffnete erschrocken die Augen. Unterhalb ihres Busches spielte sich eine gespenstige Szene ab. Flackerndes Licht warf unruhige Schatten bis auf den Gegenhang. Zwei Gestalten zerrten an einem Körper, eine dritte Gestalt stand daneben und hielt eine Fackel hoch.

»Wie sollen wir den Brocken wegschaffen? Verdammt, verdammt!«

»Du sollst nicht fluchen«, ließ sich eine Stimme vernehmen.

Benkis stupste Makir in die Seite. Die Stimme des narbigen Sklaven hatte er sofort erkannt, auch die Stimme des Einhändigen, sie sagte gerade: »Hier ist der Sack, du Schlafmütze, reg dich nur nicht auf.«

»Beeilt euch«, sagte die Gestalt mit der Fackel.

Benkis fuhr ein kalter Schauder den Rücken hinunter. Die Stimme klang hart und metallisch, wie ein kupferner Gong.

»Und der Lohn, Herr, wann bekomme ich den?«, fragte der Narbige.

»Rechtzeitig, du Narr! Tu erst mal deine Pflicht«, fuhr ihn der Einhändige an. »Ich packe auch mit einer Hand zu.«

Die beiden Sklaven wickelten die Leiche in ein Tuch und stopften sie in einen großen Sack, eine Hülle, die sie verschnürten. Sie hoben das unförmige Paket auf.

Sie stehlen eine Leiche, was wollen sie damit?, fragte sich Benkis. Waren es wirklich die Menschenfresser, von denen Musma berichtet hatte?

»Wir müssen die Masken aufsetzen!«, flüsterte Makir aufgeregt. »Es sind Dschinns.«

Auch Benkis schien es geraten, sich hinter einer Maske zu verbergen.

Schimpfend trugen die Leichendiebe die schwere Last fort.

Die dritte Gestalt führte den Zug an.

»Wir müssen hinterher. Wir müssen wissen, wohin sie die Leiche schleppen«, sagte Benkis.

»Keinen Schritt folge ich denen«, sagte Makir. »Wenn sie uns entdecken, ist es vorbei mit uns. Es sind Dschinns, die sich eine Portion Menschenfleisch geholt haben, das hast du doch gesehen. Und lebendes Fleisch essen sie noch viel lieber.«

»Wenn wir nicht wissen, wohin sie die Leiche bringen, war alles umsonst. Außerdem schützen uns doch die Masken.«

»Ich kann dir auch so sagen, wohin sie gehen. Zuerst schleichen sie in ihr Versteck, dort zerstückeln sie die Leiche und fressen sie. Und dann lösen sie sich in Luft auf. Hast du gesehen, wie sie gekommen sind?«

»Nein«, musste Benkis zugeben. Dass er geschlafen hatte, brauchte er ja nicht zu sagen.

»Aber ich!«, rief Makir. »Sie waren plötzlich da. Sie sind auf einer übel riechenden Wolke herbeigeflogen, haben die Fackeln angeblasen, ja, sie haben Feuer gespuckt. Dann sind sie über die Grabnischen hergefallen und haben die Leichen herausgezerrt.«

»Ich habe nur eine gesehen.«

»Die anderen hatten sie vorher verspeist. Sie hatten riesigen Hunger von dem Ritt auf der Wolke.«

»Du hast geträumt«, sagte Benkis. »Es waren Leichendiebe, die Schätze bei der Leiche vermutet haben.«

»Aber Leichendiebe schleppen keine Leichen weg, sondern die Schätze.«

Da musste Benkis ihm Recht geben.

Umso wichtiger war es, den dreien zu folgen. Die hatten inzwischen den Hang erklommen, die Fackel verlosch, anscheinend kannten sie ihren Weg genau.

»Schnell, schnell!«, rief Benkis und rutschte aus dem Gebüsch heraus, kletterte hastig die Mauer hinunter. Dabei fiel seine Maske zu Boden und schlug gegen einen Stein.

»Vorsicht mit der Maske!«, schrie Makir.

»Nicht so schlimm«, sagte Benkis, der die Maske schon aufgehoben hatte. Sie hatte nur einen kleinen Sprung abbekommen, das würde niemand merken.

»Sie sind fort«, sagte Makir erleichtert, als er neben seinem Freund stand.

Benkis musste einsehen, dass es für eine Verfolgung zu spät war. In der Dunkelheit würden sie sie nicht wieder finden.

»Ich wollte doch eine Belohnung«, sagte er enttäuscht. »Dann hätte ich mir bald mein erstes Kamel kaufen können.«

»Puh, wie es stinkt!« Makir rümpfte die Nase. »Musma wird Augen machen, wenn ich ihm erzähle, was wir erlebt haben. Menschenfresserdschinns, die uns die Köpfe abreißen wollten. Aber wir waren mutiger …«

»Halt lieber deinen Mund, sonst erfährt dein Vater von unserem Ausflug.«

Sie machten sich auf den Rückweg.

Der Mond neigte sich als feine Sichel über die Eiche. Wie eine Schale, dachte Benkis, es sieht schön aus. Ich könnte trotzdem zum Scheich gehen und ihm alles erzählen. Vielleicht gibt es doch eine Belohnung.

Die Jungen wandten sich der Stadt zu und eilten nach Hause.

Makir gelangte mit klopfendem Herzen an eine hintere Gartenpforte, für die er den Schlüssel eingesteckt hatte. Niemand erwartete ihn, er kam ungeschoren auf sein Lager.

Benkis schlich durch die dunklen Gassen seines Viertels und öffnete leise die Haustür. Zu seinem Erstaunen fand er den Wasserverkäufer noch wach. Mulakim befeuchtete Tücher, wrang sie über einer Schüssel aus.

»Jasmin ist krank«, sagte Mulakim, ohne den Jungen zu fragen, woher er zu so später Stunde noch käme. »Ich kühle ihr die Stirn.«

Benkis war heilfroh. »Ist es schlimm?«, fragte er besorgt.

»Ich hoffe nicht. Wir wollen morgen in aller Frühe Abu Tarik holen, den Arzt, den ich bei Abu Fahlin kennen gelernt habe.«

»Der ist wirklich Arzt?«, fragte Benkis.

»Er ist ein weiser Mann, dieser Abu Tarik. Ich habe mich mit ihm unterhalten. Und fromm ist er auch.«

Mulakim nahm die feuchten Tücher und verschwand im Gang.

Benkis zuckte mit der Schulter. Er wusste, dass Mulakim sehr viel von diesem Fremden hielt, der seit einiger Zeit in Al Suhr lebte. Gut, er würde diesen Abu Tarik holen gehen. Falls der nicht helfen konnte, würde er eben einen Arzt aus der Moschee holen. Zur Moschee wollte er ja sowieso.

Benkis trat in den Innenhof. Er legte sich unter den Pfirsichbaum und deckte sich mit seinem Umhang zu. Er starrte in das Blätterdach über ihm, lange konnte er keinen Schlaf finden.

3. Kapitel

Der Schwarzmagier

Mulakim schüttelte Benkis und rief: »He, Benkis, wach auf. Du musst den Arzt holen. Jasmin geht es schlechter.«

»Was ist denn? Ich habe nichts mit der Leiche zu tun«, murmelte Benkis, er rieb sich schlaftrunken die Augen. Es war noch vor Sonnenaufgang.

»Du träumst ja, Benkis, es geht doch nicht um eine Leiche, da schütze uns Allah vor«, sagte Mulakim und goss Wasser aus einem Krug auf Benkis' Kopf. »Wach doch auf!«

Benkis sprang in die Höhe und schüttelte sich. Es dauerte etwas, bis er sich zurechtfand und begriff, was Mulakim von ihm wollte.

Er sollte zu dem Fremden gehen und ihn herbitten. Jetzt in aller Frühe.

»Er kennt mich«, sagte Mulakim. »Ich habe ihm schon Wasser gebracht. Außerdem haben wir bei Abu Fahlin über den Ursprung der Welt diskutiert, er wird sich an mich erinnern, er kennt meinen Namen. Du sagst, die Frau des Wasserverkäufers ist schwer krank, sie ist erhitzt und hat erbrochen.«

»Ja, ja.« Unwillig hörte Benkis zu. »Ich gehe ja schon. Ich laufe. Ich will doch auch nicht, dass Jasmin stirbt.«

»Wer redet denn vom Sterben, du Dummkopf, Allah schütze uns!«, rief Mulakim entsetzt. »So krank darf Jasmin gar nicht sein. Ich werde beten.«

Mulakim eilte ins Haus zurück; Benkis zog seinen Umhang glatt, band die weiten Hosen mit einem Gürtel fest und trat hinaus.

Er lief die Gasse entlang. Noch hatten die Handwerker ihre Läden und Buden nicht geöffnet. Es roch nach frischem Brot, Hunde schnupperten in Ecken und Winkeln, die Luft war kühl, es würde ein warmer Tag werden. Benkis überquerte den großen Platz, wählte eine Abkürzung durch einen Hinterhof und gelangte in das Viertel, in dem Abu Tarik wohnte.

Es war ein Stadtviertel, das er selten betrat. Das Viertel der Sklavenhändler, der Fremden, der dunklen Gestalten, eine zwielichtige Gegend.

Benkis eilte bis vor das Haus, mehr eine Hütte aus rohen Ziegeln. Er fand keinen Türklopfer, pochte gegen die Holztür und trat ein.

Erstaunt stellte er fest, dass die Hütte keineswegs ärmlich eingerichtet war und sehr viel geräumiger, als man von draußen vermuten konnte.

Benkis sah sich um. Er stand in einer richtigen Eingangshalle. Irgendwo sang jemand ein trauriges Lied. Es klang sehr schön und erinnerte Benkis merkwürdigerweise an den Gesichtsausdruck des blinden Achmed.

Plötzlich trat ein dunkelhäutiger Sklave in hellem Umhang aus einem Gang und fragte höflich, was Benkis wünsche. »Ich möchte zu Abu Tarik«, sagte Benkis.

»Der darf nicht gestört werden«, sagte der Sklave. »Er arbeitet.«

Da hatte er es, der würde sich nie zum Wasserträger bemühen, dieser Fremde.

»Die Frau meines Pflegevaters ist schwer krank, Mulakim, der Wasserträger, braucht die Hilfe des Abu Tarik. Er bittet ihn, eilig zu kommen. Ich kann ihm den Weg zeigen.«

»Ich werde es bestellen«, meinte darauf der Sklave und verschwand.

Benkis lauschte, der Gesang war verstummt.

Der Sklave ließ Benkis nicht lange warten. Er möge kommen, sagte er und bat Benkis, ihm zu folgen. Er führte ihn einen Gang entlang, der mit Kacheln ausgelegt war, sie bildeten ein schwarzweißes Muster von eigenartig verschlungener Form. Der Sklave hob einen Vorhang, Benkis trat näher.

Er sah einen Mann, der sich über einen Tisch beugte, auf dem zahllose Bücher und Papierrollen lagen. Einen Moment hatte er ein ganz vertrautes Gefühl.

Der Fremde drehte sich zu Benkis um, sah ihn fragend an.

Benkis sah sein Gesicht, sah in die tief liegenden Augen, sah eine scharfe Falte auf der Stirn, sah den Vollbart, der schon grau geworden war. Ihm stockte der Atem.

»Was möchtest du?«, fragte der Mann mit kühler Stimme.

Benkis erstarrte. Das war die metallisch klingende Stimme der letzten Nacht. Das war der dritte der Leichenräuber, der Fackelträger und Anführer. Benkis brachte kein Wort heraus.

»Nun?«, fragte der Mann. »Sinar sagte, dass du im Auftrag deines Vaters kämst?«

Benkis' Gedanken rasten kreuz und quer, verwirrten sich, er wusste nicht mehr, was er gewollt hatte, in seinem Kopf war plötzlich gähnende Leere. Oder täuschte er sich? War das gar nicht der Räuber?«

»Deine Mutter ist krank?«, fragte der Mann.

Nein, Benkis täuschte sich nicht, das war die Stimme aus der Nacht, ganz sicher. Da stand der Leichenräuber und lächelte ihn an.

Er musste etwas sagen.

Zögernd wiederholte er seine Bitte um Hilfe, etwas anderes fiel ihm nicht ein.

»Gerne«, sagte Abu Tarik. »Ich habe noch eine Kleinigkeit zu erledigen. Doch ich weiß, wo dein Vater wohnt, eile und melde mich an.«

»Er ist nicht mein richtiger Vater«, hörte Benkis sich sagen. »Ich bin so etwas wie ein Findelkind, meine Mutter starb bei meiner Geburt.«

Warum sagte er das? Was veranlasste ihn, diesem Leichendieb seine Herkunft zu schildern? Er sollte lieber seinen Mund halten, ermahnte sich Benkis.

»Ach ja?«, fragte Abu Tarik, schon wieder über ein Buch gebeugt.

Schnell weg, rief Benkis sich innerlich zu, aber wie gebannt blieb er stehen.

»Ich bin vom Wasserträger ...«, sagte er noch, dann schwieg er. Der hatte ihn verzaubert, ganz klar.

»Nun lauf«, sagte Abu Tarik.

Benkis drehte sich hastig um, eilte den Gang entlang, durch die Halle zurück, schnell hinaus. Er holte tief Luft.

Das war ja noch einmal gut gegangen, dem war er entkommen. Ein Leichendieb war das, der sich als Arzt und Heiler ausgab. Er hatte es doch geahnt, dass dieser Abu Tarik ein Betrüger war. Wenn nicht noch Schlimmeres, wer weiß. Und der würde jetzt zu Mulakim kommen und Jasmin heilen wollen? Wenn er ein Schwarzmagier war, würde er Jasmin niemals heilen können.

Sollte er nicht doch lieber zur Moschee gehen?, fragte sich Benkis. Aber dazu war es zu spät.

Immerhin wusste er jetzt, wo der Leichenräuber zu finden war. Das würde bei der Anzeige nützlich sein.

Benkis nahm sich vor, den Zauberer genau zu überwachen. Er würde sich still in die Ecke setzen, ihn scharf beobachten, das Messer griffbereit. Falls der etwas Böses im Schilde führte, würde er ihm das Messer ins Herz stoßen und zu Ruhm und Ehren kommen.

Benkis eilte zurück. Leise betrat er Jasmins Zimmer und setzte sich in die Ecke am Fenster. Jasmin stöhnte auf ihrem Lager, ihr dunkelbraunes Haar bildete einen wirren Kranz um ihren Kopf. Mulakim brachte frische Tücher und kühlte ihr unablässig die Stirn.

Es dauerte nicht sehr lange, bis die freigelassene Sklavin, Bisar genannt, Abu Tarik hereinführte.

»Friede sei mit dir«, grüßte Abu Tarik. Er hatte seine Sandalen im Hausflur ausgezogen, über der Schulter trug er eine Tasche.

Mulakim erwiderte den Gruß. Abu Tarik sah sich im Raum um, nickte Benkis zu, dann trat er an das Krankenlager.

Noch verhielt er sich wie ein Arzt, dachte Benkis, geschickt wie der war. Wollte der etwa Jasmin töten, um an eine weitere Leiche zu kommen? Sobald er Jasmin etwas einflößen würde, würde Benkis hinspringen und ihm das Gefäß aus der Hand schlagen.

Jasmin öffnete die Augen, sie lächelte Abu Tarik an.

Abu Tarik nahm ihre Hand und hielt sie fest, er zählte dabei, dann befühlte er ihre Stirn, Jasmin nickte schwach, als wollte sie etwas sagen.

»Sie wird doch nicht sterben?«, fragte Mulakim fast unhörbar.

»Nein«, sagte Abu Tarik. »Es geht ihr zwar nicht gut, doch ich werde ihr helfen können.«

Schöne Worte, fand Benkis, nichts als schöne Worte.

»Danke, tausendmal Dank!«, sagte Mulakim.

Abwarten, abwarten, dachte Benkis und hielt sein Messer fest.

Abu Tarik beugte sich über Jasmin und sah ihr in die Augen.

Was macht er da?, fragte sich Benkis, erhob sich halb von seinem Sitz, was starrte der Jasmin in die Augen? Wollte er ihre Seele entführen?

Benkis hustete laut. Abu Tarik blickte sich zu ihm um.

»Still doch!«, sagte Mulakim erschrocken und ärgerlich. »Das stört doch, wenn du solch einen Lärm machst.«

»Es ist ein Anfall, der vorübergehen wird«, sagte Abu Tarik zu Mulakim. »Die Tücher sind gut, aber wickele sie ihr um die Waden, nicht um die Stirn.«

Die Stimme klang teilnahmslos und böse, fand Benkis. Waren die Tücher um die Waden ein Zaubermittel?

Mulakim tat, wie Abu Tarik ihm geraten, er wickelte die Tücher um Jasmins Beine.

Oder war das doch ein Arzt, der nichts mit der nächtlichen Gestalt zu tun hatte, fragte sich Benkis. Er war sich nicht mehr ganz sicher, eine Falschanzeige konnte ihn teuer zu stehen kommen. Er rieb sich die Stirn.

Aus seiner Umhängetasche holte Abu Tarik ein Beutelchen und gab es Mulakim. »Dies ist eine Mischung aus Safran, Zimt und Myrrhenharz«, erklärte er. »Du mischst es mit etwas Wasser zu einer Paste, die du ihr auf die Stirn reibst. Und hier ist zerstoßene Zimtrinde, aus der du ihr einen Tee bereitest. Du kannst ihn mit etwas Honig süßen, wenn sie das mag.«

Zimtrinde und Safran, konnte der damit zaubern?

»Ich schaue morgen wieder vorbei«, sagte Abu Tarik.

Während Mulakim Abu Tarik vor der Tür verabschiedete, eilte Benkis an Jasmins Lager und öffnete das Beutelchen. Es roch nach Zimt und Myrrhe, auch gelb vom Safran war es.

Aber nein, der ging ganz anders vor, durchfuhr es Benkis, der heilte Jasmin zum Schein, damit man ihn für einen rechtschaffenen Menschen hielt. Um nicht hinter seine dunklen Umtriebe zu kommen. Tarnung war das, alles Tarnung.

»Er ist ein guter Arzt«, sagte Jasmin mit schwacher Stimme. »Danke, dass du ihn geholt hast.«

Ach, dachte Benkis, bedanke dich lieber nicht. Wer weiß, was daraus noch wird. Ich habe ein ungutes Gefühl im Bauch.

Benkis verließ das Krankenzimmer. Er war sich unschlüssig, was er tun sollte. Er müsste seine Gedanken ordnen, mit Makir reden und einen genauen Plan machen. »Ich gehe in die Ställe von Abu Barmil«, sagte er zu Mulakim.

Dort würde er auf andere Gedanken kommen, hätte etwas Handfestes zu tun, würde obendrein noch einige Dirhams verdienen. Später würde er nach Zad sehen.

Du darfst nichts überstürzen, Ben Mahkis al Kabir, sagte sich Benkis.

Abu Tarik würde ihm nicht entgehen.

4. Kapitel

Kamelmist und Rosenöl

Während Benkis seine Schritte die Gasse hinunterlenkte, den Ställen des Abu Barmil zu, musste er an die durchreisenden Fremden denken, die ihm einst seinen Namen gegeben hatten. Ben Mahkis, Sohn des Pfiffigen, hatten sie den Jungen genannt, der gerade Laufen gelernt hatte und hinter dem Wasserträger einhergestampft kam wie ein kleiner König.

»Wie ein Nachfolger des Propheten«, hatte Jasmin gesagt, als sie ihm die Geschichte erzählt hatte. »Du hast ihnen den Becher entgegengestreckt, als enthielte er das köstliche Scherbett*.«

»Danke Al Kabir für diesen Jungen«, hatte einer der Männer zum Wasserträger gesagt und Mulakim hatte sich tief verbeugt.

Seitdem riefen ihn alle Benkis.

Nur Benkis wusste, dass er im Grunde anders hieß, und so nannte er sich im Stillen: Ben Mahkis al Kabir, der pfiffige Sohn Allahs. Er war stolz auf diesen Namen.

Er kam an dem Buchladen des Abu Fahlin vorbei, der

---

* Unbekannte Begriffe werden auf den Seiten 288 ff. erklärt.

noch geschlossen hatte. Abu Fahlin war ein großer, freundlicher Mann mit einem hellen Bart und blitzenden Augen. Er konnte den Koran auswendig, er war der weiseste Mann, den Benkis kannte. In seinem Laden waren immer einige Männer versammelt, die über neue Erkenntnisse der Astronomie und der Mathematik redeten, die Reiseberichten lauschten oder einfach Tee tranken und Tagesereignisse austauschten.

Hier hatte Mulakim auch Abu Tarik kennen gelernt.

Benkis ging gerne zu Abu Fahlin und besah sich Landkarten ferner Länder.

Es war nicht mehr weit bis zu den Gebäuden des Abu Barmil, den Ställen, Lagerschuppen und dem vornehmen Wohnhaus. Benkis eilte durch den Hof.

Bei den Ställen waren die Sklaven und ein Aufseher bei der Arbeit. »Kann ich helfen?«, fragte Benkis den Aufseher, der ihn kannte.

Der Aufseher nickte und wies ihn ein. Er sollte das graue Kamel versorgen. Es war ein altes Kamel, das nicht mehr als Lasttier verwendet wurde.

Das graue Kamel empfing ihn freudig, schnüffelte an seiner Schulter und stampfte mit den Hufen. Benkis sprach ein paar Worte mit dem Tier, strich durch das immer noch sehr weiche Haar, das voller Stroh und Steinchen war. Er holte den Kamm und säuberte behutsam die Haare. Das Kamel schnaubte und schmatzte vor Behagen. Benkis bürstete die Hufe und achtete besonders auf den Raum zwischen den beiden Zehen.

Plötzlich nickte das Kamel heftig mit dem langen Hals und witterte zum Eingang des Stalls hin. Da kam Makir.

Makir ließ sich auf einen Futtersack fallen und fing gleich an zu schimpfen. Das Kamel drehte sich zu ihm und knabberte mit seinen weichen Lippen an Makirs Ohr.

»Ist ja schon gut, Graue«, sagte Makir und schob den Kamelkopf von sich fort. »Lass schon sein.«

»Hat es Ärger gegeben?«, fragte Benkis.

»Ja«, sagte Makir wütend. »Musma hat gepetzt. Mein Herr Vater hat Augen wie ein Aar. Er hat an der Maske einen klitzekleinen Kratzer entdeckt. Musma hat alles verraten und mein Vater tobt. Auch auf dich ist er nicht gut zu sprechen. Er darf uns nicht zusammen sehen, denn dir gibt er die ganze Schuld. Du hättest mich verführt, behauptet er.«

Nun, der würde sich schon wieder beruhigen, dachte Benkis. Abu Barmil regte sich gerne auf, das kannten sie schon.

Benkis holte einen Arm voll Feigenbaumäste und schälte die Rinde mit seinem Messer ab. Die Streifen hielt er dem Kamel hin, das sie genüsslich kaute. Gerade wollte Benkis von Abu Tarik berichten, als der Aufseher kam und wissen wollte, wie lange Benkis denn noch brauchen würde, er solle nicht einschlafen, er werde beim Ausmisten gebraucht.

»Wir sehen uns später!«, rief Makir und verschwand schnell.

Benkis streichelte das Kamel noch einmal, dann folgte er dem Aufseher in einen anderen Stall. Hier dampfte der Mist, den die Sklaven zu Haufen zusammengefegt hatten. Mit einer großen Harke musste Benkis die Haufen hinausschieben und auf dem Trockenplatz verteilen. Der Mist würde in der Sonne trocknen, dann verkaufte ihn Abu Barmil an die Karawanen als Brennmaterial. Abu Barmil ließ nichts verkommen.

Es war eine unangenehme Arbeit, der Staub klebte im Hals, es stank, er hätte sich gern die Nase verstopft. Verbissen arbeitete Benkis vor sich hin und dachte über Abu Tarik nach. Makir war zwar Zeuge des nächtlichen Abenteuers, aber ob er mit in die Moschee durfte, war sehr fraglich, nachdem sein Vater alles entdeckt hatte. Er müsste die Anzeige allein erstatten, aber irgendetwas sträubte sich in ihm dagegen.

Plötzlich hielt Benkis inne, er schnupperte. Der Mist stank nicht mehr. Er roch nach Blumen, nach Rosen, nach süß duftendem Rosenöl. Aber das konnte nicht sein. Verstohlen blickte sich Benkis um. Nein, niemand beachtete ihn. Er kniete sich zum Misthaufen zu seinen Füßen und roch daran. Gut, es roch auch nach Mist, aber mehr noch nach Rosenöl, kein Zweifel.

Aufgeregt warf Benkis die Harke in die Ecke und rannte auf den Hof.

Makir musste unbedingt am Misthaufen riechen. Da hatte der Zauberer seine Hand im Spiel. Der hatte seine Sinne behext, der wollte ihn mit Duft betäuben, ihn irremachen! Wo war Makir bloß, überlegte Benkis. Sie mussten den Zauberer anzeigen.

Benkis konnte Makir nirgends entdecken. Stattdessen stieß er auf eine Gruppe von aufgeregten Sklaven und einen schimpfenden Abu Barmil, die um einen zerbrochenen Krug herumstanden, aus dem Zedernöl floss. Benkis trat näher.

Beschämt musste er feststellen, dass der Duft des Zedernöls wohl seine Nase betört hatte. Aber hatte er nicht ganz bestimmt Rosenöl gerochen?

Ohne sich seinen Lohn zu holen, eilte Benkis fort.

Er hatte die Nerven verloren, sagte er sich, das durfte ihm nicht noch einmal passieren. Wie gut, dass er Makir nicht gefunden hatte, der hätte seinen Spaß daran gehabt.

Unzufrieden mit sich und der Welt trabte Benkis durch die Straßen, drängelte sich durch eine Eselsherde, sprang über die ausgestreckten Beine eines Bettlers, und als er zu Hause ankam, wollte er nur schnell zwei Mäuse holen, die er für Zad gefangen hatte, und sie dem Falken bringen. Er wollte niemanden sehen.

Doch Mulakim empfing ihn im Innenhof.

5. Kapitel

Der Beweis

Mulakim begrüßte ihn freudig und zufrieden, denn Jasmin ging es schon besser, er lobte Abu Tarik mit vielen Worten. »Und höre«, sagte Mulakim, »ich habe doch noch mit ihm geredet. Er will Al Suhr verlassen und lässt dich fragen, ob du ihn begleiten willst.«

Benkis starrte Mulakim ungläubig an.

»Du hast genügend Zeit, es dir zu überlegen. Abu Tarik sprach von einer Arbeit, die er noch beenden müsste. Es ist eine große Ehre, wenn er dich als Reisebegleiter mitnimmt. Du wirst bei ihm viel lernen können.«

»Wie kommt er auf mich?«, stammelte Benkis.

»Er hat Gefallen an dir gefunden.«

Gefallen an mir?, dachte Benkis erschrocken und fragte sich, ob Abu Tarik sie nicht doch an der Totenmauer entdeckt hatte. Wenn er im Dunkeln sehen konnte wie eine Katze …

»Das kannst du nicht von mir verlangen«, sagte Benkis erregt. »Nie werde ich mit dem Zauberer gehen, nie! Ich muss zum Falken.«

Benkis wollte schleunigst weg, aber Mulakim hielt ihn fest.

»Warte«, bat er. »Ich weiß nicht, wohin seine Reise gehen wird, aber ich weiß, dass er kein Zauberer ist. Wie kommst du nur auf solch eine Idee? Außerdem wolltest du doch immer reisen.«

»So eilig habe ich es nicht«, meinte Benkis.

»Man soll die Gelegenheit beim Schopfe fassen«, sagte Mulakim ernst.

Immer diese Sprüche, dachte Benkis. Wenn er wüsste, was wir gesehen haben, würde er nicht so daherreden.

»Auch Jasmin wäre einverstanden, es geht ihr schon besser. Lauf jetzt nicht fort, ich habe noch einen kleinen Auftrag für dich, warte.«

Mulakim ließ Benkis los, verschwand im Haus und kam gleich darauf mit einem Paket zurück.

»Könntest du dies Geschenk zu Abu Tarik bringen?«, fragte er.

Benkis nickte verzweifelt.

»Ich wollte zu Zad, ihm Mäuse bringen, er hat …«, sagte Benkis, aber Mulakim unterbrach ihn.

»Der Falke kann ja wohl noch ein wenig warten, nicht!«

So streng erlebte Benkis Mulakim selten.

»Aber ich werde nicht mit ihm reisen«, wiederholte Benkis trotzig. »Ich brauche mir das nicht zu überlegen.«

Mulakim sah ihn ernst an und schüttelte den Kopf, dann gab er Benkis das Geschenk, drehte sich um und ging.

Benkis war ärgerlich und traurig. Seine Idee war es nicht gewesen, mit dem angeblichen Arzt zu reisen, das hatte sich Mulakim in den Kopf gesetzt, ohne ihn zu fragen. Das hatte er jetzt davon.

Er eilte in das Viertel der Armen, trat nach einem Hund, der sich ihm in den Weg stellte. Als er vor dem Haus des Zauberers stand, war sein Ärger noch immer nicht vergangen.

Er dachte nach.

Sollte er eintreten oder sollte er die Gelegenheit nutzen und ein wenig spionieren? Es konnte nicht schaden, wenn er mehr über den Zauberer wusste. Für die Anzeige brauchte er handfeste Beweise. Er musste nur sehr aufpassen, dass er nicht in eine Zauberfalle stolperte.

Zwischen dem Haus des Zauberers und dem Nachbarhaus sah Benkis einen schmalen Durchgang, eine Abflussrinne, angehäuft mit Unrat, breit genug für ihn. Er hoffte, an ein Fenster zu gelangen, um hineinsehen zu können. In der Rinne stank es, eine Ratte huschte davon, sein Herz klopfte laut.

»Ben Mahkis al Kabir«, sagte sich Benkis, »nur Mut!«

Er tastete sich die Wand entlang, kam an ein vergittertes Fenster. Es lag aber zu hoch, er kroch weiter. Ein zweites Fenster lag wesentlich günstiger. Das Gitter ließ sich aufklappen, vorsichtig schob er den Vorhang ein wenig zur Seite und sah hinein.

Der Raum war ganz leer, kein Möbelstück, kein Lager, nichts, und es war kein Laut zu hören.

Es half nichts, er musste ins Haus hinein, wenn er etwas erfahren wollte. Vorsichtig, das Paket unter den Arm geklemmt, zog er sich auf die Fensterbank, drehte sich um und glitt geräuschlos in den Raum. Er überlegte kurz, ob er das Geschenk verstecken sollte, behielt es dann aber doch bei sich. Das Geschenk war ein guter Grund, den er angeben konnte, falls er entdeckt würde. Es habe ihm niemand geöffnet, würde er sagen, so sei er eingetreten.

Benkis lauschte. Nichts war zu hören, vielleicht war der Zauberer gar nicht zu Hause.

Er schlich zur Tür, schob vorsichtig den Türvorhang beiseite, er sah in den gekachelten Gang. Plötzlich ertönte die Stimme des Zauberers. Der Zauberer trat auf den Gang und ging in das Zimmer gegenüber, schloss die Tür hinter sich. Benkis hielt den Atem an.

Dann wagte er es. Er trat auf den Gang und eilte zu der Tür. Stimmen klangen gedämpft durch das Holz, Benkis fand eine Ritze, durch die er sehen konnte. Er erstarrte vor Schreck. Was er sah, ließ seine schlimmsten Befürchtungen wahr werden. Ein Sklave hielt ein Bein in die Höhe. Ein menschliches Bein. Der Zauberer schnitt mit einem scharfen Messer um das Kniegelenk herum und klappte einen Hautlappen herunter.

Benkis würgte, kalter Schweiß trat ihm auf die Stirn.

Der Zauberer trat an ein Pult, in Benkis' Blickfeld, er nahm eine Schreibfeder und schrieb etwas auf eine Papierrolle.

Benkis zitterten die Knie. Auf dem Boden neben dem Pult konnte er ein zweites Bein sehen, zwei Arme und einen abgeschnittenen Kopf mit langen Haaren.

Er musste fort, nur weg hier! Das waren Mörder. Das war schlimmer als der grässlichste Alptraum, den er jemals gehabt hatte.

Benkis zwang sich zur Ruhe, er durfte nicht einfach davonrennen, dann würden sie ihn entdecken. Ohne ein Geräusch zu machen, musste er diese Teufelshölle verlassen. Langsam zog er sich zurück.

Gerade wollte er in dem leeren Zimmer verschwinden, als eine Stimme rief: »Was treibst du denn hier?«

Panisch stürzte Benkis ins Zimmer. Er schaffte es nicht, aus dem Fenster zu springen, ein Sklave hielt ihn am Umhang fest und zog ihn mit sich auf den Gang.

»Nun?«, fragte der Sklave. »Was suchst du?«

»Ich wollte ... ich habe ...«

Benkis konnte vor Zähneklappern nicht richtig sprechen.

Der Zauberer trat hinzu. »Dich kenne ich doch«, sagte er. »Warum bist du so bleich, ist dir nicht gut?«

»Das Geschenk«, stotterte Benkis und zeigte auf das Paket, das zu Boden gefallen war.

Der Sklave blickte fragend zu seinem Herrn. Der Zauberer fasste Benkis am Kinn und sah ihn an, befühlte seine Stirn.

»Bist du krank?«, fragte er Benkis. »Zeig mal deine Zunge.«

Benkis wusste nicht, wie ihm geschah. »Nur dies Geschenk von meinem Vater soll ich bringen«, sagte er hastig. »Als Dank für die Heilung. Ich habe gerufen und geklopft und es hat niemand aufgemacht, da bin ich … da habe ich …«

Er verhaspelte sich und schwieg betreten.

»Was wolltest du in dem Zimmer?«, fragte der Sklave.

»Ist gut«, meinte der Zauberer und hob das Geschenk auf. »Du hast nicht gewusst, wo du uns finden solltest, war es nicht so?«

Spielte der nun sein Spiel mit ihm?, fragte sich Benkis. Katz und Maus, und er war die Maus?

»Was ich am meisten hasse, sind Lügen«, sagte der Zauberer und blickte finster auf Benkis herab. Dann brachte er ihn mit großen Schritten zum Ausgang und wies ihn hinaus.

»Grüße Mulakim von mir und Friede mit dir«, sagte er.

Aber Benkis hörte ihn schon nicht mehr, so schnell rannte er die Gasse hinunter.

Um die Mittagszeit waren die Basare und Gassen menschenleer, ausgestorben lag der große Platz im hellen Licht. Ein räudiger Hund kratzte sich heftig, als Benkis an ihm vorüberging.

Um diese Zeit würde er niemanden in der Moschee antreffen, überlegte sich Benkis, bis zum Nachmittagsgebet hatte er noch mit seiner Anzeige Zeit. Er war müde und durstig. Am liebsten würde er sich jetzt in einen Kübel mit kaltem Wasser setzen und einen süßen Tee dazu trinken.

Benkis blickte sich um, der Hund war ihm gefolgt.

»Hau ab, du Hundevieh!«, schimpfte Benkis.

Doch der Hund trottete unbeirrt hinter ihm her. Benkis nahm einen Stein, wollte ihn gerade auf den Hund werfen, hielt jedoch in der Bewegung inne. Ein schrecklicher Verdacht stieg in ihm auf. Langsam senkte er die erhobene Hand.

Der Hund kam näher, Benkis betrachtete ihn genauer. Er sah aus wie ein ganz normaler Straßenköter, das Fell zerkratzt, ein Geschwür auf dem Rücken, der Schwanz wedelte. Aber in den Augen des Tieres lag ein Ausdruck, das war kein Hundeblick. Das war eiskalte Bosheit. Der Hund war ein Sklave des Zauberers, ein Diener in Tiergestalt. Er sollte ihn überwachen, ganz klar.

Wenn ich zur Moschee gehe, springt er mich an und beißt mich, dachte Benkis, während er möglichst unauffällig weiterging. Sicher ist sein Biss tödlich. Ich muss ihn täuschen und darf nicht zeigen, dass ich ihn durchschaut habe.

Er entschloss sich, zu Makir zu gehen, zusammen würden sie den Hund vielleicht vertreiben können. Er schlenderte die Niedrige Mauer entlang, grüßte freundlich einen Bauern, der einen Sack Getreide schleppte. Der Hund folgte und blieb immer fünf Schritte hinter ihm. Bis zu Makirs Haus.

Benkis trat auf den Hof, auch dorthin folgte der Hund, schnüffelte an einer Dattelpalme.

Einen kurzen Moment musste Benkis an das Rosenöl denken, er verdrängte die Erinnerung. Dies war etwas ganz anderes, denn der Zauberer wusste jetzt sicher, dass Benkis ihn entlarvt hatte.

Benkis tat harmlos, pfiff eine Melodie, spazierte an den Ställen vorbei. Auch hier war es um diese Zeit ruhig.

Zu seinem Glück sah er Makir aus dem Haus treten und auf ihn zukommen.

»Ich habe dich kommen sehen!«, rief Makir.

»Pst«, flüsterte Benkis. »Ich muss dir etwas sagen. Still, lass uns beiseite gehen. Ich werde verfolgt.«

»Von wem denn?«, fragte Makir erstaunt. »Etwa von dem einhändigen Sklaven?«

Benkis zog den Freund in eine Ecke, sie drückten sich in den Schatten.

»Viel schlimmer«, sagte Benkis. »Siehst du den Hund dort an der Palme?«

Makir nickte.

»Das ist er«, sagte Benkis sorgenvoll.

»Wer?«

»Mein Verfolger.«

»Der Hund?«, sagte Makir und blickte den Freund zweifelnd an.

»Der Diener des Zauberers.«

»Du hast ja einen Vogel«, sagte Makir und lachte laut. »Du willst mich verschaukeln.«

»Nein«, sagte Benkis hastig. »Ich habe Dinge erlebt. Wir hätten nie zur Mauer der Toten gehen dürfen.«

»Was hat denn der Hund damit zu tun?«

»Sei bloß vorsichtig, er darf nichts merken«, flüsterte Benkis. »Er kommt näher. Wir müssen so tun, als wollten wir spielen.«

Der Hund bellte einmal kurz auf.

»Kommst du mit, den Falken füttern?«, fragte Benkis betont laut. »Wir könnten auch Musma fragen, ob wir ausreiten dürfen, vor die Stadt. Oder sollen wir den Mist wenden?«

Makir betrachtete den Freund kummervoll.

»Du bist verrückt geworden, nicht?«, sagte er. »Hast du dir den Kopf gestoßen und weißt jetzt nicht mehr, was du sagst? Musma wird eine Medizin dagegen wissen. Armer Benkis.«

»Wir könnten auch Verstecken spielen, was meinst du?«, rief Benkis. Er trat dem Freund kräftig auf den Fuß. Der wollte einfach nicht kapieren, worum es hier ging. Makir schrie auf.

Der Hund machte plötzlich einen Satz, bellte auf, rannte über den Hof und verschwand hinter den Ställen.

»Puh!«, rief Benkis. »Noch mal Glück gehabt. Er ist fort.«

»Nun erkläre mir mal, was das soll«, sagte Makir.

»Wir müssen verschwinden, ehe er zurückkommt. Komm mit zum Brunnen.«

Sie gingen auf die andere Seite des Hofes, verbargen

sich hinter dem Brunnen, nachdem sie sich mit der hohlen Hand Wasser geschöpft hatten.

»Der dritte Leichenräuber ist ein böser Zauberer«, sagte Benkis. »Ich bin in seinem Haus gewesen. Jasmin war gestern Nacht sehr krank. Dann sollte ich dem Arzt ein Geschenk bringen und ...«

»Du bist wirklich nicht gesund«, sagte Makir. »Ich verstehe kein Wort. Was für ein Geschenk solltest du wem bringen?«

Aber Benkis kam nicht dazu, es zu erklären. Sie wurden von einem Sklaven unterbrochen, der Makir suchte.

»Da steckst du ja«, sagte der Sklave. »Musma sucht dich verzweifelt. Du sollst sofort zu deinem Vater kommen, er ist sehr wütend.«

»Du musst es mir später erzählen«, meinte Makir. »Wir treffen uns morgen früh im Versteck.«

Benkis stimmte zu, sah seinem Freund und dem Sklaven nach, die ins Haus gingen. Er war wieder allein.

Auf dem Grundstück des Abu Barmil fühlte er sich nicht sicher, solange der Köter herumstrolchte, dieser Zauberdiener, dem er kein zweites Mal begegnen wollte. Er musste nun endlich zum Scheich gelangen. Notfalls würde er ihn in seinem Privathaus aufsuchen.

Doch in seinem verdreckten Umhang würde man ihn nicht vorlassen. Außerdem stank er immer noch nach Mist. Zuerst musste er nach Hause und sich waschen.

Der Tag war wirklich wie verhext. Benkis hatte sich gerade umgezogen, die Sandalen festgebunden, als Bisar kam und ihn bat, einige wichtige Besorgungen für die kranke Jasmin zu erledigen. Benkis konnte nicht ablehnen.

So kam er diesen Nachmittag nicht mehr dazu, zum Scheich oder in die Moschee zu gehen. Bis zum Abendgebet hielten ihn die verschiedenen Tätigkeiten auf. Gerade dachte er, es wäre nun alles erledigt, als Jasmin ihn zu sich rief. Er sollte ihr ein wenig Gesellschaft leisten.

Danach endlich war er frei, er beeilte sich, um nach dem Falken zu sehen.

Zad hockte unruhig auf seiner Stange. Benkis bekam einen Schreck, er glaubte, der Vogel sei verletzt. Doch als er ihn genauer untersuchte, konnte er keine Wunde entdecken. Er hatte die Mäuse zu Hause vergessen, so versuchte er, im Untergeschoss des Turmes eine Maus zu fangen. Frische Mäuse waren Zads Lieblingsspeise. Benkis fing auch schließlich eine, doch es nahm sehr viel Zeit in Anspruch. Als er seinen Turm verließ, war die Sonne schon untergegangen.

Er rannte durch die dunklen Gassen zur Moschee.

Hoffentlich traf er den Scheich noch an.

Er stolperte die Eingangsstufen hinauf, beinahe hätte er sich den Kopf an den geschlossenen Türflügeln eingeschlagen. Wütend hämmerte Benkis mit den Fäusten gegen die Tore aus Ebenholz.

»Aufmachen!«, rief er. »Bitte aufmachen.«

Aus der Wachstube am Toreingang trat ein Mann.

»Was willst du, Bengel?«, fragte er barsch.

»Zum Scheich, bitte«, sagte Benkis. »Es ist wichtig.«

»Was du so für wichtig hältst«, sagte der Wächter und schubste Benkis fort. »Verschwinde, der Scheich ist längst schlafen gegangen.«

»Ich muss ihn sprechen«, sagte Benkis flehend. »Ein Zauberer ist in der Stadt. Ein Menschenfresser.«

»Na gut«, sagte der Wächter und grinste. »Ich lass dich in Ruhe und du haust schnell ab. Aber kein Wort weiter von einem Zauberer oder ähnlichem Quatsch, sonst zerstampfe ich dich zu Mandelmus.«

Der Wächter kehrte in seine Stube zurück und schlug die Tür fest zu.

Da stand Benkis, mutlos ließ er die Arme sinken.

Doch er wollte nicht aufgeben. Er wollte hier die ganze Nacht wachen, bis der Scheich zum Morgengebet erscheinen würde. Dann konnte er ihn nicht mehr verfehlen und keine Macht der Welt würde ihn von der Anzeige abhalten können.

Benkis strich die Moscheemauer entlang, setzte sich an eine Fächerpalme und legte den Kopf auf die Knie.

So wollte er den Morgen erwarten.

6. Kapitel

Ein Beutel voller Gold

Benkis träumte, er habe Abu Barmil versprochen, sämtliche Ställe auszumisten, und nun stellte er fest, der dicke Abu Barmil hatte beträchtlich mehr Ställe, als er gewusst hatte. Das Ausmisten nahm und nahm kein Ende. Immer wenn Benkis dachte, er wäre fertig, zeigte Abu Barmil lachend auf einen neuen Stall, der voller Mist war, und rief höhnisch: »Es duftet aber nach Safran!«

Dann galoppierte das graue Kamel auf ihn zu, fasste mit den Lippen seine Jacke und zerrte daran.

»Wo ist Makir?«, fragte Benkis im Traum, doch Abu Barmil warf seine Arme ab und verwandelte sich in das Narbengesicht. Benkis erhielt einen Tritt, ein scharfer Geruch stieg ihm in die Nase.

Er wachte auf.

»Hier ist kein Schlafplatz«, sagte ein Beduine, der einen Burnus aus Ziegenfellen trug. Er beugte sich über den Jungen. »Die Sonne hat dir wohl das Gehirn verbrannt.«

Benkis überlegte, wo Abu Barmil geblieben war. Nein, das hatte er geträumt. Aber warum lag er nicht unter dem Pfirsichbaum?

Er sprang auf die Füße, stieß einen Fluch aus, dass Mulakim, wenn er ihn gehört hätte, vor Entsetzen die Hände über dem Kopf zusammengeschlagen hätte.

Die Sonne stand hoch über dem östlichen Minarett, auf dem Platz herrschte munteres Treiben, Benkis hatte verschlafen.

Eine Gruppe Reisender mit ihren Reit- und Lastkamelen lagerte bei den Palmen an der Moscheemauer, eines ihrer Kamele hatte Benkis unsanft geweckt.

Er musste sofort in die Moschee.

Langsam, langsam, ermahnte er sich. Zuerst musste er den Staub aus dem Umhang klopfen. Er musste sich genaue Worte für den Scheich überlegen, es musste glaubwürdig klingen, was er vorzutragen hatte. Der Scheich war ein hoher Herr, er würde sich die Geschichte nicht bis zu Ende anhören, wenn Benkis nicht überzeugend auftrat.

»Seid ihr schon lange hier?«, fragte Benkis den Beduinen, während er seinen Mantel ausschüttelte.

»Ist das dein Schlafgemach?«, erwiderte der Beduine lachend und wies über den weiten Platz.

»Nur manchmal«, sagte Benkis. »Sind das deine Kamele?«

»Die Herren sind in der Moschee und beten«, sagte der Beduine. »Aber du solltest lieber verschwinden, der Wächter dort hat schon ein Auge auf dich geworfen.«

»Welcher Wächter?«, fragte Benkis und knüpfte seine Sandalen neu.

Der Beduine zeigte auf einen Mann mit einem langen Stab.

Einer von der Schurta, dachte Benkis, mit denen war nicht gut auskommen. Sie sorgten für Ordnung und hatten für herumlungernde Jungen nicht viel übrig. Aber der würde ihn bestimmt nicht daran hindern, in die Moschee zu gehen. Die Zeit für das Morgengebet war zwar längst vorbei, aber er konnte es ja nachholen.

Er zog den Umhang glatt und ging die Stufen hinauf, durchschritt den Eingang, gelangte ungehindert auf den Hof der Moschee.

Hier fühlte er sich sicher.

An einem großen Springbrunnen, dessen Becken mit blauen Kacheln ausgelegt war, wusch sich Benkis Gesicht, Hals und Hände. Dann wusch er sich ein zweites Mal, wie es für die Gebete vorgeschrieben war: Hände, Mund und Augen, Nase und Ohren, Stirn und Nacken, zum Schluss die Füße. Dazu murmelte er: »Es gibt nur einen Gott und Mohammed ist sein Prophet.«

Während er sich mit dem Kopftuch abtrocknete, fiel sein Blick auf den Boden.

Dort lag ein Gegenstand. Er knüpfte das Kopftuch fest und hob den Gegenstand auf. Es war ein Beutel aus schwarzem Samt.

Benkis wog ihn in der Hand, ein schwerer Beutel.

Er blickte sich suchend um. Einige Frauen betraten gerade die Moschee, am Brunnen hatte er allein gestanden.

Wer konnte den Beutel verloren haben?, fragte er sich. Sollte er ihn einfach einstecken? Nein, das konnte kein Glück bringen. Aber er wollte zumindest wissen, wie viel darin war. Unauffällig schob er den Beutel unter seinen Umhang und trat hinter einen Säulensockel. Er wollte den Inhalt begutachten und dann den Beutel zurückgeben. Er ließ sich einfach öffnen, in Benkis' Hand glitten Golddinare, schwere, glänzende Münzen. Benkis' Augen blinzelten. So viel Gold hatte er noch nie gesehen.

Wie viele Kamele könnte er sich damit kaufen?, dachte er. Schade, dass es nicht ihm gehörte. Aber vielleicht bekam er einen Finderlohn. Immerhin hatte der Beutel beträchtlichen Wert, da durfte ein Finderlohn nicht kleinlich ausfallen. Benkis konnte sich von dem Anblick des Goldes in seiner Hand nur schwer trennen.

»Da ist der Junge!«, hörte er den Beduinen rufen, mit dem er vor der Mauer gesprochen hatte. »Ich habe ihn beobachtet, wie er in die Moschee ging.«

Schnell ließ Benkis die Dinare verschwinden, verbarg den Beutel hinter dem Rücken.

Der Beduine kam in Begleitung eines vornehmen Kaufmanns, der in eine golddurchwirkte Aba, einen Überwurf aus feinstem Wollstoff, gekleidet war. Der Kaufmann musterte Benkis scharf.

»Er hat genau da geschlafen, wo wir lagern«, sagte der Beduine. »Fragen wir ihn doch, ob er nichts gesehen hat.«

»Was gesehen?«, fragte Benkis.

»Oder ob er vielleicht nur so getan hat, als ob er schliefe, wie?«, sagte der Beduine und lachte hämisch. »Er hatte es plötzlich sehr eilig wegzukommen.«

»Ich wollte zum Gebet«, sagte Benkis. »Lass mich los!«

»Zum Gebet, dass ich nicht lache!«, sagte der Beduine. »Du siehst auch wirklich wie ein rechtgläubiger Junge aus, der jeden Tag betet, was?«

»Lass ihn los«, sagte der vornehme Herr.

»Was hast du hinter deinem Rücken?«, fragte der Beduine lauernd.

Benkis stieg das Blut zu Kopf.

»Nichts«, log er. Hätte er den Beutel nur nie angefasst!

»Das geht dich gar nichts an!«, sagte Benkis laut.

Er wollte sich freimachen, schüttelte die Hand des Beduinen ab, dabei fiel der Beutel zu Boden.

»Ach ja«, sagte der Herr, als der Beduine sich bückte und den Beutel aufhob. »Und was ist das?«

Benkis schwieg.

»Ja, das ist mein Beutel«, sagte der Kaufmann. »Ich hätte wetten können, dass der Junge kein Dieb ist, aber wer blickt schon in des Menschen Herz?«

»Ich habe ihn gefunden«, sagte Benkis leise. »Vorhin beim Brunnen, als ich mich gewaschen habe.«

»Gewaschen! Das kannst du deiner Amme erzählen«, rief der Beduine und stieß ihn in die Seite, dass er hinfiel und sich den Ellbogen schmerzhaft aufschlug.

»Lass ihn«, ermahnte der Kaufmann.

»Wo willst du den Beutel denn gefunden haben?«, fragte der Beduine.

»Beim Brunnen.«

»Du bist ein großer Lügner«, sagte der Beduine und drehte sich zu dem Kaufmann um. »Ihr habt den Beutel schon beim Lagerplatz vermisst, nicht?«

»Ja«, sagte der Herr.

»Aber ich habe ihn wirklich am Brunnen gefunden«, sagte Benkis bestimmt. »Ich schwöre es, ich wollte ihn zurückgeben.«

»Hinter der Säule, was!«, rief der Beduine. »Wem wolltest du ihn da wohl geben?«

»Wir müssen den Wächter holen«, sagte der Herr.

Der Wächter war schon von einem anderen Beduinen herbeigerufen worden. Er klopfte mit seinem Stab auf den Boden und hörte sich alles genau an.

»Dir wird die Hand abgeschlagen«, trumpfte der Beduine auf. »Oder gar der Kopf, was?«

»So, so«, sagte der Wächter. »Und was sagst du dazu?«, fragte er Benkis.

»Ich bin doch kein Dieb«, antwortete Benkis und starrte vor sich auf den Boden. »Ich hätte den Beutel bestimmt zurückgegeben.«

Er wusste, man würde ihm nicht glauben.

»Ich kenne den Jungen«, erklärte der Beduine dem Wächter. »Er war bei unserem Lagerplatz und tat so, als schliefe er fest. Dabei hat er beobachtet, wie der Herr den Beutel zur Seite legte. Dann hat er einen günstigen Moment abgepasst, hat sich den Beutel gegriffen und ihn eingesteckt. Später wollte er sich in der Moschee verbergen und warten, bis wir verschwunden wären. So ein gerissener Dieb ist das.«

Der Wächter blickte auf Benkis herab, als könne er nicht glauben, dass Benkis so schlau sei. Grob griff er Benkis' Armgelenk und zog ihn fort.

»Er wird bestraft werden, ich hafte persönlich für ihn.«

Neugierige Besucher der Moschee hatten einen Kreis um die Gruppe gebildet, durch die der Wärter nun stolz mit Benkis schritt.

»Ein Dieb!«, erklärte er. »Wir haben ihn gefasst, Allah sei Dank.«

Sie kamen über den Markt, auf dem ein großes Gedränge von Sklaven und Händlern herrschte. Bauern boten Schafe und Ziegen an, Tauben gurrten in ihren Holzverschlägen. Frauen, von ihren Sklavinnen gefolgt, eilten vorüber oder feilschten mit den Händlern um Krüge voller Olivenöl, Datteln und Ziegenkäse.

Der Wächter schwitzte, er wischte sich mit dem Kopftuch den Schweiß von der Stirn. Einmal musste er Benkis loslassen, aber Benkis nutzte die Gelegenheit nicht, um zu fliehen. Der Augenblick war zu kurz, schon hielt ihn der Wächter wieder fest und sah ihn strafend an.

Das Gefängnis war ein niedriger, lang gestreckter Bau

am Rande der Stadt mit einem mächtigen Holztor, vor dem ein Wächter auf und ab schritt. Er öffnete ihnen das Tor. »Wen bringst du denn da?«, fragte er und betrachtete Benkis von allen Seiten, als wäre er ein Sklave, den er kaufen wollte.

»Ein Dieb«, sagte der Wächter. »Ein raffinierter Dieb, der sich schlafend stellt und Reisende bestiehlt, ein gefährlicher Bursche.«

Der Torwächter stupste Benkis mit seinem Stab gegen die Schulter und meinte: »So gefährlich sieht der gar nicht aus.«

»Ist er aber«, sagte der Wächter. »Lass mich herein.«

Er führte Benkis in den Innenhof, vorbei an vergitterten Zellen, von denen die meisten leer waren. Nur in einer hockten zwei Männer auf einem Strohballen und redeten miteinander.

»Raubmörder aus der Wüste«, schimpfte der Wächter und spuckte aus.

Benkis wurde in die Schreibstube gebracht, wo der Schreiber auf einem Holzschemel saß und dampfenden Pfefferminztee trank. Er schien Benkis zu erkennen. Erstaunt fragte er den Wächter, warum er denn diesen Jungen brächte. Auch den Wasserträger Mulakim kannte er flüchtig. Er wollte nicht glauben, dass der Ziehsohn von Mulakim ein Dieb sein sollte.

»Er ist es aber«, sagte der Wächter. »Wenn ich bitten darf, wir werden ihn in den tiefsten Kerker werfen, den es gibt.«

»Bist du verrückt«, schimpfte der Schreiber. »Er ist ja noch ein Kind. Möchtest du Tee?«, fragte er Benkis.

Benkis blickte den Schreiber herausfordernd an. Auch wenn er ihm Tee anbot, ein Kind war er schon lange nicht mehr.

Der Schreiber schien bemerkt zu haben, dass er den Stolz des Jungen verletzt hatte. »Nun, schon gut«, sagte er. »Du bist natürlich kein Kind mehr. Aber bist du ein Dieb?«

»Nein!«, sagte Benkis und wollte dankbar das Teeglas nehmen. »Ich habe den Beutel gefunden.«

Aber der Wächter ließ ihn nicht trinken, er schob Benkis beiseite. »Hier wird nicht lange gefackelt, ab ins Loch!«

»Sei doch nicht so grob zu dem Jungen«, meinte der Schreiber.

Im Grunde konnte der Schreiber nichts machen. Wenn man Benkis bei einem Diebstahl erwischt hatte und wenn es sich um eine ansehnliche Summe handelte, musste der Junge mit dem Schlimmsten rechnen.

»Soll ich deinem Vater Bescheid sagen?«, fragte der Schreiber. »Ich kenne ihn von Abu Fahlin her. Er hat meine Kalligraphien sehr gelobt. Ein freundlicher Mann. Wo wohnt ihr?«

Benkis konnte es ihm gerade noch erklären, dann zog ihn der Wächter aus dem Raum, zurück über den Hof zu einem Seitengebäude, und schloss eine Tür auf. Sie stiegen zwei Treppen tief, kamen vor eine niedrige

Holzklappe, die mit einem schweren Riegel verschlossen war. Der Wächter schob den Riegel zurück, öffnete die Klappe und stieß Benkis ins Dunkel hinein.

Benkis stolperte zwei Stufen hinunter und schlug mit dem Kopf an die Wand.

Reglos blieb er liegen.

7. Kapitel

Im Kerker

Schmerz und Kummer ergriffen Benkis, er schluchzte auf und weinte. Kälte und Feuchtigkeit drangen durch seine Kleidung. Dann packte ihn kalte Wut, er warf sich gegen die Mauer, schlug mit den Fäusten auf den Boden, bis er vor Erschöpfung nicht mehr konnte.

»Verflucht, verflucht!«, schrie er in die Finsternis. Verflucht der Tag, an dem er dem Zauberer begegnet war. Denn nur der allein hatte Schuld, dass er hier im Kerker gefangen gehalten wurde. Der hatte ihm den Beutel voller Gold vor die Füße geworfen, hatte sich schmeichelnd bei Mulakim eingeschlichen, Jasmin geheilt. Der hatte seine Zaubereien angewandt, um Benkis von einem Gang zum Scheich abzuhalten. Dies war sein letzter Zug in diesem ungleichen Kampf. Was konnte er, Benkis, schon gegen solche Macht ausrichten?

Und Mulakim und Jasmin? Schande brachte er denen, die ihn so liebevoll aufgezogen hatten. Sie würden es bereuen, dass sie sich seiner angenommen hatten, sie würden ihn verstoßen. Jasmin würde vor Kummer und Scham vergehen, arme Jasmin.

Warum war er nicht reich und wohlhabend? Dann

wäre ihm das alles nicht passiert, warum war die Welt so ungerecht? Er hatte die Macht der Bösartigkeit des Zauberers unterschätzt, das war sein Fehler gewesen. Nun war es zu spät. Sein Schicksal war besiegelt. Man würde ihm die Hand abhacken.

Benkis stockte der Atem.

Würde man ihm wirklich die Hand abhacken?

Dann würde man ihn in die Wüste jagen, zu den Räubern und Übeltätern, man würde ihn ausstoßen. Er wäre ein Ehrloser, in der Gesellschaft der Menschen nicht mehr geduldet. Auch Makir würde sich von ihm abwenden.

Benkis rollte sich gegen die feuchte Wand und richtete sich auf. Er stellte fest, dass sein Verlies nicht völlig finster war. Durch einen Mauerspalt drang von oben ein Lichtstrahl herein, die Augen gewöhnten sich, Benkis sah sich um. Die Zelle war etwa vier Schritte lang und drei Schritte breit, ein richtiges Loch. Zwei Stufen führten zu der Holzklappe. Sonst gab es nichts, kein Lager, keinen Krug, nur feuchte Steine und einen glitschigen Boden, es stank nach Urin.

Er setzte sich auf die Stufen und befühlte seinen Ellbogen und die Beule am Kopf. Er wollte ruhig bleiben und scharf überlegen.

Gab es wirklich keine Möglichkeit, seine Unschuld zu beweisen? Der vornehme Mann täuschte sich, wenn er behauptete, dass er seinen Beutel schon bei der Mauer verloren hatte. Es stimmte einfach nicht. Aber was wog seine Aussage gegen die eines so vornehmen Kaufmanns? Und gab es eine Möglichkeit, den Scheich der großen Moschee von der Gefährlichkeit des Zauberers zu überzeugen? Er musste es zumindest versuchen. Sobald ein Wärter kam, würde er ihm sagen, dass er eine wichtige Aussage zu machen hätte.

Benkis war durstig und hungrig. Er klopfte gegen die Klappe, doch es reagierte niemand. Aus großer Ferne hörte er Stimmen, Geschrei, dann war wieder Stille.

Wie viel Zeit vergangen war, wusste Benkis nicht. Der Holzriegel wurde zurückgeschoben, die Klappe geöffnet, und der Schreiber beugte sich herein.

»Steh auf«, befahl er. »Du holst dir ja den Tod in diesem Loch.«

Benkis blickte in das freundlich lächelnde Gesicht des Mannes.

»Ich bringe dich in eine andere Zelle. Das ist hier nichts für dich. Außerdem brauche ich deinen Namen für die Akten. Wie heißt du?«

»Benkis.«

»Mehr nicht?«

»Ben Mahkis al Kabir«, sagte Benkis und stand auf.

»Gut. Barid, der Wächter, der dich hergebracht hat, ist nach Hause gegangen. Ich nehm's auf meine Verantwortung, dich in eine bessere Zelle zu bringen. Hast du Wasser und etwas zu essen bekommen?«

Benkis verneinte. Ihm war kalt, er zog den Umhang fest um die Schulter.

»Komm mit. Du bist ja ganz blau vor Kälte. Kleine Kinder in die Todeszelle zu stecken, so was!«, schimpfte der Schreiber.

»Kleine Kinder« überhörte Benkis jetzt gerne, so dankbar war er dem Schreiber, dass er ihn da herausholte.

Der Schreiber brachte ihn zuerst in seinen Raum, gab ihm heißen Tee zu trinken und wickelte ihn in eine Kamelhaardecke. Er brachte ihm Fladenbrot und gekochtes Ziegenfleisch.

»Danke!«, sagte Benkis und biss gierig ab.

»Ich habe mir deine Geschichte noch einmal genau erzählen lassen. Du behauptest also, den Goldbeutel am Brunnen gefunden zu haben?«

»Ja.«

»Ich glaube dir. Ich habe einen guten Riecher für die Wahrheit. Ich beschäftige mich viel mit Kalligraphie, weißt du, da muss man ein genaues Auge haben. Ich erkenne die Wahrheit auf tausend Schritt.« Und der Schreiber lachte selbstgefällig.

»Was ist zu tun?«, überlegte er laut. »Barid wird niemals davon abweichen, dass du ein Dieb bist. Er ist ein strenger Strafverfolger, so nennt er sich. Einmal von Barid gefasst, sorgt er dafür, dass du verurteilt und bestraft wirst. Zack und ab die Hand. Aber keine Angst, ich bin auch noch da. Ich werde mit deinem Vater reden. Er hat einen guten Ruf und du bist ein nettes Kerlchen. Mach dir keine Sorgen mehr.«

Benkis fragte sich, ob er dem Schreiber vom Zauberer erzählen sollte. Wenn der einen so guten Riecher für die Wahrheit hatte, würde er ihm sicher helfen. »Ich wollte in die Moschee gehen«, begann Benkis, »um beim Scheich einen Zauberer anzuzeigen. Er klaut Leichen und zerschneidet sie in seinem Haus, er frisst sie auf. Dieser Zauberer verfolgte mich mit einem Diener in Hundegestalt. Er hat mir den Beutel vor die Füße gezaubert, um mich auszuschalten.«

Der Schreiber hob verwundert die Augenbrauen.

»Er verzaubert einfach jeden. Auch meinen Vater. Und zum Schein heilt er die Kranken, wie Jasmin.«

»Was erzählst du da?«, fragte der Schreiber.

»Er nennt sich Abu Tarik und wohnt noch nicht lange in Al Suhr.«

»Ein Zauberer?«

»Es ist alles seine Schuld.«

»Aber der Beutel, mein Junge, gehört einer ganz bestimmten Person, einem vornehmen Mann. Das ist kein Zauberer, sondern ein Kaufmann.«

Der Schreiber schüttelte missbilligend den Kopf. »Ich höre ja gerne Geschichten, ich schreibe sie manchmal auf, wenn ich Spaß daran habe. Aber mit der Wahrheit hat das nichts zu tun. Du hast in dem Loch da einen bösen Traum gehabt, stimmt's?«

»Vielleicht«, murmelte Benkis, es war wohl besser zu schweigen.

»Vergiss den Traum und halte dich streng an die

Wahrheit. Ich bringe dich in eine andere Zelle, die Decke kannst du mitnehmen. Später werde ich deine Eltern aufsuchen und ihnen berichten, was mit dir passiert ist.«

Benkis folgte dem Schreiber in die neue Zelle. Hier gab es ein Strohlager, einen Wasserkrug, ein vergittertes Fenster.

»Danke«, sagte Benkis, als er in der Zelle stand. Er hörte das Knirschen des Riegels, mit dem der Schreiber die Zelle verschloss.

Der Morgenruf des Muezzin drang laut und deutlich in Benkis' Schlaf und weckte ihn. Er stand auf, sprengte sich Wasser ins Gesicht und betete das Morgengebet. Vielleicht konnte das helfen, dachte er. Ehe er fertig war, wurde die Tür geöffnet, der grimmige Barid trat ein und sagte: »Glück gehabt, dass sie dich nicht im Schmorloch gelassen haben. Na, lassen wir es dabei. Dein Vater ist der Wasserträger Mulakim, ja?«

Benkis bestätigte das.

»Nach dem Nachmittagsgebet wird er dich besuchen, also gedulde dich.« Damit schloss er die Tür und ging.

Benkis starrte die Tür an. Er setzte sich auf das Lager, stützte den Kopf auf, wartete.

Gegen Mittag brachte ihm ein anderer Wächter frisches Wasser und eine Schale Pilaw.

Benkis aß lustlos, die Zeit verstrich langsam.

Als Mulakim endlich in der Tür stand und eintrat, fing

Benkis an zu weinen, obwohl er es nicht wollte. Er legte seinen Kopf an Mulakims Schulter. Der strich ihm über das Haar.

»Ist ja schon gut«, sagte Mulakim mit seiner tiefen Stimme. Auch er musste einen Kloß im Hals herunterschlucken.

»Ich bin kein Dieb«, schluchzte Benkis.

»Ich weiß das«, sagte Mulakim und hielt Benkis vor sich, musterte ihn. Er schüttelte den Kopf, zog Benkis wieder an die Brust.

»Nein, du bist kein Dieb.«

»Der Mann irrt sich, ich habe den Beutel wirklich am Brunnen gefunden.«

»Ich glaube dir, er täuscht sich«, sagte Mulakim. Er sah sich in der Zelle um. »Setz dich«, sagte Mulakim, wies auf das Lager. »Erzähl mal von Anfang an.«

Benkis schniefte und setzte sich neben Mulakim, er starrte auf den Steinboden. »Ich habe ein Gespräch belauscht von zwei Sklaven ...«

Zuerst wollte er Mulakim alles erzählen, von der Totenmauer und Makir, von den abgesägten Körperteilen, doch Mulakim sah ihn so arglos und offen an, dass Benkis verstummte.

Er hatte kein Vertrauen mehr zu sich und allen anderen und es würde ihm niemand glauben. Da war es klüger, vor Mulakim zu schweigen. So wiederholte er nur, wie er den Beutel gefunden hatte.

»Es sieht nicht gut für dich aus«, sagte Mulakim

düster. »Wenn du für schuldig befunden wirst, wird man dir die Hand abhacken ...«

Benkis wollte das nicht schon wieder hören. Stand es wirklich so ernst um ihn? Er hatte gehofft, dass Mulakim das schon regeln würde.

»Ja«, sagte Mulakim. »Wie willst du deine Unschuld beweisen? Man hat dich mit dem Beutel erwischt, das ist eine Tatsache.«

»Ich wollte doch nur mal sehen, wie so viel Gold aussieht«, sagte Benkis entschuldigend.

»Ich verstehe. Es macht mich traurig, dass dir Gold so wichtig ist.«

Ewig diese Sprüche, dachte Benkis ärgerlich. Er wollte eben nicht so ärmlich leben wie Mulakim.

»Gold ist wichtig«, sagte Benkis trotzig.

Mulakim blickte sinnend zu Boden und malte mit dem Fuß ein unsichtbares Muster.

Benkis blickte ihn gespannt an und wartete auf einen Gedanken, der ihn retten würde.

»Ich kenne jemanden«, begann Mulakim zögernd. »Er kann dir vielleicht helfen.«

»Wen?«

»Es ist besser, wenn du seinen Namen vorerst nicht weißt«, sagte Mulakim seufzend und erhob sich. »Morgen komme ich wieder. Hier ist noch etwas Kuchen von Jasmin, ihr geht es wieder gut. Sie ließ es sich nicht nehmen, dir Kuchen zu backen. Ich soll dir von ihr ausrichten, dass sie dich lieb hat und dich für unschuldig hält.«

»Danke«, sagte Benkis leise.

Mulakim verließ die Zelle, der Wächter schob den Riegel vor, Benkis war wieder allein.

Doch nicht lange. Dann brachte der Schreiber seinen Freund Makir herein, schloss hinter ihm zu und ließ sie ungestört.

»Ich bin heimlich gekommen«, flüsterte Makir aufgeregt. »Mein Vater darf es auf keinen Fall wissen. Der verkündet in der ganzen Stadt, dass du ein Verbrecher bist. Er weiß alles über unseren nächtlichen Ausflug. Mir hat er jeden Umgang mit dir verboten.«

So sprudelte es aus Makir heraus.

»Musma hat ihm alles verraten, denn die Maske hatte nicht nur einen Kratzer, sondern einen Sprung. Das bedeutet schlimmstes Unheil, sagt Musma.«

Da hat er ja auch Recht, dachte Benkis.

»Hast du den Goldbeutel wirklich gestohlen?«, fragte Makir. »Du bist ein Teufelskerl. Und wo hast du ihn vergraben?«

»Ich habe ihn nicht gestohlen«, sagte Benkis.

»Ich hab das auch nicht geglaubt«, meinte Makir treuherzig.

»Es ist viel schlimmer, als du dir vorstellen kannst«, sagte Benkis. »Der Zauberer zerschneidet die Leichen in seinem Haus und tarnt sich als Arzt. Der hat mir den Beutel vor die Füße geworfen.«

»Ach so«, sagte Makir. »Aber das wird dir niemand abnehmen, höchstens Musma. Ich habe den Schreiber bestochen, er ist auf unserer Seite. Ich werde dich befreien. Ich komme mit einer Schar Sklaven, wir brechen das Tor auf, holen dich hier raus und verschwinden wieder. Was sagst du dazu?«

»Hör auf!«, sagte Benkis und musste lachen. »Das geht doch nicht.«

»Und wie das geht!«, rief Makir. »Ich lasse meinen Freund nicht im Stich. Was ist schon dieser lumpige Beutel, nichts, ein Dreck ist er! Es geht um dein Leben. Heute Nacht bringe ich mit zwei Sklaven eine Leiter, du kriechst durch das Fenster und wir fliehen in die Wüste. Wasser und Lebensmittel bringe ich mit. In einer einsamen Oase warten wir, bis die Angelegenheit vergessen ist. Dann retten wir eine Karawane vor dem Verdursten und kehren ruhmbedeckt nach Al Suhr zurück.«

»Aber das Fenster ist vergittert«, sagte Benkis leise.

»Lass mich nur machen«, rief Makir begeistert und wischte alle Bedenken seines Freundes mit einer Handbewegung beiseite. »Ich muss mich beeilen, um alles vorzubereiten.«

Er klopfte heftig gegen die Tür, rief den Schreiber und eilte fort, ohne sich von Benkis zu verabschieden.

»Der hat es aber eilig, hier wegzukommen«, sagte der Schreiber lachend und ließ Benkis allein.

Benkis fühlte sich ein wenig erleichtert. Wenn er auch nicht an Makirs Fluchtplan glauben konnte, so wusste er doch jetzt, dass Jasmin und Mulakim zu ihm hielten und ihn auch nicht verstießen.

Makir ist ein treuer Freund, dachte Benkis dankbar.
Er wartete auf den Ruf des Muezzin zum Nachtgebet, dann legte er sich auf das Stroh und schlief sofort ein.

8. Kapitel

Der Nachtritt

Eine dunkle Gestalt trat aus den Büschen an der Gefängniswand. Sie hatte eine Leiter über der Schulter, stellte sie an die Mauer und kletterte bis zu dem Gitterfenster. Dort löste sie mit geschickten Fingern einen Stein aus der Mauer, das machte ein leises Geräusch.

Von diesem scharrenden Geräusch wachte Benkis auf. Er sah den fahlen Nachtschimmer in seiner Zelle und hörte wieder das Geräusch.

Sollte ihn Makir wirklich befreien?

Er fuhr sich mit der Hand über die Augen.

Er träumte. Er musste träumen, denn was er sah, konnte nicht wirklich sein.

Das Gitter bewegte sich, schob sich langsam zur Seite, klappte auf, ein Kopf wurde für einen Moment sichtbar, verschwand.

Eine Zauberei, dachte Benkis, der unter das Fenster getreten war. Er griff an den Gürtel, um vorsichtshalber das Messer herauszuziehen, aber es war nicht da. Verwirrt überlegte er, ob man es ihm abgenommen hatte, aber daran konnte er sich nicht erinnern. Also musste er es verloren haben.

»Benkis!«, rief eine leise Stimme.

»Ja?«, antwortete Benkis.

»Kannst du dich zum Fenster hinaufziehen?«

»Ja.«

»Wir holen dich heraus, auf der anderen Seite steht eine Leiter. Beeil dich!«

Das musste einer von Makirs Sklaven sein, dachte Benkis, das würde er Makir nicht vergessen.

»Ich komme«, rief Benkis.

Er sprang in die Höhe, klammerte sich an den Fenstersims, zog sich hinauf. Oben drehte er sich ohne Schwierigkeiten um und kletterte die Leiter hinunter. Als er unten war, kletterte die Gestalt die Leiter empor, schloss wie selbstverständlich das Gitter, fügte den Stein in die Mauer ein, kam herunter, griff die Leiter und verschwand.

Benkis sah eine zweite Gestalt, die ihm winkte.

Das war nicht Makir, sah er, aber er folgte schnell.

Die Gestalt blieb unter einem Walnussbaum stehen. Im Dunkel sah Benkis die Umrisse zweier indischer Reitkamele, eines war leicht bepackt.

»Wo ist Makir?«, fragte Benkis.

Die Gestalt zischte ihm zu, er möge leise sein, und reichte ihm einen Kamelhaarmantel. Dann band sie den Kamelen die Fußriemen los, ließ sie hinknien, stieg auf und wies Benkis an, es ihr nachzutun.

Gut, dachte Benkis, als er auf dem Kamel saß. Es wird ein Sklave von Makir sein, der mich zu ihm bringt.

Zum Glück konnte Benkis reiten, er hatte es von Makir gelernt, mit dem er schon öfter vor die Stadt geritten war.

Benkis folgte der Gestalt.

Der Ritt ging in die Wüste, fort von der Stadt. Sobald sie das Buschwerk am Gefängnis hinter sich gelassen hatten und auf die offene Ebene kamen, schlug die Gestalt eine schnellere Gangart an. Benkis spornte sein Reitkamel an, es gehorchte willig, trabte dahin und schaukelte ihn hin und her.

Benkis atmete die kühle Nachtluft, sah über sich den weiten Sternenhimmel und hätte ein Lied gepfiffen, wenn die Gestalt ihm nicht Stille geboten hätte. Er fühlte sich wieder besser, seit er aus dem Kerker heraus war. Alles andere würde sich schon finden. Und Makir war der beste Freund, den er sich denken konnte.

Sie ritten den Saum eines Korkeichenwaldes entlang, der sich am Rande einer Sandwüste hinzog. Bald wurde der Wald lichter, krüppelige Kiefern wuchsen vereinzelt, der Schritt der Tiere knirschte im Sand.

Endlich sah Benkis einen Silberstreif zu seiner Rechten, die Nacht wich dem Morgengrauen.

Sie ritten nach Norden, dachte Benkis. Dann würden sie bald in bewohnte Gegenden kommen. War das nicht gefährlich für ihn? Benkis versuchte, der fremden Gestalt dicht auf den Fersen zu bleiben, seine Müdigkeit schwand, der frische Wind wehte ihm entgegen und bald ging die Sonne strahlend auf.

Plötzlich zügelte der Reiter sein Tier, stoppte es und blickte sich suchend um. Er wendete zur Seite und ritt auf eine Felsgruppe zu. Benkis folgte.

Die Felsen umschlossen einen Halbkreis, einige Büsche wuchsen dort, die offene Seite ging zum Kiefernwald. Benkis stieg von seinem Kamel. Er blickte sich um, erwartete, Makir zu finden, oder zumindest Musma.

»Ich habe genug Lebensmittel und Wasser dabei«, sagte die Gestalt. »Die ersten Tage brauchen wir in keine Ortschaft.« Sie hielt Benkis einen Schlauch hin.

Aber Benkis war unfähig, ihn zu ergreifen.

Er hatte die Stimme erkannt. Das war wie ein Schlag gegen die Stirn.

Er blickte in das Gesicht des Zauberers, der ihm freundlich zunickte.

Der Anblick des verhassten Mannes lähmte ihn.

»Trink«, sagte der Zauberer.

Jetzt bin ich ihm ausgeliefert, durchfuhr es Benkis, mein Leben ist verloren. Es war ihm nicht möglich, den Wasserschlauch zu greifen, seine Arme hingen schlapp herunter.

»Das kenne ich«, sagte der Zauberer. »Wenn man so lange geritten ist, werden einem die Arme ganz schlaff.«

»Was wollen Sie von mir?«, flüsterte Benkis.

»Du kannst ruhig lauter reden«, meinte der Zauberer. »Hier hört uns niemand.«

Er weidet sich an meinem Entsetzen, dachte Benkis.

»Lassen Sie mich, bitte«, flehte er voller Angst.

»Nun trink und ruhe dich von dem Ritt aus. Ein flotter Ritt, den wir da hinter uns haben. Du hast gut mitgehalten, gratuliere.«

Benkis holte tief Luft.

»Ich habe dich aus dem Kerker befreit, weil Mulakim mich darum gebeten hat. Es war die einzige Möglichkeit, dir zu helfen. Auch der Schreiber war dir wohlgesonnen. Gegen ein kleines Entgelt machte er uns auf das Klappgitter aufmerksam, was die Flucht sehr vereinfachte. Dir drohte nicht nur der Verlust der Hand, tatsächlich hätte man dir wohl den Kopf abgeschlagen. Die gestohlene Summe war beträchtlich und der Herr ein hoher Kaufmann aus Bagdad.«

Alles Zauberei, dachte Benkis.

»So habe ich mich etwas früher auf die Reise begeben als vorgesehen. Ich wollte Al Suhr erst in acht Tagen verlassen. Ich glaube, Mulakim hat mit dir über meinen Vorschlag schon gesprochen. Du wirst mein Reisebegleiter. Wenn wir am Ziel sind, wirst du belohnt.«

»Ich glaube kein Wort«, sagte Benkis.

»Dir hätte man kein Wort geglaubt und dich bestraft, wenn Mulakim sich nicht an mich gewandt hätte.«

»Sie sind ein Schwarzmagier und wollen mich als Opfer«, schrie Benkis laut.

»So? Für einen Schwarzmagier hältst du mich?«

»Ich weiß, was ich gesehen habe!«

»Gesehen?«, fragte der Zauberer und runzelte die Stirn. »Und was meinst du mit Opfer?«

»Vielleicht wollen Sie mich auch …« Benkis verstummte.

»Was?«, fragte der Mann streng.

Benkis biss sich auf die Lippen. Kein Wort weiter, sagte er sich, nicht alles verraten.

»Gut«, meinte der Zauberer. »Wir reden später darüber. Aber nun trink etwas und ruhe dich aus. Vorerst werden wir nachts reiten, das schont die Kräfte.«

Benkis legte sich vor den Büschen auf seinen Umhang und kehrte dem Zauberer den Rücken zu. Ein Spruch von Mulakim fiel ihm ein: Eile mit geduldigen Schritten ruhig zum Ziel. Also Geduld musste er haben. Er war der Gefangene des Zauberers. Zwar nicht mehr hinter Gittern, aber ihm ganz ausgeliefert. Er würde wachsam sein und in einem günstigen Moment fliehen. Das musste doch möglich sein, sagte er sich. Einmal würde der Zauberer nicht aufpassen.

Benkis schloss die Augen.

Den größten Teil des Tages verschlief Benkis. Als er die Augen aufschlug, sah er den Zauberer im Sand knien und beten. Jedenfalls sah es so aus.

»Komm her«, sagte der Zauberer, nachdem er sich erhoben hatte. »Ich möchte dir etwas sagen.«

Benkis stand gehorsam auf.

»Wenn wir im Hafen von Talmaid sind, kannst du dich entscheiden, ob du bei mir bleiben willst oder nicht. Meine Reise wird mich weiter die Küste entlang nach

Westen führen. Ich bräuchte wirklich einen Reisebegleiter, wie ich es Mulakim gesagt habe. Zumindest im Augenblick bist du auf mein Reittier angewiesen, auf meine Hilfe. Also halte mich ruhig für einen Zauberer, wir werden uns trotzdem gut verstehen. Bis zum Meer wirst du es mit mir aushalten können.«

Benkis hörte sich alles ruhig an.

»Wer den Unterschied kennt zwischen Weisheit und Wahn«, sagte der Zauberer, »der kennt das Gesetz der Welt, sagt ein altes indisches Buch. Solltest du das nicht lernen, Benkis?«

Der nennt mich schon beim Namen, dachte Benkis, der mit seinem Quatsch. Er würde sich auch von klug klingenden Worten nicht verzaubern lassen, er nicht, schwor sich Benkis insgeheim. Das Angebot des Zauberers musste er annehmen, was blieb ihm anderes übrig.

»Gut«, sagte Benkis.

»Hier sind Datteln und Fladen, iss. Der Ritt wird anstrengend werden.«

Benkis stärkte sich.

Als die Sonne hinter den zerrissenen Spitzen der Steineichen versank, machten sich die beiden auf den Weg Richtung Norden.

Eine weitere Nacht ritten sie schweigend über Dünen und durch Täler. Es ging über Steine und Schotter, sie durchquerten ein ausgetrocknetes Flussbett, Nachtgetier raschelte, sprang erschrocken auf. In der Ferne brüllte ein Ochse, ein Esel antwortete laut.

Weiter und weiter ging es. Benkis döste und ließ sich schaukeln. Gegen Morgen suchten sie ein Versteck. Sie lagerten bei einem Wasserloch, in einem Gebüsch versteckt, sie wurden von niemandem gestört.

So ritten sie insgesamt sechs Tage.

Dann änderte sich die Landschaft. Der Sand wechselte mit Gras und kniehohem Buschwerk ab, die Bäume standen dichter, es roch harzig. An diesem Morgen kamen sie an eine kleine Oase. Zum ersten Mal waren sie nicht allein an der Trinkstelle. Der Zauberer machte keine Anstalten, sich zu verstecken. Er grüßte die drei Kamelreiter, die sich gerade aufmachten, die Quelle zu verlassen.

»Woher kommt ihr so früh?«, wurden sie gefragt.

Der Zauberer erklärte, dass sie nachts geritten seien, wegen der Kühle, fügte er hinzu.

Grüße wurden ausgetauscht, dann waren sie wieder allein.

»Jetzt kommen wir in bewohnte Gebiete«, sagte der Zauberer. »Wir sind bald am Meer. Hier kannst du dich auch tagsüber zeigen, du wirst nicht bis hierher verfolgt werden. In Sicherheit bist du nun also, das habe ich Mulakim als Erstes versprochen.«

Benkis schwieg dazu und dachte grimmig: Ich werde den ersten Scheich bitten, dich zu verhaften. Selbst auf die Gefahr hin, dass ich wieder ins Gefängnis muss.

Sie ruhten sich eine Weile aus. Dann ritten sie einen breiten Weg. Eselsreiter kamen ihnen entgegen, auch Pferde, eine Schafherde graste auf den Weideflächen, und eine Frau führte eine Ziegenherde durch einen Olivenhain und sang ein Lied. Überall gab es Brunnen, aus denen mit großen Schöpfrädern Wasser gehoben wurde, von Sklaven bewegt, die eintönige Melodien summten. Das Wasser ergoss sich in einem Schwall in die Rinnen und verteilte sich über die Felder. In langen Reihen hackten Sklaven auf den Feldern, trieben Ochsen an, lasen Steine auf. Sie wurden von Aufsehern bewacht.

Der Weg stieg an. Gegen Sonnenuntergang sah Benkis die Silhouette eines Dorfes. Er glaubte, einen Vogel kreisen zu sehen, der Zad hätte sein können, doch er hatte sich getäuscht. In eiligem Galopp ritten sie durch einen Eichen- und Pinienwald, der Himmel färbte sich rot, bald würde die Sonne untergehen.

Der Zauberer hat es eilig, dachte Benkis, wohin will er denn noch?

Benkis folgte mühsam, er war müde, das andauernde Reiten hatte an seinen Kräften gezehrt.

Der Zauberer stand auf einer Anhöhe, seine schwarzen Haare flatterten im Wind, seine Augen blickten nach Westen, so erwartete er Benkis. Er streckte den Arm weit aus. Benkis hielt an.

Dort war das Meer. Sie waren ans Meer gekommen.

9. Kapitel

Das Meer

Ein Seeadler zog hoch oben am Abendhimmel seine Kreise, sein Ruf klang wie ein tiefes Bellen zu Abu Tarik und Benkis herunter. In brennendem Glanz schien die Sonne wie ein glühender Ball über der Fläche des Meeres zu schweben. Geblendet hielt Benkis die Hand vor die Augen. Er holte tief Luft.

Mit ihrem untersten Rand berührte die Sonne die Horizontlinie, wollte hinabtauchen und warf tiefrote Glut über das Wasser, als wolle sie es entzünden. »Komm!«, rief der Zauberer. »Ich liebe das Meer. Ich möchte schwimmen gehen.«

Ohne auf Benkis zu warten, trieb Abu Tarik sein Kamel zur Eile an. Es trabte die Dünenhänge hinab, verschwand in einer Vertiefung, stieg wieder auf, Benkis folgte ihm nach.

Der Zauberer wollte schwimmen wie ein Fisch?, fragte sich Benkis, oder steckte eine neue Teufelei dahinter?

Je näher die beiden Reiter dem Meer kamen, desto mehr änderte es seine Farbe. Es wechselte von Bleigrau über Purpurrot bis in ein schimmerndes Silberweiß.

Abu Tarik ließ sein Tier im Sand knien, sprang mit Schwung herab und eilte ans Wasser. »Wenn du schwimmen kannst, komm mit!«, rief er begeistert.

Benkis blieb auf seinem Kamel sitzen und sah dem Zauberer erstaunt zu. Der zog sich aus, legte die Kopfbedeckung mit dem dreifach geknüpften Kopfring in den Sand, den schwarzen Burnus, das helle Untergewand dazu. Er streifte die leichten Schuhe ab. Nackt stand der Zauberer im letzten Sonnenlicht. Benkis betrachtete seine hohe, athletische Gestalt und wunderte sich wieder über den grauen, fast schlohweißen Bart, obwohl die Kopfhaare Abu Tariks noch schwarz waren wie bei einem jungen Mann.

Er sieht aus wie ein ganz normaler Mensch, durchfuhr es Benkis.

Der Zauberer spritzte sich Wasser ins Gesicht, ging weiter und warf sich auf einmal mit dem ganzen Körper hinein, tauchte unter, war weg.

Benkis hielt den Atem an.

Die letzten Tage hätten Benkis beinahe vergessen lassen, dass er mit einem bösen Zauberer unterwegs war, so selbstverständlich und natürlich war dieser Abu Tarik mit ihm umgegangen. Keine Spur von Zauberei.

Aber jetzt würde es passieren, dachte Benkis, jetzt würde er sich in ein Ungeheuer verwandeln und ihn hinabzerren in die Tiefe des Meeres.

Nichts dergleichen geschah. Der Zauberer tauchte wieder auf und schwamm mit kräftigen Stößen der Glut des Sonnenunterganges entgegen, bis Benkis kaum mehr seinen dunklen Kopf erkennen konnte.

Benkis stieg vom Kamel. Vorsichtig näherte er sich dem Wasser. Kleine Wellen spielten im Muschelsand. Das Meer duftete fremdartig, es roch streng und frisch. Benkis sog tief die Luft ein.

Das Meer atmet, dachte Benkis.

Er bückte sich, griff in die Wellen, griff impulsiv mit beiden Händen hinein und schöpfte eine Hand voll, trank gierig. Voller Ekel spuckte er das Wasser wieder aus, es schmeckte salzig und bitter.

Er hatte es ganz vergessen. Das Meer schmeckte wie das Wasser der Salzsümpfe. Nicht wie das süße Wasser aus Mulakims Brunnen, auch nicht wie das frische Quellwasser einer Oase. Das Meerwasser war untrinkbar.

Warum, dachte Benkis enttäuscht, muss diese unendliche Fülle von Wasser so salzig sein, dass kein Tier und kein Mensch etwas davon hat? Wozu ist es dann nütze? Er stand auf und betrachtete das Meer mit anderen Augen, abfällig.

Abu Tarik kam zurück. Er zog sich an, sie brachten ihre Kamele in ein Dünental, fort vom Strand.

»Hier wollen wir heute Nacht lagern«, sagte Abu Tarik. »Such bitte etwas Holz für ein Feuer.«

Der Zauberer nahm seinem Tier das Gepäck ab, tränkte beide Kamele aus dem Wasserschlauch und fütterte sie mit dem Rest getrockneter Datteln und Hafer, während Benkis Holz sammelte. Dürre Äste und Wurzelstücke, es lag genug herum. Ausgelaugt vom Salz des Meeres und getrocknet vom Wind, sahen manche Stücke wie Knochen aus.

Nachdem die Sonne untergegangen war, wurde es merklich kühler. Ein kalter Wind wehte vom Meer her, die Wellen schlugen gleichmäßig an den Strand.

Benkis schichtete kunstvoll das Holz auf und beobachtete gespannt, wie der Zauberer es entzündete. Er streute grünliches Pulver auf einen Schwamm, schlug mit einem Stahlstift gegen einen Feuerstein, bis ein Funke in das Pulver sprang, das sich sofort entzündete. Bald knisterten die Flammen, loderten hell auf.

Abu Tarik teilte die letzten Lebensmittel, Datteln, hartes Fladenbrot und schwarze Oliven. Er hüllte sich in seinen Burnus. Sie aßen schweigend. Zum Abschluss ihrer kargen Mahlzeit trank jeder einen kräftigen Schluck schal schmeckendes Wasser aus dem Ziegenschlauch.

»Wir müssen überlegen, wie es weitergehen soll«, sagte der Zauberer.

Benkis hörte nur mit halbem Ohr zu. Er war müde, er hatte Heimweh nach Jasmin und Mulakim, nach Makir und nach seinem Falken Zad.

»Morgen werden wir den Hafen von Talmaid erreichen«, fuhr Abu Tarik fort. »Von dort werde ich die Küste entlangreisen bis nach Septa. Falls ich einen Küstenfahrer finde, werde ich mit dem Schiff reisen, obwohl der Landweg mir sicherer scheint. Von Septa setze ich nach Algeciras über und reise nach Córdoba, der goldenen Stadt Andalusiens. Vor ungefähr fünfundzwanzig Jahren habe ich dort studiert, es ist lange her.«

Abu Tarik machte eine Pause und schwieg. Dann sprach er weiter.

»Ich hoffe, dass ich dort meine wissenschaftlichen Arbeiten ungestört beenden kann. Hier bei uns haben religiöse Fanatiker die Anatomie verboten. Es ist widersinnig, denn der Koran sagt: Wer nach Wissen strebt, betet Allah an. Und sie wollen genau das verbieten. Nun, in Andalusien herrscht ein freierer Geist. Später möchte ich dann meinen Freund und Studiengefährten aufsuchen. Er ist inzwischen Abt eines Klosters im Frankenland. Wir haben drei Jahre zusammen die gleichen Lehrer gehört. Sein Kloster hat den merkwürdigen Namen Qurterieux und liegt an einem Nebenfluss der Durance. Ich würde dich gerne nach Córdoba mitnehmen. Du kannst doch lesen und schreiben?«

»Ja«, sagte Benkis. »Auch Algebra habe ich gelernt.«

»Sehr gut«, sagte Abu Tarik. »Ich bin Arzt und werde dir den ersten Unterricht in der Heilkunde geben. In Córdoba kannst du auch bei anderen Ärzten studieren. Hältst du mich noch immer für einen bösen Zauberer?«

Ja, ja!, wollte Benkis sagen, aber er hielt den Mund.

Wenn er ganz ehrlich war, musste er sich einen leisen Zweifel eingestehen. Es war, als stritten zwei Stimmen in ihm. Die eine ließ nicht davon ab zu behaupten, dass Abu Tarik ein schlimmer Zauberer wäre, sie führte Beweise und Tatsachen an. Die andere wagte sich nur zaghaft hervor und meinte, dass Abu Tarik doch sehr freundlich wäre und vielleicht wirklich ein Arzt.

»Nun?«, fragte Abu Tarik. »Nach Al Suhr kannst du vorerst nicht zurück, das wird dir klar sein. Morgen musst du dich entscheiden.« Benkis nickte.

Abu Tarik wickelte sich in seinen Burnus, das Feuer brannte niedriger und Benkis legte sich neben sein Kamel in den Sand. Er drängte sich an den schützenden Körper des Tieres.

Benkis fühlte sich sehr elend. All die Tage hatte er wenig über seine Situation nachgedacht. Sie waren entweder geritten oder sie hatten sich ausgeruht, hatten geschlafen. Dass er nach Al Suhr nicht zurückkonnte, den Gedanken hatte er beharrlich verdrängt.

Konnte er wirklich nicht zurück?

Er fand lange keinen Schlaf, starrte in den Sternenhimmel und lauschte auf das Rollen der Brandung am Strand.

Als Benkis aufwachte, war der Zauberer schon dabei, sein Kamel zu bepacken. Der Himmel war grau, ein kalter Wind pfiff und wehte Benkis Sand ins Gesicht, sein Kamel schnaubte unruhig.

»Wir wollen weiter«, sagte Abu Tarik.

Benkis erhob sich lustlos, wickelte seine Decke zu einer Rolle und schnürte sie aufs Kamel, dann ließ er das Tier sich hinknien, stieg hinauf, sie konnten losreiten.

Sie ritten über den festen Sand am Wasser entlang. Das Wasser zeigte heute ein anderes Gesicht. Es warf hohe Wellen an den Strand, ließ sie heranrollen wie Tiere, die aus dem Wasser wuchsen. Der Wind trieb Nebelfetzen über das Meer. Benkis schmeckte Salz auf den Lippen. Er verknotete sein Kopftuch fest im Nacken.

Später standen sie auf einer mit harten Gräsern bewachsenen Düne und sahen auf die Hafenstadt hinunter. Der Hafen wurde von einer natürlichen Bucht gebildet, deren Zugang zum offenen Meer durch eine Mauer und einen Turm begrenzt wurde. Der Wind blies Schaumkronen über die Hafenmauer, dahinter schaukelten die Fischerboote im ruhigeren Wasser. Vor der Hafeneinfahrt lagen größere Schiffe, die an ihren Ankertauen zerrten. Kleinere Ruderboote, die hoch beladen waren, kämpften sich durch die Wellen an Land.

Um den Hafen herum lagen die niedrigen Häuser wirr verstreut, auf einem Hügel erhob sich schlank und spitz das Minarett neben der Moscheenkuppel.

Benkis und Abu Tarik kamen über einen Trampelpfad in den Ort, die Kamele führten sie hinter sich her. Durch enge Gassen suchten sie sich ihren Weg zum Hafen, drängten sich durch ein Gewimmel von Menschen und Tieren.

»Wir mieten uns in einem Gasthof ein«, erklärte Abu Tarik.

Er fragte einen Seemann, der einen silbernen Ring im Ohr trug und auf einem Sack saß, unberührt von dem

Durcheinander um ihn herum. Der Seemann erklärte ihnen den Weg zu einem Gasthaus.

War nicht in diesem Gedränge eine günstige Gelegenheit, einfach abzuhauen?, schoss es Benkis plötzlich durch den Kopf.

Er blieb stehen und überlegte.

Er wurde aber von dem bestimmten Gefühl gestört, dass ihn jemand beobachtete. Schnell drehte er sich um, aber er sah nur hastende, eilende Menschen, die Körbe, Kisten oder Säcke trugen.

Doch waren da nicht zwei braune Augen, die ihn scharf anblickten?, fragte er sich. Gleich darauf waren sie wieder verschwunden. Eigenartig.

Abu Tarik schritt auf ein breites Tor zu. Im Innenhof stand der Besitzer des Gasthauses und begrüßte Abu Tarik überschwänglich, als kenne er ihn schon seit langer Zeit. Abu Tarik gab Benkis den Halfter seines Kamels und trat auf den Wirt zu.

»Willkommen und Frieden den fremden Herren, den Reisenden. Willkommen in der bescheidenen Hütte des Ibn Abu Diék. Friede sei mit dir und deinem Sohn, der dir so ähnlich sieht wie ein Adler dem anderen. Darf ich eine kleine Erfrischung bringen? Ein Glas kühlen Orangensaft mit Rosenblättern? Darf ich hereinbitten in die schattigen und stets windgeschützten Räumlichkeiten? Darf ich dem jungen Herrn behilflich sein, seine erhabenen Reitkamele …«

»Ist ja gut«, unterbrach Abu Tarik lachend den Redeschwall des Mannes. »Wir wollen bei dir übernachten und uns von einem anstrengenden Ritt erholen. Friede sei mit dir.«

Benkis folgte zögernd, er zog die Kamele auf den Hof, band sie fest.

Abu Tarik handelte mit dem Wirt den Preis für Essen und Nachtlager aus. Ein Sklave eilte herbei und lud das Gepäck ab, versorgte die Tiere mit Wasser.

Niemand achtete auf Benkis.

Ben Mahkis al Kabir, dachte er, jetzt oder nie!

Benkis ging langsam zum Hoftor, schlenderte an der Mauer entlang, als wolle er sich ein wenig umsehen. Er zwang sich, Schritt für Schritt zu gehen, harmlos sollte es aussehen. So trat er durchs Tor, blickte sich um, sah zu Abu Tarik und dem Wirt.

Dann machte er einen Satz um die Ecke, hielt sein Kopftuch fest und rannte die Gasse hinunter. Er bog in die erstbeste Straße ein, sprang eine Treppe hinauf, rannte über einen Platz, auf dem Händler Salzblöcke verkauften, rannte atemlos weiter bis zum Hafen, wo er sich am äußersten Ende erschöpft auf einen Strohballen fallen ließ und verschnaufte.

Er war dem Zauberer entronnen, jubelte er innerlich, alles andere würde sich finden. Er war endlich frei! In diesem Wirrwarr von Gassen und Basaren würde der Zauberer ihn niemals wieder finden. Warum sollte er auch nach ihm suchen? Der sollte ruhig ohne ihn in sein goldenes Andalusien reisen. Er selbst verspürte nicht die mindeste Lust, der Begleiter eines Mörders und Schwarzmagiers zu sein und obendrein noch bei ihm in die Lehre zu gehen. Wie hatte er nur daran zweifeln können? Natürlich war dieser Abu Tarik ein böser Mensch. Ihm ging es gleich besser, war das nicht Beweis genug? Und auch der Verdacht des Diebstahls würde sich aufklären.

Benkis fühlte sich zuversichtlich.

»Na!«, sagte plötzlich eine Stimme. »Wer liegt denn da auf unserem Segeltuch?«

Benkis blickte auf. Vor ihm stand ein Mann mit struppigem Bart und kleinen Augen, die ihn anblitzten. Er trug knielange, enge Hosen, ein Hemd und eine Jacke aus festem Baumwollstoff.

»Ich wollte nur ...«, stotterte Benkis und sprang auf. Er witterte Gefahr.

»Bleib nur liegen«, sagte der Struppige freundlich, setzte sich und bot Benkis Platz an. »Woher kommst du?«

Benkis sah, dass dem Mann der rechte Daumen fehlte.

»Wir sind aus Al Suhr«, sagte er.

Sei vorsichtig, warnte ihn eine innere Stimme, erzähl nicht gleich alles.

»Wer ist denn mit dir?«, fragte der Mann neugierig.

»Ach, niemand, ich bin allein«, sagte Benkis. Es war ja die Wahrheit.

»Aha«, sagte der Mann. »Ich heiße Kassan, bin Seemann. Wir kommen aus Xerfis.«

Das klang nach sehr weit weg, Benkis hatte den Namen noch nie gehört.

Der struppige Seemann redete munter über das Wetter, den Sturm in der letzten Nacht, ob Benkis etwas davon mitbekommen hätte, ob er schon mal auf See gewesen wäre, wie schön doch der Hafen von Talmaid wäre. So ging es ununterbrochen weiter. Benkis verlor sein anfängliches Misstrauen und fand den Seemann Kassan eigentlich sehr nett.

»Ich bin noch nie am Meer gewesen«, sagte Benkis.

»Und was willst du hier?«, fragte Kassan. »Suchst du zufällig Arbeit?«

»Was für Arbeit?«, fragte Benkis schnell.

»Wir suchen einen Bootsjungen«, sagte Kassan bedächtig. »Du gefällst mir. Siehst mutig aus, auch stark, die Arbeit ist anstrengend. Es gibt einen guten Lohn.«

»Ich bin noch nie auf einem Schiff gewesen, ich weiß nicht, was ein Bootsjunge zu tun hat.«

»Das lernt sich wie nichts«, meinte Kassan schmunzelnd.

Und wenn ich einige Zeit auf See war, dachte Benkis blitzschnell, habe ich genug verdient, um mir ein Kamel zu kaufen. Damit reise ich nach Al Suhr, wo der Diebstahl längst vergessen ist. Das war die Lösung.

»Was verdiene ich denn?«, fragte Benkis weltmännisch.

»Nun, das kommt darauf an, wie du dich bewährst. Aber wie ich das einschätze, also sagen wir mal, was wäre von drei Golddinaren als Grundheuer zu halten? Und beim Abheuern noch mal zwei, wie? Kost und Unterkunft natürlich frei.«

Das klang viel versprechend in Benkis' Ohren, so viel konnte er bei Abu Barmil nie verdienen.

»Einverstanden«, sagte Benkis. »Auf welchem Schiff soll ich arbeiten?« Suchend blickte er sich im Hafen um.

»Man kann die Dschamila von hier aus nicht sehen«, sagte Kassan. »Dschamila ist der Name des Schiffes.«

»Die Schöne« hieß das, ein guter Name für ein Schiff, fand Benkis.

»Sie liegt am anderen Ende des Kais, weit draußen vor der Hafenmauer.« Kassan zeigte mit dem Arm in eine unbestimmte Richtung.

»Wann geht es los?«, fragte Benkis.

»Heute Abend treffe ich dich dort drüben bei den Fischerbooten am Strand«, sagte Kassan und stand auf. »Nach dem Abendgebet. Hier ist ein Vorschuss.« Er drückte Benkis einige Kupfermünzen in die Hand und verschwand so schnell, wie er gekommen war.

Benkis konnte sein Glück nicht fassen. Er spielte mit den Münzen in seiner Hand. Nun hatten sich alle Schwierigkeiten wie von selbst gelöst. Er hatte nur vergessen zu fragen, wohin die Dschamila überhaupt fuhr.

Stolz reckte sich Benkis in die Höhe und sagte: »Das hast du gut gemacht, Ben Mahkis al Kabir.«

Benkis verspürte Hunger. Er ging in den Hafen, kaufte sich an einem Stand Felafel, aß genüsslich, während er weiterschlenderte. Er winkte einem Wasserverkäufer, ließ sich einen Becher Wasser ausschenken.

So schenkte auch Mulakim den Fremden Wasser aus, dachte Benkis. Er durfte nicht schwach werden. Für lange Zeit würde er nicht mehr nach Hause können, aber das durfte ihn nicht schwankend machen in seinem Entschluss.

Der Tag verging langsam. Die Zeit bis zum Abendgebet verbrachte Benkis in der Nähe einer Karawanserei auf der anderen Hafenseite. Er legte sich in den Schatten einiger Palmen, von einem Steinwall zur Straße verdeckt.

Es dunkelte bereits, als der Ruf zum Abendgebet ertönte. Benkis eilte zum Treffpunkt. Dort wartete Kassan. Ohne viele Worte nahm er Benkis an der Schulter und führte ihn den Strand entlang, von der Stadt fort, zu einem Ruderboot. Sie zogen das Boot ins Wasser, mit kräftigen Schlägen ruderte Kassan um eine Landspitze herum und steuerte auf eine zweimastige Schebecke zu, die in der Dünung schaukelte.

Über eine Strickleiter kletterten Benkis und Kassan an Bord.

10. Kapitel

Die Falle

Zwischen dem ersten und zweiten Mast der Schebecke Dschamila brannte in einem offenen Kessel ein niedriges Feuer, auf dem Fleischspieße gebraten wurden. Es roch würzig, Benkis bekam einen Riesenappetit.

Um den Grill lagerte eine Gruppe von Seemännern, ihre Gesichter wurden vom flackernden Feuer beleuchtet. Die Männer lachten und pfiffen durch die Zähne, als Kassan Benkis heranführte. Einer forderte Benkis auf, sich neben ihn zu setzen. Er drückte Benkis einen Spieß in die Hand. Benkis ließ es sich schmecken. Dann hielt er Benkis einen Becher mit Wein hin. Doch davon wollte Benkis nichts trinken, er lehnte dankend ab.

»Du bist wohl strenggläubig, was?«, fragte der Seemann, zupfte an seinem Spitzbart und schlug Benkis anerkennend auf die Schulter. »Wir nehmen es nicht so genau damit, das Meer ist oft kalt. Aber sonst sind wir fromme Menschen, meistens. Ich bin der Admiral hier, hörst du, der Größte an Bord. Es geschieht alles, wie ich es befehle. Und dich hat Kassan an Bord geschleppt, also tu alles, was er dir sagt. Der weiß schon, wohin der Wind weht.«

Kassan schien diese Rede seines Kapitäns sehr komisch zu finden, er verschluckte sich fast an einem Stück Fleisch.

»Wohin geht die Reise?«, fragte Benkis den Admiral.

»Tja, das ist so eine Frage«, antwortete der. »Wohin geht denn die Reise?« Darauf verfiel er in Schweigen.

Das half Benkis nicht weiter, er drehte sich zu Kassan und fragte den.

»Das muss noch entschieden werden«, sagte Kassan selbstverständlich, er reichte Benkis einen Becher mit Wasser. »Hier, du hast sicher Durst.«

Benkis trank gierig, seine Kehle war ganz ausgetrocknet. Er wollte Kassan noch etwas fragen, aber er hatte vergessen, was. Sein Mund ließ sich so schwer öffnen. Die letzten Tage mit dem Zauberer schienen plötzlich so weit weg. Hier gefiel es ihm!

Die Glut schaukelte im Becken. Ob das Schiff schon die Anker gelichtet hatte?, fragte sich Benkis, aber er hatte doch nichts davon gemerkt. Oder lag das an der Hafenmauer? Aber was dachte er für einen Unsinn! Jetzt fiel es ihm wieder ein. Die Mauer der Toten hatte irgendwie damit zu tun.

Womit?

Er war so müde wie schon lange nicht mehr. Immer wieder fielen ihm die Augen zu, aber er wollte sich zusammenreißen. Was sollten denn die Seeleute von ihrem neuen Bootsjungen denken, wenn er gleich einschlief?

Die Heilkunde hatte er mir beibringen wollen, dachte Benkis.

Dann kippte er zur Seite und träumte, dass er fliegen konnte und über sanfte Dünentäler dahinflog, leicht wie ein Vogel.

Es dröhnte in seinem Kopf, hämmerte laut, jeder Schlag tat weh. Als wolle jemand einen Eisenring um den Kopf legen und ihn enger und enger schlagen.

Benkis bemühte sich, die Augenlider zu heben, obwohl es so wehtat. Aber er sah nur Finsternis und zackige Blitze, konnte nicht unterscheiden, ob das in seinem Kopf war oder außerhalb.

Waren da nicht Gestalten um einen Glutofen gewesen?, fragte er sich.

Er wollte sich aufrichten, aber es ging nicht. Er war an den Boden festgebunden. Das musste ein Traum sein. Mit einem Ruck versuchte er aufzuspringen, doch stöhnend fiel er zurück, er war gefesselt.

Benkis schloss die Augen und versuchte, seine Gedanken zu ordnen.

Er hörte ein Rascheln.

War das eine Ratte, die sich gleich an ihn heranmachen würde?, fragte er sich. Warum hatte man ihn gefesselt? Es war doch unmöglich, dass man ihn hier, so weit von Al Suhr entfernt, wieder erkannt und verhaftet hatte.

Benkis lauschte gespannt, er hörte wieder ein Geräusch. Etwas bewegte sich.

»Ist da jemand?«, fragte Benkis mutig.

Ein Krächzen war die Antwort.

Ein Mitgefangener, überlegte Benkis.

»Wasser«, krächzte die Stimme.

»Wer bist du?«, fragte Benkis schnell. Er erhielt keine Antwort. Dann schlief Benkis wieder ein.

Bis er mit lauter Stimme geweckt wurde, grobes Gebrüll in einer unverständlichen Sprache. Eine Hand riss an seinen Fesseln, versuchte, die Fesseln aufzuknüpfen, was nicht sofort gelang. Die Fesseln wurden mit einem scharfen Messer durchtrennt. Benkis wurde hochgerissen, seine Beine knickten weg. Jemand fasste ihn unter die Achseln und schleppte ihn eine schmale Stiege hinauf. Oben brannte ihm weißes Licht in die Augen. Es dauerte, bis er sehen konnte.

Er war noch immer auf der Dschamila, da stand Kassan neben dem Admiral.

Ein zweiter Gefangener wurde nach oben gebracht, Benkis wandte sich halb zu ihm hin. Er konnte den Mund nicht mehr schließen, der Anblick machte ihn fassungslos.

Abu Tarik.

Der war es, der da gekrächzt hatte, der Zauberer.

»Ihr sollt wissen, worum es hier geht!«, brüllte der Admiral und trat auf Benkis zu. »Ihr seid auf einem Seeräuberschiff, verstanden!«

Benkis blickte starr in das Gesicht des Admirals. Es war einfach zu viel für ihn.

»Verstanden, was!«, schrie der Admiral, aus seinem Mund stank es faulig. »Ihr seid in eine Falle getappt. Wir werden sehen, was aus euch wird. Wenn ihr brav seid, werdet ihr als besonders schöne Prachtexemplare einen guten Preis einbringen. Also, ihr braucht nicht zu hungern, nicht zu dürsten, wie eure Freunde im Unterdeck. Ihr werdet mit dem Geschmeiß gar nicht in Berührung kommen. Ich möchte euch wirklich gut erhalten, ihr kommt sogar an die frische Luft.«

Benkis schwankte. Es kam nicht von der Betäubung, auch nicht von den Worten des Admirals, das Schiff fuhr auf hoher See. Am Großmast war das Lateinersegel aufgezogen.

Für einen Moment vergaß Benkis sein Elend. Er fühlte sich unbeschreiblich froh und erklärte sich dies Gefühl damit, dass er auf dem Meer war.

Der Zauberer an seiner Seite taumelte, Kassan hielt ihn fest. Abu Tarik stand noch ganz unter Betäubung und bekam von alldem nichts mit.

»Den kennst du ja wohl, was?«, sagte der Admiral zu Benkis. »Wir hatten euch doch gleich im Auge, zwei Blindvögel im Hafen.«

Plötzlich sackte der Zauberer zusammen wie ein Mehlsack. Eilig wurden Benkis und der Bewusstlose in das Kabuff unter Deck zurückgebracht. Sie wurden diesmal nicht gefesselt.

Wieder gefangen, dachte Benkis grimmig.

In dem Verschlag stand ein Krug mit Wasser, daneben

lag trockenes Gebäck, hart wie Stein, man musste es lutschen. Aber das war für Benkis ein guter Zeitvertreib, außerdem milderte es den bitteren Geschmack im Mund.

Plötzlich musste Benkis lachen. Was war denn an seiner Situation schon komisch? Dass er diesmal mit dem Zauberer zusammen in einem Loch gefangen war und einer sehr ungewissen Zukunft entgegensah? Aber der Zauberer könnte sie ja einfach freizaubern, wenn er wirklich ein Zauberer wäre, dachte Benkis ironisch.

Nach langer Zeit öffnete Abu Tarik die Augen. Sie ruhten lange auf Benkis und sahen ihn eindringlich an. Benkis blickte zu Boden.

»Bist du das, Benkis?«, fragte der Zauberer matt.

»Ja«, sagte Benkis.

»Was ist passiert?«

»Wir sind von Seeräubern gefangen worden. Sie haben uns in eine Falle gelockt.«

»Wie, dich auch?«

»Ja«, sagte Benkis und überlegte, ob er von Kassan erzählen sollte.

»Ich wollte«, fuhr er zögernd fort, »ich wollte …«

»Du wolltest fort von mir«, sagte Abu Tarik. »Ich bin dir deshalb nicht böse.«

Benkis erzählte, wie Kassan ihn angeheuert hatte, der Zauberer hörte aufmerksam zu. Dann berichtete er, wie man ihn mit einer schnellen Küstenfahrt nach Septa gelockt habe, noch im Gasthof habe ihn ein Seeräuber angesprochen. Die Dschamila sollte gleich in See stechen, der Wind sei angeblich günstig gewesen. Er habe auch nicht länger nach Benkis geforscht, denn er habe sich schon denken können, dass der Junge von ihm weg wollte. Deshalb sei er auch froh gewesen, so bald eine Reisemöglichkeit gefunden zu haben.

»Sie wollen uns als Sklaven verkaufen«, schloss Abu Tarik. »Für arabische Sklaven können sie einen besonders hohen Preis verlangen. Die sind selten. Natürlich nicht in arabischen Ländern, da müssten sie ja unsere Anzeige fürchten.«

Benkis erschrak. So also stand es um sie.

»Ich hatte einen Plan«, sagte der Zauberer, »ein Reiseziel, und glaubte, es wäre die richtige Richtung. Mein Wunsch, schnell nach Septa zu kommen, hat mich unaufmerksam werden lassen, verstehst du?«

»Dann zaubern Sie uns doch hier heraus!«, rief Benkis plötzlich sehr ärgerlich. Was redete der immer von Plänen und Wünschen, wenn er nicht handelte, dachte er.

»Ich kann nicht zaubern«, sagte Abu Tarik einfach.

»Und die zerstückelten Leichen, die Beine und Köpfe in Ihrem Haus, was war das?«, entfuhr es Benkis, ehe er sich versah.

»Du hast gesehen, wie wir eine Leiche seziert haben, ich habe mir das schon gedacht. Ich werde es dir erklären. Ich habe ein Buch über den menschlichen Körper verfasst. Dafür musste ich einige Leichen öffnen, um zu wissen, wie es im Innern aussieht. Und da diese Forschung, eben die Anatomie, inzwischen bei uns streng verboten ist, musste ich es heimlich tun. So einfach ist das. Das Buch, das ich geschrieben habe, ist für meinen Freund, den Abt Claudius, bestimmt. Ob ich es ihm jemals bringen kann, wird sich zeigen. Aber ich bin ganz zuversichtlich.«

Benkis wusste auf einmal, dass der Zauberer die Wahrheit sprach, er spürte es einfach. Doch er konnte es nicht ohne weiteres zugeben. Er schwieg.

Sie legten sich auf den Boden, wickelten sich in ihre Umhänge, die man ihnen nicht abgenommen hatte. Benkis döste vor sich hin. So verging der Tag. Durch eine Ritze sahen sie mattes Tageslicht. Gegen Abend schliefen sie ein.

Sie wurden wieder geweckt, man brachte ihnen Wasser und Steinbrot. Hinaus durften sie nicht.

»Kennst du die Geschichte vom Wiedehopf?«, fragte Abu Tarik und richtete sich auf.

Benkis verneinte.

»Ich werde sie dir erzählen, mein Kopf ist wieder klar. Der Wiedehopf ist der schönste Vogel, den ich kenne. Sein Gefieder ist orangebraun, seine Flügel sind schwarzweiß gebändert, sein Schnabel ist schwungvoll gebogen, und er hat eine stolze Kopfhaube, die er aufrichten kann. Das Besondere an ihm ist sein Ruf. Es klingt, als wolle er einen tiefen Schläfer aufwecken.

Doch ich wollte dir eine Legende erzählen: Ein Mensch fühlte sich einsam. Er hatte von einem sagenhaften Garten gehört, in dem ein Wiedehopf leben sollte. Dorthin wollte er gehen und den wunderbaren Vogel um Hilfe bitten ...«

In diesem Moment wurde die Klappe zu ihrem Gefängnis aufgeschlagen. Benkis und Abu Tarik mussten an Deck kommen. Abu Tarik konnte nicht weitererzählen. Kassan wies die beiden Gefangenen an, sich in eine Ecke zwischen zwei Taurollen zu hocken und sich nicht zu rühren. Er stellte sich breitbeinig davor und überwachte den Betrieb an Deck.

Benkis atmete die frische Luft ein. Er konnte nicht sehen, was auf Deck passierte, nur den blauen Himmel über sich. Das musste ihm genügen.

Abu Tarik sah mehr. Aus einer Luke wurden zwei nackte Körper gezogen und über Bord geworfen.

»Geschmeiß«, sagte Kassan. »Sie sterben wie die Fliegen.«

»Sind sie krank?«, fragte Abu Tarik.

»Und wenn schon, was geht es dich an«, erwiderte Kassan.

»Ich bin Arzt, ich könnte helfen.«

»Die Sklaven brauchen ja wohl keinen Arzt«, sagte Kassan und sah sich grinsend um.

»Wenn nun eine Seuche an Bord ist?«, sagte Abu Tarik leise.

»Ruhe!«, befahl Kassan. »Seuchen gibt es bei uns nicht.«

»Was ist denn?«, wollte Benkis gerade fragen, aber seine Augen hatten etwas entdeckt, das sein Herz stocken ließ. Auf der äußersten Spitze des mittleren Mastbaums saß ein Vogel. Hoch oben, ein Falke.

Sein Herz machte einen Freudensprung, er wollte aufschreien, doch er hielt sich die Hand vor den Mund. Abu Tarik war seinem Blick gefolgt, entdeckte den Vogel ebenfalls, blickte Benkis fragend an.

Der Falke flog auf und schoss wie ein Pfeil herab, landete genau auf Abu Tariks Schulter, als wäre der ihm längst vertraut.

»Zad!«, schrie Benkis.

Blitzschnell drehte sich Kassan um, griff seinen Dolch und wollte auf den Falken einstechen. Der Falke war schneller, schoss an dem Seeräuber vorbei aufs Meer, eine Schwanzfeder segelte zu Benkis' Füßen.

Kassan trieb mit groben Flüchen die beiden Gefangenen in das Kabuff zurück, schloss krachend die Tür.

»Was war das für ein Vogel?«, fragte Abu Tarik. »Er scheint dich zu kennen.«

Benkis war hocherfreut und zugleich verwirrt. Zad war da, war ihm gefolgt all die vielen Tage, hatte ihn sogar auf dem Schiff gefunden. Doch warum hatte er sich auf Abu Tariks Schulter gesetzt, als habe er Vertrauen zu ihm? Es machte ihn nachdenklich. Auf die Schulter eines Schwarzmagiers hätte sich Zad niemals gesetzt.

»Und die Leichen müssen Sie nachts rauben?«, fragte er nach langer Pause.

Abu Tarik erklärte Benkis, dass niemand freiwillig die

Leiche eines Angehörigen hergeben würde, damit sie zerschnitten würde. Deshalb könnte er nur Leichen von Fremden haben.

Benkis gab sich einen Ruck, er wollte nicht mehr misstrauisch sein. Er erzählte sein Abenteuer mit Makir an der Mauer der Toten.

»Wir wollen nicht mehr darüber sprechen«, war das Einzige, was Abu Tarik dazu sagte.

Einen Tag später hörten sie vom Deck unruhigen Lärm, Geschrei und Gejohle, Klirren von Ketten, Befehle vom Admiral.

»Sie planen einen Angriff«, sagte Abu Tarik und blickte finster vor sich hin.

Wenn das Schiff sank, konnten sie sich aus ihrem Kabuff nicht retten, dachte Benkis erschrocken.

»Allah ist groß«, sagte Abu Tarik. »Wir stehen in seiner Gnade.«

Beklommen lagen sie nebeneinander und lauschten hinauf.

Nun drohte Lebensgefahr, das spürte Benkis. Er hatte Angst.

Abu Tarik nickte ihm zu. Der hatte seinen Mut behalten, war ganz zuversichtlich. Zum ersten Mal sah Benkis ihn mit anderen Augen.

11. Kapitel

Feuer und Wasser

Plötzlich steckte einer der Seeräuber seinen glatt rasierten Schädel durch die Klappe ihres Gefängnisses und brüllte: »Der Admiral will euch dabeihaben. Ihr sollt den Kampfesmut seiner Mannschaft miterleben. Raus hier!«

»Darauf können wir verzichten«, meinte Abu Tarik leise.

Der Seeräuber fesselte sie an den Händen, brachte sie an Deck und band ihre Fesseln so an der Reling fest, dass sie sich nicht befreien konnten.

»Besser hier als unter Deck«, sagte Abu Tarik. »Hier sehen wir zumindest, was auf uns zukommt.«

»Wollen sie ein anderes Schiff kapern?«, fragte Benkis, der sich sofort nach seinem Falken umgeblickt hatte. Er konnte ihn nirgends entdecken.

Der Admiral stand auf einer Kiste am Achterdeck. Er säuberte sich mit einer kleinen Feile die Fingernägel und überwachte die Ausführung seiner Befehle. Besonderes Augenmerk richtete er auf zwei Männer, die am Achterdeck, direkt zu seinen Füßen, eine Apparatur auf einer Platte befestigten. Die Platte ließ sich drehen.

Durch zwei Stäbe der Reling konnte Benkis aufs Meer sehen. Eine leichte Dünung schaukelte die Dschamila gemächlich, weiße Schaumkronen spielten auf den Wellenkämmen. Ein anderes Schiff konnte Benkis nicht sehen, doch nichts, was auf Deck passierte, entging ihm.

Neben dem drehbaren Gestell wurden Kübel mit einer dampfenden, übel riechenden Masse bereitgestellt. Auch Abu Tarik beobachtete alles genau.

»Ich zeige dir eine Atemübung«, sagte Abu Tarik leise zu Benkis. »Wenn es brenzlig wird, lässt sie dich ruhig werden, als gäbe es keinerlei Gefahr.«

Er erklärte Benkis die Übung: Langsam einatmen, noch langsamer ausatmen, dann den Atem anhalten. Und das sollte er einige Male wiederholen.

Der Admiral, noch immer auf der Kiste, holte einen Kamm aus seiner Tasche und begann, seinen Spitzbart zu kämmen, während zwei Seeräuber eine schwere Kiste bis vor seine Füße schleppten. Er winkte Kassan herbei, der sich neben der Kiste aufstellte, scharf durch die Finger pfiff, worauf sich alle Seeräuber in einer langen Reihe aufstellten. Kassan öffnete die Kiste. Der Admiral grinste und kämmte genüsslich seinen Bart.

Aus der Kiste nahm Kassan Waffen und verteilte sie an die Mannschaft.

»Der Admiral ist ein wenig eitel«, meinte Abu Tarik.

Säbel mit glitzernden Klingen wurden verteilt, Äxte und Schwerter, lange Messer.

Vielleicht können wir uns während des Kampfes ein Messer schnappen, uns befreien und auf das andere Schiff retten, überlegte sich Benkis.

Kassan schlug die Kiste zu, wies in die Höhe. Er rief einige Befehle, vier Seeräuber kletterten in die Takelage, zwei unterstützten den Mann an der mächtigen Ruderpinne.

Das Schiff wendete hart am Wind.

Jetzt konnte Benkis auch das andere Schiff sehen. Es war eine kleinere Tserniki, ebenfalls mit Lateinersegel, am Ruder stand ein drahtiger Mann, der so laut schimpfte und fluchte, dass Benkis es hören konnte. Neben ihm sah Benkis ein Mädchen mit wilden, schwarzen Haaren und einem erhobenen Schwert in der Rechten.

Eine ältere Frau drohte mit der Faust.

Abu Tarik beobachtete das Schiff und meinte: »Ein griechischer Kauffahrer. Er ist schwer beladen und liegt tief im Wasser. Das wird eine fette Beute für den schönen Admiral. Wenn er sie bekommt.«

Der Admiral steckte seelenruhig seinen Kamm ein und verteilte seine Mannschaft an Deck.

Der Grieche wendete gegen den stärker wehenden Wind und geriet Benkis aus den Augen. Geschwind halste der Seeräuber, verlor an Höhe, der Abstand zwischen den Schiffen vergrößerte sich. Hart am Wind segelnd, versuchte der Kauffahrer zu entkommen. Mit waghalsigen Manövern holte der Seeräuber wieder auf, er war einfach schneller.

Am Horizont sah Benkis eine Wolkenwand, die rasch wuchs, ein Unwetter zog herauf.

»Holt ihn euch, den Braten!«, schrie der Admiral. »Zwei Strich backbord, Kassan, wir kriegen ihn!«

Die Dschamila holte wieder auf.

Doch auch der Grieche verstand sein Handwerk, halste geschickt, schnitt den Seeräuber scharf am Heck, fiel etwas ab, wendete sofort wieder und segelte davon. Der Admiral fluchte.

Bis das größere Schiff gewendet hatte, verging kostbare Zeit. Benkis konnte den Griechen nicht mehr sehen.

Der Wind nahm böig zu, die Wellen gingen höher und höher. Regenschauer trommelten plötzlich über die Holzplanken, die Dschamila schaukelte, bebte, wenn sie eine Woge durchschnitt. Der Regen stürmte in dichten Wänden heran, schlug wie ein Steinschlag, peitschte die Wogen und wirbelte mit dem Sturm. Der Grieche tanzte auf den Wellen, Benkis sah ihn schon untergehen.

Er und Abu Tarik wurden mit der Reling hoch- und niedergeworfen und konnten sich mit den gefesselten Händen nirgends halten.

Der Admiral änderte den Kurs, bekam den Kauffahrer steuerbord, genau das hatte er beabsichtigt. Die beiden Schiffe segelten fast nebeneinander, die Dschamila nahm dem Griechen den Wind. Der verlor an Fahrt, immer näher kamen sich die Schiffe.

Der Admiral befahl Feuer, worauf ein Seeräuber eine Pechfackel brachte. In die aufmontierte Röhre wurde die stinkende Masse gestopft und mit einer Lunte entzündet. Diese brennende Masse wurde in Richtung des gegnerischen Schiffes gespritzt, Flammen schossen über Bord.

Abu Tarik murmelte: »Griechisches Feuer.«

Das Wasser zischte. Die brennende Masse loderte hell auf dem Wasser, ein Feuermeer zwischen den Schiffen. Der Wind blies die Flammen hoch, der Regen trieb sie knatternd auseinander. Doch die Flammen erfassten den Griechen nicht.

Der Admiral schrie plötzlich auf und stürzte von seiner Kiste, ein Pfeil steckte in seinem Oberschenkel.

Benkis sah, wie ein Seeräuber in das Flammenmeer stürzte und gellend um Hilfe rief, doch niemand kümmerte sich um ihn. Immer wieder versuchte Kassan, dem Griechen näher zu kommen, es gelang nicht.

Benkis zerrte an seinen Fesseln, versuchte, die Arme zu lockern. Abu Tarik blieb ganz ruhig.

Noch immer hatten die Seeräuber den Griechen nicht aufhalten können. Der halste ein weiteres Mal, fiel ab, entkam so dem Feuermeer. Die Seeräuber merkten zu spät, dass sie den Wind nun gegen sich bekamen und in die eigenen Flammen gerieten. Der Grieche entfloh, er war nicht mehr einzuholen.

»Das war geschickt«, lobte Abu Tarik und lehnte sich an die Reling. »Der hat uns abgehängt.«

»Mann über Bord!«, schrie Kassan laut. Zwei Seeräuber eilten an Backbord, befestigten ein Knotenseil und kletterten hinunter. Es dauerte nicht lange, da hievten sie eine Gestalt über Bord, warfen sie auf die Planken. Es war nicht der über Bord gegangene Seeräuber, sondern das junge Mädchen mit den pechschwarzen Haaren. Sie war bei dem waghalsigen Wendemanöver des Griechen über Bord gespült worden und nun als einzige Beute in die Hände der Seeräuber geraten.

Sie sprang sofort auf die Beine und verfluchte die Seeräuber, drohte ihnen Rache, ewige Rache bis auf die Kindeskinder.

Abu Tarik schmunzelte, als er sie sah.

Sie schüttelte das nasse Haar, Rock und Jacke klebten am Körper. Ihr Kauderwelsch hatte Benkis zwar noch nie vernommen, doch konnte es jeder verstehen. Es war ein Gemisch aller mittelländischen Sprachen. Jäh machte sie einen Satz zur Reling und wollte über Bord springen, doch Kassan reagierte schneller, er zog sie zurück und lachte höhnisch.

»Nun stell dich nicht so an«, sagte Kassan. »Wir fressen dich schon nicht. Wir werden dich als Geisel behalten, dein Herr Vater wird bezahlen müssen für diesen Fischzug. Du bist doch die Tochter des Griechen, oder?«

Das Mädchen schwieg eisern. Benkis sah ihre tiefblauen Augen, sie sprühten Blitze.

Eine hohe Welle ließ das Schiff zur Seite kippen. Kassan hielt seine Beute fest. Benkis fühlte Mitleid mit dem Mädchen.

»Wenn du nicht gehorchst, verkaufen wir dich als Sklavin, mal sehen, wie dir das gefällt«, sagte Kassan.

»Nichts wird mir gefallen!«, schrie das Mädchen. »Ich fliehe, sobald du dich nur einmal umdrehst. Keinen roten Dinar wird mein Vater rausrücken.«

»Sperrt sie mit den beiden anderen ins Kabuff«, befahl Kassan. Dann kümmerte er sich um den verletzten Admiral, der vor Schmerzen wimmerte. Der schwere Pfeil hatte den Oberschenkel aufgerissen und saß tief im Fleisch. Es blutete stark.

»Man muss das Bein abbinden«, sagte Abu Tarik, als er und Benkis an dem Verletzten vorbeigeführt wurden. »Sonst blutet er aus wie ein Bock.«

Kassan achtete nicht auf seine Worte, er flößte dem Admiral etwas zu trinken ein.

Das schwarzhaarige Mädchen verkroch sich in der hintersten Ecke der kleinen Zelle.

Abu Tarik dachte immer noch an die Wunde. »Er wird sein Bein verlieren. Ich werde meine Hilfe anbieten, dich werde ich als meinen Gehilfen ausgeben.«

Benkis fühlte sich sehr erleichtert, dass der Kampf vorüber war und sie nicht mit der Dschamila gesunken waren. Neugierig betrachtete er die neue Mitgefangene. Sie hat ein schönes Gesicht, dachte er, auch wenn sie zornig ist.

Er sah die hohe Stirn, die schmale Nase, den zusammengekniffenen Mund. Oberhalb ihres linken Knöchels glitzerte ein goldenes Kettchen. Fremd und wunderschön wirkte sie auf ihn. Die Seeräuber sollten sie in Ruhe lassen.

Abrupt drehte sich das Mädchen gegen die Wand.

In der Nacht ließ der Sturm nach. Benkis schlief sehr ruhig. Einmal hörte er seinen Falken rufen, doch das war wohl im Traum, er lächelte, fühlte sich nicht mehr allein. Zuversichtlich wachte er auf. Abu Tarik lag auf der Seite und schlief noch. Auch das Mädchen schien zu schlafen.

Als ein Seeräuber einen Krug Wasser hereinstellte, schlug Abu Tarik die Augen auf und fragte: »Wie geht es dem Admiral? Muss sein Bein amputiert werden?«

»Wie meinst du das?«, fragte der Seeräuber unwirsch.

»Wie ich gesagt habe. Ich bin Arzt und weiß, wovon ich rede. Das Bein wird anschwellen, dann wird es braun, dann blau, dann faulig ...«

»Genug!«, schrie der verdutzte Mann und warf die Tür hinter sich zu.

Abu Tarik schmunzelte und kraulte seinen Bart.

»Ich habe etwas übertrieben«, sagte er zu Benkis. »Das wird seine Wirkung tun.«

Wirklich, es dauerte nicht lange, da wollte der Admiral Abu Tarik sehen. Kassan holte ihn ab.

»Dich lasse ich auch holen«, sagte Abu Tarik schnell zu Benkis, ehe er fortgeführt wurde.

Als Benkis mit dem Mädchen allein war, drehte sie sich um und sah ihn an.

Dann fragte sie leise: »Ihr seid wirklich Gefangene?«

»Ja«, sagte Benkis. »Ich bin aus Al Suhr.«

»Nie gehört«, meinte sie abwertend. »Ich bin die einzige Tochter des griechischen Kauffahrers auf dem mittelländischen Meer. Ich bin eine freie Tochter.«

»Schon gut«, beruhigte Benkis sie. »Ich bin auch ein freier Araber.«

Benkis hätte sie gern nach ihrem Namen gefragt, traute sich aber nicht. So sagte er: »Ich heiße Benkis. Eigentlich heiße ich Ben Mahkis al Kabir. Aber du kannst ruhig Benkis zu mir sagen. Das ist kürzer.«

»Aha«, sagte das Mädchen und schwieg.

»Ihr habt mutig gekämpft«, sagte Benkis. Er wollte einfach mehr von ihr erfahren. In diesem Moment wurde die Tür aufgerissen, Kassan trat herein und forderte Benkis auf mitzukommen.

Er brachte ihn aufs Achterdeck. Es ging einige Stufen hinunter bis in die Kajüte des Admirals. Dort saß Abu Tarik auf einem Lederkissen und trank aus einer kleinen Tasse Tee.

Den Admiral konnte Benkis nirgends entdecken.

»Wir werden jetzt mit etwas mehr Achtung behandelt«, sagte Abu Tarik. »Ich habe mir das Bein angesehen. Es sieht sehr schlimm aus. Wenn ich mit meinen Mitteln keinen Erfolg habe, muss es amputiert werden. Du kannst dir ja vorstellen, was das für den Admiral heißt. Mit einem Bein auf der Kiste, da kann er sich nicht mehr den Bart kämmen. Und mein Gepäck habe ich auch zurückbekommen. Ich brauche meine Ausrüstung für die Versorgung der Wunde. Es fehlt nichts.« Er zeigte auf die kleine Holzkiste, die Benkis von ihrem Kamelritt kannte.

Neben der Kajüte befand sich die Kammer, in der der Admiral blass und elend auf seinem Lager lag. Abu Tarik und Benkis traten näher.

Kassan blieb in der Tür stehen und überwachte sie mit misstrauischen Augen.

»Ich muss das verletzte Gewebe um die Wunde herum herausschneiden, dann nähen und verbinden wir sie«, sagte Abu Tarik zu Benkis. »Du weißt schon, das Übliche. Bring die Kiste.«

Benkis schob die Kiste ans Lager und öffnete sie.

»Bringt mir Wein«, flehte der Admiral mit schwacher Stimme. »Sonst halte ich es nicht mehr aus, bitte.«

»Na, das ist doch noch gar nichts«, meinte Abu Tarik. »Weißt du noch, Benkis, wie wir den Hauptmann am Schädel operiert haben, der musste Schmerzen ertragen, dagegen wird dies ein Kinderspiel sein.«

»Bitte nicht!«, stöhnte der Admiral, »nicht am Kopf operieren.«

»Du hast Glück gehabt«, meinte Abu Tarik allen Ernstes. »Dein Kopf soll diesmal verschont bleiben. Außerdem werden wir dich betäuben und du wirst nichts von unseren Messern spüren, gar nichts. Benkis wird den Puls fühlen. Du weißt ja, wie das geht.«

Benkis nickte, doch er verstand kein Wort.

Aus der Kiste holte Abu Tarik zwei kleine

Schwämmchen, feuchtete sie mit Wasser an und steckte sie dem Admiral in die Nase. Er hielt Benkis das Handgelenk des Patienten hin und sagte so leise, dass Kassan es nicht verstehen konnte: »Haschisch, Bilsenkraut und Wicken in den Schwämmchen wirken gleich. Fühl mit dem Daumen den Schlag der Ader, wenn er aufhört, sagst du es mir.«

Benkis tat, wie ihm geheißen, an seinem Daumen spürte er ein feines Klopfen. Der Admiral stöhnte noch einmal auf, dann schlief er ein. Abu Tarik legte ein Messer bereit. Er hob die Augenlider des Admirals und prüfte, ob er in Tiefschlaf gefallen war.

»Jetzt wird er nichts mehr spüren«, sagte er.

»Wehe, wenn ihm etwas passiert«, ließ sich Kassan drohend vernehmen. »Die schlimmsten Strafen werden euch sicher sein.«

»Sei still«, sagte Abu Tarik ärgerlich. »Wir dürfen nicht mehr gestört werden und brauchen alle Konzentration. Verstanden?«

Benkis musste feststellen, dass der grimmige Kassan sich das gefallen ließ.

Mit dem Skalpell schnitt Abu Tarik die Wunde sorgfältig aus. Er arbeitete rasch, mit sparsamen Bewegungen. Dann nahm er eine Nadel, einen Faden, der wie eine Sehne aussah, und nähte die Wunde zusammen, als würde er einen Teppich flicken. Danach wusch er die Wunde mit starkem Wein und verband sie sorgfältig.

»Ich habe die Wunde mit altem Wein gewaschen«, erklärte er Benkis. »Das beugt dem Wundfieber vor. Du kannst das Handgelenk loslassen, unsere kleine Operation ist schon vorüber.«

»Und?«, fragte Kassan. »Wird er überleben?«

»Der hat eine Pferdenatur«, meinte Abu Tarik trocken.

»Aber wir müssen abwarten, wie die Heilung verläuft«, fuhr er dann fort. »Falls es zu Komplikationen kommt, wird eine weitere Operation unumgänglich sein, wenn er sein Bein nicht doch noch verlieren soll. Ich werde mich darum kümmern. Vorerst wird er schlafen, euer General. Bring uns in das Kabuff zurück und sag uns Bescheid, wenn er aufwacht.«

»Auch wenn ihr große Ärzte seid, bleibt ihr doch Gefangene, verstanden!«, sagte Kassan.

Abu Tarik blinzelte Benkis spöttisch zu. Der packte die Sachen wieder in die Kiste und verschloss sie.

»Die Kiste darf ich ja wohl jetzt bei mir behalten«, sagte Abu Tarik und hob sie auf. Kassan konnte nichts dagegen einwenden, er zupfte an seinem Ohrring.

»Können wir nicht auch etwas für das Mädchen tun?«, fragte Benkis schnell.

Kassan hatte ihn verstanden und sagte: »Was mit der passiert, ist schon entschieden. Der Admiral will sie als Frau für seinen Sohn Luteg. Sie gefällt ihm, sie ist stolz und mutig, auf dem Meer aufgewachsen, genau die Richtige für den Burschen. Wenn wir zu Hause sind, werden sie heiraten.«

»Wo ist denn das?«, fragte Abu Tarik.

»Auf Korsika!«, sagte Kassan stolz und zeigte nach Norden. »Wir werden bald dort sein.«

Sie verließen mit Kassan die Kajüte.

»Nun, dem Mädchen wird nichts mehr passieren«, sagte Abu Tarik zu Benkis. Sie kamen an der Luke vorbei, aus der man die Leichen der Sklaven geholt hatte. Ein bestialischer Gestank drang heraus.

»Das zumindest wird ihr erspart bleiben«, sagte Abu Tarik und blieb stehen, sah in den Schacht hinunter. »Dort haben sie ihre Sklavenladung. Danke Allah, der uns davor bewahrt hat.«

»Weiter!«, befahl Kassan. »Die kommen auch ohne euer Mitleid aus.«

Er stieß sie von der Luke fort.

»Vielleicht gefällt es ihr ja, Seeräuberbraut zu werden«, meinte Abu Tarik. »Wer kann schon in die Herzen der Menschen blicken.«

Als sie in ihre Zelle zurückkamen, fanden sie das Mädchen nicht mehr vor. Benkis wollte Kassan fragen, doch der schloss sie eilig ein, ohne noch etwas zu sagen.

»Ich habe bei der Operation übertrieben«, sagte Abu Tarik. »Sie werden uns jetzt mit Achtung behandeln. Du hast dich gut gehalten bei deiner ersten Unterrichtsstunde. Wenn kein Fieber auftritt, ist der Admiral über den Berg.«

Abends sah Abu Tarik noch einmal nach seinem Patienten. Der war aus dem Schlaf erwacht und sehr überrascht, dass schon alles vorüber war, er hatte nichts gemerkt. Doch fand er keine Worte des Dankes.

Von dem griechischen Mädchen sahen sie in den nächsten Tagen nichts mehr, Benkis getraute sich nicht, nach ihr zu fragen.

Die Tage verstrichen gleichmäßig. Der Admiral erholte sich zusehends. Bald saß er auf seiner Kiste an Deck, überwachte die Seeräuber und säuberte sich die Fingernägel. Er tat so, als wären Abu Tarik und Benkis nicht anwesend, wenn sie auf dem Deck spazieren gehen durften. Kassans braune Augen blickten allerdings freundlicher, wenn er sie aus dem Kabuff heraufholte oder ihnen Wasser brachte. Einmal erzählte er Benkis die Geschichte, wie er seinen Daumen verloren hatte. Bei einem Kampf war er über Bord gegangen und hatte sich auf einen Mastbaum retten können, aus den Tiefen sei ein riesiger Schlangenstern emporgetaucht und habe ihn hinabziehen wollen. Er habe mit dem Untier gekämpft und dabei den Daumen verloren. Wenn nicht ein Blitz aus heiterem Himmel das Untier vernichtet hätte, säße er heute nicht mehr unter den Lebenden. Benkis zweifelte etwas am Wahrheitsgehalt dieser Geschichte.

Viel Zeit verbrachten Abu Tarik und Benkis mit Unterricht. Der Arzt erklärte Benkis den Bau des menschlichen Körpers, den Aufbau des Knochengerüstes, die Funktionen der einzelnen Körperteile, der inneren Organe. Er zeigte ihm sein chirurgisches Besteck, das er in der Kiste mit sich führte. Er sprach über Heilpflanzen und ihre Wirkung, wies auf die Notwendigkeit einer genauen Dosierung hin. »Vergiftung und Heilung liegen oft nahe beieinander«, sagte er. »Der Arzt darf keinen Fehler machen.«

Immer wieder sagte er zu Benkis, wie wichtig es sei, den Patienten und seine Krankheit genau zu untersuchen, ihn nach seinen Ess- und Trinkgewohnheiten zu fragen, nach seiner Arbeit, seiner Familie, nach seinen Sorgen und Nöten. Erst dann dürfe der Arzt sich ein Bild machen. Je gründlicher der Arzt vorgehe, desto größer seien die Erfolgsaussichten.

»Wir wissen sehr viel über den Menschen, über die Krankheiten, aber das letzte Geheimnis des Lebens werden wir niemals ergründen«, sagte Abu Tarik.

Benkis verstand ihn nicht immer. Dann brummte ihm der Kopf von all dem Wissen und den vielen Einzelheiten, und Abu Tarik ließ ihn Atemübungen machen, die erfrischten und ablenkten.

Auch über Korsika, ihr neues Reiseziel, sprachen sie.

»Korsika ist eine Insel«, sagte Abu Tarik und malte mit dem Zeigefinger ein Gebilde auf den Holzboden. »Korsika liegt dem Frankenland sehr viel näher als Córdoba, vielleicht sollte ich meine Pläne ändern?«

Er macht seine Pläne, als wäre er nicht mehr Gefangener der Seeräuber, dachte Benkis. Die äußeren Umstände schienen Abu Tarik nie sonderlich zu beeindrucken. Er nahm sie hin wie Wind und Regen, doch richtete er sich nicht danach.

»Der Mensch schwankt zwischen Vergangenheit und Zukunft. Er muss seine Seele festigen, um Halt zu finden«, hatte Abu Tarik einmal gesagt. Darüber musste Benkis oft nachdenken.

In all den Tagen sah Benkis seinen Falken Zad nicht wieder.

Eines Mittags rief der Mann im Ausguck: »Land! Land in Sicht!«

Der Ruf drang bis in ihr Kabuff. Kassan kam und brachte sie an Deck, er lachte stolz und sagte: »Meine Insel, Korsika!«

12. Kapitel

Qasruun

»Rasso Sadda!«, rief der Mann vom Mastkorb. »Rasso Sadda!« Was so viel hieß wie rostiges Kap, die erste Landspitze, die sie von der Insel zu sehen bekamen. Im Dunstschleier des Meeres zeichneten sich die Umrisse einer Küste mit Felsen und Kliffen ab, bewachsene Berghänge verloren sich in der Ferne.

Die Dschamila näherte sich erstaunlich schnell, schärfer traten die Konturen der Küste hervor, steiler wurden die Klippen, höher die Berge, es war eine ungastliche Küste, der sie entgegenblickten.

Der Admiral kannte sich gut aus, geschwind glitt die Schebecke die Küste entlang, zog eine schnurgerade Linie von Landspitze zu Landspitze, kam den Untiefen niemals zu nahe.

Kurz vor dem Abendgebet änderte er den Kurs, segelte mit auffrischendem Wind in eine breite Bucht hinein, vorbei an einem Gewirr von Klippen. Ein Ruf erscholl aus großer Höhe zu ihnen herab, der Admiral ließ einen Wimpel am Fockmast aufziehen, die Segel wurden gerefft, das Schiff verlor an Fahrt. Es legte an einer Mole aus Steinbrocken an. Die Seeräuber schwangen sich an

Tauen über Bord, Bohlen wurden über die Reling geschoben, die Dschamila wurde vertäut. Benkis blickte auf die Bucht hinaus.

Die Sonne stand noch eine Handbreit über dem Horizont und warf ihre Strahlen über das Wasser bis auf den kiesigen Strand, auf dem Ruderboote lagen. Ein Fluss strömte träge in die Bucht, vermischte sein Süßwasser mit dem Meer, in seinem Deltabereich wuchsen alte Lorbeerbäume, sie dufteten frisch und angenehm. In der Mitte der Bucht sah Benkis einen Felsen aufragen, auf dem zwei Männer standen und winkten.

Abu Tarik betrachtete die Szenerie ruhig und gelassen und meinte: »Jetzt werden wir das Leben der Seeräuber zu Hause kennen lernen, ich bin gespannt, wie das ist.«

Was findet der eigentlich nicht interessant, dachte Benkis.

Er suchte das griechische Mädchen an Deck und sah sie, wie sie, plötzlich vom Achterdeck kommend, von einem Seeräuber geführt wurde. Er fand, dass sie blass und krank aussah, die Gefangenschaft zehrte wohl an ihr.

Gerade sollte der Admiral in einer Art Sänfte von Bord getragen werden, als er Kassan heranwinkte und ihm etwas zuflüsterte. Kassan nahm das Mädchen an der Hand und folgte dem Admiral, dann mussten Abu Tarik und Benkis die Dschamila verlassen. Auf der Mole wurden sie von vielen neugierigen Augen gemustert. Männer, Frauen und Kinder hatten sich eilig zur Ankunft der Dschamila eingefunden. An ihrer Spitze stand ein sehr alter Mann auf einen Stock gestützt. Er trug ein Lederhemd, Lederhosen und Filzstiefel, über die Schulter hatte er ein Fell gelegt. Sein Kopf war kahl, sein Gesicht voller Falten und Runzeln, doch seine Augen blickten scharf und klar. Er hob grüßend die Hand und blickte den Admiral fragend an. Der richtete sich ächzend in seiner Sänfte auf und sagte: »Ich bin in einem schweren Kampf verletzt worden und kann noch nicht aufrecht stehen, man möge mir verzeihen, dass ich meinen Vater nicht gebührend begrüßen kann. Aber ich bringe eine Braut für meinen Sohn und deinen Enkel Luteg, wo steckt er?« Er sah sich suchend um.

Der Admiral fuhr fort: »Die Dschamila ist voller Sklaven, und außerdem habe ich zwei Gefangene, die in der Heilkunde bewandert sind.«

Die Augen des Alten glitten rasch über Abu Tarik und Benkis und ruhten lange auf dem griechischen Mädchen. Der Alte machte einen Schritt auf sie zu.

Sie erwiderte den ernsten Blick des alten Mannes, senkte ihre Augen nicht zu Boden.

»Wie ist dein Name?«, fragte er leise. »Woher kommst du?«

Sie schwieg.

»Sie ist noch aufsässig«, sagte der Admiral. »Die ganze Seereise hat sie kein Wort gesagt. Das werden wir ihr austreiben müssen.«

Der Alte nickte und drehte sich um.

Wie eine Prozession setzte sich nun der Zug in Bewegung. Sie gingen von der Bucht fort, steil bergauf, bald verbreiterte sich der Weg, sie schritten über ein holpriges Pflaster.

In der aufkommenden Dunkelheit sah Benkis den Ort Qasruun auf einem Bergvorsprung oberhalb der Bucht. Er bestand aus einstöckigen Steinhäusern, teils an den Felshang gebaut, teils frei stehend um einen Platz.

Kassan brachte Abu Tarik und Benkis in einem der ersten Häuser am Dorfeingang unter. Das Haus bestand nur aus einem Raum, im offenen Kamin brannte Feuer, der Rauch zog durch eine Luke ab. An den Wänden lagen Strohsäcke, im Hintergrund waren Ziegen- und Schaffelle aufgehäuft.

»Daraus könnt ihr euch ein Schlaflager herrichten«, sagte Kassan. »Zu essen findet ihr in dem Korb dort. Der Alte wird über euer Schicksal entscheiden, er ist unser eigentlicher Admiral.«

Kassan verließ sie. Abu Tarik und Benkis legten sich schlafen.

Kräftige Stockschläge hämmerten gegen die Holztür, sie wurde geöffnet, der Alte stand im frühen Morgenlicht, frische Luft kam in den verrauchten Raum.

»Guten Morgen«, sagte er mit rauer Stimme. »Friede sei mit euch.«

Abu Tarik stand auf, ordnete seine Kleidung und trat dem Alten entgegen. Auch Benkis erhob sich von seinem Felllager.

»Willkommen in Qasruun«, sagte der Alte und blickte sich um. »Ihr habt alles, was ihr braucht?«

Abu Tarik nickte.

»Ich bin euch zu Dank verpflichtet, ihr habt meinem Sohn das Bein gerettet. Ja, ich habe alles erfahren, obwohl mein Sohn doch gerne so manches verschweigen möchte. Noch bin ich der Admiral und nicht mein feiner Herr Sohn, wenn er sich auf See auch als Admiral anreden lässt. Er hat sich nicht bei euch bedankt, ich weiß es. Das möchte ich nun tun, ich danke euch.«

»Es war nur die Pflicht des Arztes«, sagte Abu Tarik bescheiden.

»Ihr könnt euch in Qasruun frei bewegen und steht unter meinem persönlichen Schutz. Allerdings kann ich euch nicht ohne weiteres die Freiheit geben, darüber kann ich nicht allein entscheiden. Doch habe ich eine Bitte an euch. Ihr seid Heilkundige und ich möchte darin unterwiesen werden.«

Was will der denn noch mit der Heilkunde?, fragte sich Benkis, er ist doch schon so alt.

Der Alte blickte erwartungsvoll zu Abu Tarik.

»Werdet ihr meiner Bitte nachkommen?«

»Gewiss«, antwortete Abu Tarik. »Wenn Ihr es wünscht.«

»So will ich nicht länger stören«, sagte der Alte und ging langsam hinaus.

»Jedenfalls werden wir nicht als Sklaven verkauft«, meinte Abu Tarik nachdenklich.

Kurz darauf brachte ihnen ein Junge in einer Schüssel viele kleine, gebratene Fische. Benkis wollte ihn nach seinem Namen fragen, doch der Junge stellte nur die Schüssel auf den Boden und eilte fort, ohne sich umzublicken.

Benkis aß hungrig von den noch warmen Fischen, Abu Tarik setzte sich neben ihn und sah ihm zu.

»Ich werde fasten, Benkis«, sagte er. »Ich habe es mir als Aufgabe gestellt und werde vorerst nur noch Wasser trinken.«

Benkis sah ihn erstaunt an. »Nur noch Wasser?«, fragte er. »Und wie lange?«

»Das weiß ich noch nicht, ich lege mich nicht fest. Auch dir möchte ich zwei Aufgaben stellen. Zum einen, dass du schwimmen lernst. Wer über die Meere reist, muss schwimmen können. Dann, dass du schweigen lernst.«

Benkis wusste nicht, was er davon halten sollte.

»Schwimmen ist leicht, ich werde dir zeigen, wie man es macht, dann kannst du es allein üben. Schweigen ist schwer, sehr schwer. Und dabei kann ich dir nicht helfen.«

Genau umgekehrt, dachte Benkis belustigt. Schweigen kann ich ja schon, ich brauche nur den Mund zu halten. Aber schwimmen?

Nachdem Benkis seine Mahlzeit beendet hatte, ging er hinaus, er wollte sich das Seeräubernest gründlich ansehen.

Doch er war noch keine zehn Schritte gegangen, als er den Schrei seines Falken hörte. Er griff in die Innentasche seiner Hose, den Lederhandschuh hatte er immer dabei, rasch zog er ihn über, er blickte sich suchend um.

Im Wipfel einer Kiefer, auf dem Hang hinter ihrem Haus, hockte Zad und spähte zu ihm herab. Benkis kämpfte sich eilig durch das dichte Gestrüpp. Er wollte nicht, dass ihn einer der Seeräuber mit dem Falken beobachtete. Man würde ihm den Vogel sonst wegnehmen, befürchtete er. Die Dornen zerkratzten seine Wangen, vor Aufregung spürte er es nicht.

Er gelangte unter die Kiefer, der Falke stieß auf ihn herab und ließ sich auf dem Handschuh nieder. Der Vogel nickte aufgeregt, als wollte er eine lange Geschichte erzählen.

»Tza, tza«, sagte Benkis und streichelte Zad. »Ich weiß ja, du hast viel erlebt, tza, tza, so weit bist du geflogen?«

Langsam beruhigte sich der Vogel.

»Du musst mir weiterhin folgen«, sagte Benkis. »Es kann sein, dass ich dich brauche. Nur darf es niemand wissen. Die Seeräuber würden dich sicher gern in ihren Besitz bekommen, so einen schönen Vogel, tza, tza.«

Gut genährt sah der Falke aus, für sich sorgen konnte er also. Benkis setzte sich auf eine Wurzel und lehnte sich an den Kiefernstamm.

»Der Zauberer ist kein Zauberer«, erzählte er seinem Falken. »Wenn Makir wüsste, was wir bei der Totenmauer für Esel waren. Aber ich habe mir das gleich gedacht. Er ist ein großer Arzt, ich lerne bei ihm. Die Seeräuber halten uns hier fest, aber wir werden fliehen und du kommst mit. Auch ein Mädchen halten sie gefangen, das wir befreien müssen. Du und ich. Ich werde mir einen Plan überlegen. Dann fahren wir mit einem Schiff nach Andalusien. Abu Tarik hat mir zwei Aufgaben gestellt. Schwimmen soll ich lernen. Und schweigen.«

Der Falke sah Benkis aufmerksam an.

Benkis schwieg für einen kurzen Augenblick, dann rief er: »Siehst du, schweigen kann ich schon. Nun flieg und versteck dich gut.«

Er stand auf und hob den Arm. Zad stieg in die Höhe, umkreiste die Kiefer, bis Benkis zum Dorf zurückging. Dann schoss der Falke davon, ein hohes »Gigigig« ausstoßend. Benkis kletterte über einen niedrigen Steinwall, fand einen Trampelpfad, der zum Fluss und in die Bucht hinunterführte.

Die Dschamila hatte Qasruun schon wieder verlassen. Benkis sagte sich, dass die Seeräuber es eilig hatten, ihre Menschenfracht zu verkaufen.

An der Mole waren drei Jungen in Benkis' Alter mit einem Floß beschäftigt. Benkis grüßte sie, doch sie behandelten ihn wie Luft. Er ging den Strand entlang zu den Lorbeerbäumen und setzte sich auf einen morschen Stamm.

Den Seeräuberjungen war es sicher verboten worden, mit ihm zu reden.

Benkis sah ihnen von ferne zu, wie sie das Floß ins Wasser zogen, es schwankte in der Brandung. Sie kletterten hinauf und paddelten zu dem Felsen inmitten der Bucht.

Benkis verlor die Lust, weiter zuzuschauen, er wollte bald schwimmen können. So ging er in den Ort zurück, in ihr Haus. Abu Tarik war nicht da. Gerade wollte er umkehren und das Schwimmen schon allein ausprobieren, als sich die Tür vorsichtig öffnete und das griechische Mädchen hereinblickte.

Sie sah, dass nur Benkis im Raum war. Rasch trat sie ein und zog die Tür zu. Benkis sah sie fragend an.

»Bist du allein?«, fragte sie flüsternd.

Benkis nickte.

»Der Alte hat mich als Frau für seinen Enkel akzeptiert. Der Sohn hat einen feigen Blick. Eher bringe ich mich um, als dass ich den heirate.«

»Du musst fliehen«, sagte Benkis.

»Das werde ich auch, sobald es geht. Was ist mit euch?«

»Wir fliehen auch. Mit einem Floß bis zur nächsten bewohnten Siedlung. Dort kaufen wir ein Schiff …«

»Morgen soll ich in sein Haus gebracht werden«, unterbrach das Mädchen Benkis düster, als verkündige sie ihre eigene Hinrichtung. »Ich suche mir eine Waffe, damit werde ich mich wehren.«

»Tu das besser nicht«, warnte Benkis. »Dann bringen sie dich sofort um.«

»Ich bin nicht ängstlich.«

»Ich weiß«, sagte Benkis und sah ihr Fußkettchen glitzern. Gerne hätte er sie beschützt, doch er wusste nicht wie.

»Mein Vater ist ein Kauffahrer voller Mut. Kein Seeräuber hat es bisher vermocht, ihm seine Ladung zu nehmen. Und meine Mutter kämpft mit dem Schwert wie …«

Ihr fiel kein passender Vergleich ein.

»Hast du immer auf dem Schiff gelebt?«, fragte Benkis.

»Ja, seit ich denken kann. Wir fuhren herum, kauften hier ein und verkauften es wieder im nächsten Hafen. Salz, Parfüm, Öl, Gewürze, Stoffe, alles, was du willst. Unser Schiff heißt Denebola. Ich bin auf See groß geworden. Und da will ich auch wieder hin.«

»Das ist ein schöner Schiffsname«, meinte Benkis, obwohl er nicht verstand, was der Name bedeuten sollte.

»Und wie heißt du?«, fragte er schnell.

»Pica.«

»Ich komme aus der Wüste. Die Wüste ist nichts Besonderes, Sand und Hitze, Skorpione und Schlangen«, sagte Benkis.

»Und der Yogi ist dein Vater?«, fragte das Mädchen.

»Der Yogi?« Benkis verstand schon wieder nicht.

»Der Graubart, bei dem du bist.«

»Das ist nicht mein Vater, es ist ein berühmter Arzt, bei dem ich studiere. Mein Vater ist ein reicher Karawanenbesitzer. Wir leben in Al Suhr, ich habe einen eigenen Sklaven, Musma, eine treue Seele, er …«

Erschrocken über die Lügen, hielt Benkis inne.

»Warum nennst du Abu Tarik Yogi?«, fragte er ablenkend.

»Weil er Mantren murmelt und Yogaübungen macht«, sagte Pica. »Wir hatten einmal einen Reisenden aus Samarkand an Bord, der solche Übungen machte und meditierte. Er hat es mir gezeigt. Man braucht elf Jahre, um die erste Stufe zu erreichen.«

Benkis hörte ihr nicht weiter zu, die Lüge beschämte ihn.

Ich muss ihr die Wahrheit sagen, dachte er, aber er hatte nicht den Mut dazu.

»Ich … spreche mit Abu Tarik«, sagte er. »Wir können zusammen fliehen. Sie dürfen dir nichts tun.«

»Ich werde schon auf mich aufpassen«, sagte Pica. »Wenn ihr flieht, sag mir irgendwie Bescheid.«

Dann eilte sie hinaus.

Benkis sah immer noch ihr blasses Gesicht und ihre dunklen Augen auf sich gerichtet. Warum nur hatte er diese unnötige Lüge erzählt? Er ärgerte sich über seine Dummheit.

Voller Grimm dachte er an den Admiralssohn, diesen Luteg, der Pica heiraten sollte. Wenn er den in die Finger bekommen würde, dann würde er ihn …

Benkis schlug mit der Faust gegen die Wand. Das ließ ihn zur Besinnung kommen.

13. Kapitel

Rivalen

Benkis begleitete Abu Tarik, um den Verband des Admirals zu wechseln. Kassan hatte sie am späten Nachmittag abgeholt und führte sie nun zur Wohnung des Admirals.

Das Haus war als Einziges zweistöckig und stand am Ende des Ortes, von hier konnte man die Bucht und die Berge gut überblicken.

Der Admiral ruhte hoheitsvoll auf einem weichen Lager und begrüßte sie kurz. Abu Tarik nickte ihm zu und hob die Decke. Er wickelte mit geschickten Händen den Baumwollverband vom Bein ab.

»Ich muss mit dir reden«, sagte der Admiral. »Aua! Du darfst mir nicht wehtun.«

»Wir müssen die Fäden ziehen«, sagte Abu Tarik. »Das wirst du gar nicht spüren.«

Der Admiral knurrte etwas, dann sprach er weiter: »Meine Vorfahren kamen vor vier Generationen über das Meer auf diese Insel und gründeten die Siedlung Qasruun. Sie hatten schwere Kämpfe zu bestehen, bis sie hier in Ruhe und Sicherheit leben konnten.«

Benkis sah die stark verschorfte Wunde, die Naht.

Abu Tarik prüfte mit den Fingern, ob sie halten würde, der Admiral wandte den Kopf zur Seite.

»Viele nahmen sich eine Sklavin zur Frau und gründeten Familien. Die Herrschaft war immer in den Händen unserer Sippe. So soll es auch bleiben. Aua!«, schrie er laut auf, als Abu Tarik den ersten Faden zog.

»So soll es auch bleiben«, wiederholte der Admiral matt. »Es ist Sitte und Brauch bei den Seeräubern, dass der Anführer dann seine Macht dem Nachfolger abtritt, wenn er selbst nicht mehr zur See fahren kann. Es ist ein guter Brauch. Ein Seeräuber, der das Meer nur noch vom Land aus sieht, darf nicht Oberhaupt sein. Aua!«, schrie er ein zweites Mal und stieß Abu Tariks Hand fort. Doch der hatte schon den zweiten Faden gezogen und beruhigte den Admiral, das Schlimmste sei überstanden. Der Admiral blickte finster auf sein Bein.

»Mein alter Vater will sich nicht an diese Regeln halten. Seit zwei Sommern war er nicht mehr auf See, doch er tritt nicht ab. Ich will das nicht länger dulden!«

»Die Wunde ist gut verheilt«, meinte Abu Tarik.

»Ich will nicht verschweigen, dass es zwei Lager gibt. Die einen wollen den Alten weiterhin anerkennen, weil er so klug ist. Die anderen sehen in mir den Anführer, weil ich ein Kämpfer bin.«

Und ein Schwächling, dachte Benkis, wie dein Sohn.

Abu Tarik löste ein Pulver in einem Gefäß mit Wasser auf und betupfte damit die Wunde.

»Ich verstehe«, sagte Abu Tarik und ließ sich von Benkis den Baumwollverband reichen.

»So?«, brauste der Admiral auf. »Dann darfst du dem Alten nicht dein Wissen vermitteln, wie! Das stärkt nur seine Macht. Das geht nicht.«

Der ist ja neidisch, dachte Benkis schadenfroh, der sollte die Heilkunst nicht lernen.

»Ich mache euch beiden einen Vorschlag. Ihr bleibt bei uns, werdet Seeräuber, du wirst unser Arzt und Heiler. Nur du darfst dieses Wissen haben, sonst niemand. Ich werde Anführer, den Alten verbannen wir in die Berge.«

Abu Tarik wickelte den frischen Stoff um die Wunde.

»Nun?«, fragte der Admiral. »Was hältst du davon? Ich habe dich richtig lieb gewonnen, weil du mein Bein so schön gerettet hast.«

»Ich brauche Zeit, um es mir in Ruhe zu überlegen«, sagte Abu Tarik.

Was gab es da zu überlegen, dachte Benkis, aber auch Abu Tarik würde nicht in solch einen Vorschlag einwilligen, so gut kannte er ihn schon.

»Zeit, Zeit«, brummte der Admiral. »Aber zu meinem Vater gehst du nicht mehr!«

»Und was soll ich sagen, wenn er mich rufen lässt?«

»Das ist nicht mein Problem«, meinte der Admiral. »Meine Gefühle zu dir können sich sehr schnell ändern, ich bin launisch, weißt du. Und wenn du nicht einwilligst, dann …«

»Dann?«, fragte Abu Tarik.
»Rechne es dir an deinen Fingern aus!«

Mit einer Handbewegung entließ sie der Admiral. Schweigend kehrten sie in ihr Haus zurück. Benkis aß von den Broten und Fischen, die man ihnen hingestellt hatte, Abu Tarik trank Wasser. Sie sprachen nicht weiter über den Vorschlag des Admirals.

Am nächsten Tag zeigte Abu Tarik Benkis, wie man schwimmt. An einer sichtgeschützten Stelle am Fluss, weit von der Bucht entfernt, übte Benkis, Arm- und Fußbewegungen so aufeinander abzustimmen, dass er nicht gleich unterging. Zuerst sah er aus wie ein hilflos strampelndes Kamel, das man ins Wasser geworfen hat. Abu Tarik ermunterte ihn und ließ ihn allein.

Er schluckte große Mengen Flusswasser in den nächsten Tagen, bis es ihm zum ersten Mal gelang, den Fluss an dieser breiten Stelle zu überqueren und das andere Ufer schwimmend zu erreichen.

Wenn Benkis am Fluss übte, saß Zad oft auf einem Ast und sah gelassen zu, wie der Junge ins Wasser tauchte, wie er zappelte, unterging, prustend wieder auftauchte.

Benkis übte beharrlich. Er gab sich nicht mit der Tatsache zufrieden, dass er schwimmen konnte. Er wollte es gut und sicher können und schnell. So schnell, dass sogar Pica eines Tages davon beeindruckt sein sollte.

Trotz der Warnung des Admirals ging Abu Tarik täglich zu dem Alten und unterhielt sich mit ihm. Doch hatte er es geschickt verstanden, die Wissbegier des Alten von der Heilkunde weg auf die Sternenkunde zu lenken.

Abends unterwies er Benkis im Anlegen von Verbänden und im Schienen von Knochenbrüchen.

Einmal hatte Benkis seine Schwimmübung gerade beendet und trocknete in der Sonne, als er herannahende Stimmen hörte. Schnell griff er seine Sachen und versteckte sich hinter einem Busch. Er brauchte nicht lange zu warten. Pica und der Admiralssohn Luteg kamen das Ufer herauf und setzten sich auf einen Stein, genau vor Benkis' Versteck. Wenn er seinen Arm ausgestreckt hätte, hätte er Pica berühren können. Er verhielt sich mucksmäuschenstill und lauschte gespannt.

Pica hielt die nackten Füße ins Wasser.

Auf ihrem linken Fuß sah Benkis ein Muttermal, einen kleinen, schwarzen Punkt. Es ärgerte ihn besonders, dass Luteg nun auch diesen Punkt und das Fußkettchen darüber ansehen konnte.

Die beiden schienen sich gut zu verstehen, sie lachten, Luteg erzählte, wie er seinen Vater einmal auf einer Seereise begleitet hatte und wie sie Sklaven gemacht hatten.

Dann wollte er dem Mädchen seine Kraft zeigen. Er wühlte einen runden Stein aus dem Untergrund und hob ihn über den Kopf. Benkis musste zugeben, dass es sich wirklich um einen schweren Stein handelte.

Luteg schleuderte den Stein weit in den Fluss hinaus, Pica klatschte und bewunderte Luteg mit vielen Worten.

Benkis fand das übertrieben, so eine besondere Leistung war es nun auch wieder nicht gewesen. Er hätte sich gern davongeschlichen. Die Lauscherei kam ihm unwürdig vor, doch es blieb ihm nichts anderes übrig, als abzuwarten, bis die beiden ihren Platz verlassen hatten.

Als sie endlich in Richtung Bucht verschwanden, kroch Benkis aus dem Busch, zog sich an und schwor sich, keinen Gedanken mehr an Pica zu verschwenden. Sie hatte sich wohl mit diesem Luteg abgefunden und würde ihn heiraten. Genauso hatte es jedenfalls ausgesehen.

»Was ist dir denn über die Leber gelaufen?«, fragte Abu Tarik, als Benkis ins Haus trat.

»Nichts«, sagte Benkis und wollte sich gleich auf sein Lager verziehen. Doch Abu Tarik lächelte und zitierte aus seinem indischen Buch.

»Wer der Begier entsagt und frei von Wünschen und Neid ist, ist Herr der Welt und seiner selbst.«

Das war genau das, was Benkis jetzt hören wollte, ärgerlich stampfte er mit dem Fuß auf.

»Du bist eifersüchtig«, sagte Abu Tarik. »Du musst lernen, dich zu beherrschen.«

»Ich will mich nicht beherrschen«, sagte Benkis.

Doch dann kümmerte er sich nicht mehr um seinen Lehrer, sondern setzte sich auf sein Lager, machte eine Atemübung und konzentrierte sich ganz darauf. Das beruhigte ihn. Seine Wut verging. Nur der schwarze Punkt und das Kettchen gingen ihm nicht aus dem Sinn.

Natürlich musste er in dieser Nacht von dem Mädchen träumen. Er hatte sie wohl noch nicht völlig vergessen, dachte er, als er im Morgengrauen aufwachte.

Leise stand er auf, zog sich an und eilte in die Bucht hinunter. Er wollte sich beweisen, wie gut er schwimmen konnte.

Nebel lag in der Bucht, die Wellen schlugen leicht gegen die Mole. Benkis ging zum Strand. Den Felsen inmitten der Bucht konnte er nur schemenhaft erkennen. Er zog sich aus, ging ins Wasser, tauchte hinein. Mit vorsichtigen Zügen schwamm er los.

Das Wasser war kalt, doch trug es ihn leichter als das Flusswasser. Er teilte die Wellen mit seinen Armen, schlug kräftig mit den Beinen, der Strand blieb zurück. Ein Gefühl von Stolz und Kraft stieg in ihm auf.

Ben Mahkis al Kabir, sagte er sich voller Freude, du schwimmst im Meer, wenn das Makir sehen könnte.

Immer weiter schwamm er hinaus, doch der Steinkoloss rückte nur sehr langsam näher. Von oben hatte es sehr nah ausgesehen, nun merkte Benkis, dass er die Entfernung unterschätzt hatte.

Seine Kräfte ließen schon nach, als er endlich den Fels erreichte, die Arme fühlten sich schlapp an. Er zog sich an den Steinen hinauf, seine Füße traten auf spitze Muscheln und glitschige Algen, sein Atem ging schwer.

Hier wollte er sich ausruhen, ehe er zurückschwamm, dachte Benkis und sah sich um. Am Hang über der Bucht sah er die Häuser des Seeräubernestes.

Benkis fror.

Einige Kormorane kamen vom Fluss und strichen über Benkis hin, er konnte den Luftzug spüren.

Wenn die Sonne scheinen würde, dachte er, könnte ich mich hier aufwärmen. Doch so ist es zu kalt, um sich hier länger aufzuhalten.

Es blieb ihm keine andere Wahl, er konnte nicht länger auf den Steinen hocken und musste sich auf den Rückweg machen, ehe er völlig steif gefroren war. Also stieg er ins Wasser und schwamm Richtung Strand. Nach kürzester Zeit wurden seine Arme von der Kälte so schwer, dass er glaubte, sie nicht mehr bewegen zu können.

Weiter, weiter, sagte er sich, Ruhe bewahren, Ben Mahkis al Kabir.

Der Strand schien unendlich weit entfernt, wollte einfach nicht näher kommen. Ihm war so entsetzlich kalt, in seinem Brustkorb spürte er Stiche. Doch er zwang sich, die Schmerzen nicht zu fühlen. Er zwang sich, ruhig zu atmen, wie er es schon oft gemacht hatte. Er zwang sich, nicht zu denken, Leere im Kopf. So ging es.

Mit letzten Kräften erreichte er endlich den Strand, kroch keuchend über die Kiesel und blieb erschöpft und atemlos liegen.

»Na, du großer Schwimmkünstler«, rief plötzlich eine Stimme. »Dich hätten ja bald die Fische gefressen.«

Luteg stand breitbeinig über Benkis und lachte gehässig.

Benkis kochte vor Scham und Zorn.

Der hatte ihn beobachtet, dachte er, ausgerechnet der. Schweig, bleib ruhig. Die Wut riss ihn jedoch hoch, er sprang Luteg von unten her an, so dass er nach hinten in den Sand kippte. Er trat seinem Gegner in den Bauch und warf sich auf ihn. Luteg war stärker als Benkis, geschickter im Ringen, blitzschnell hatte er Benkis unter sich, drückte ihm das Gesicht in den Sand. Benkis blieb die Luft weg, Luteg bearbeitete ihn mit seinen Fäusten, brüllte triumphierend. Gnadenlos schlug er auf ihn ein. Benkis biss die Zähne aufeinander, er hatte keine Kraft mehr, sich zu wehren, Blut rann ihm aus dem Mund.

Plötzlich schrie Luteg auf, ließ Benkis los und hielt sich die Hand vor das Gesicht. Benkis erhob sich, wollte sich auf ihn stürzen, aber Luteg taumelte über den Strand und schrie entsetzlich.

Benkis sah, wer ihm geholfen hatte. Zad hatte sich auf Luteg gestürzt und war ihm mit seinen scharfen Fängen über das Gesicht gefahren. Nun thronte er auf einem nahen Baum und äugte zu Benkis herüber.

Benkis suchte schnell seine Sachen, zog sich an, streifte den Handschuh über und ergriff den Falken.

Luteg torkelte wie blind und schrie noch immer, Benkis bekam Angst.

Hoffentlich hat Zad ihm nicht ein Auge ausgerissen, dachte er beklommen. Was würde mit ihm geschehen, wenn Luteg erblindete? Nicht auszudenken. Sie werden behaupten, dass ich den Falken auf ihn gehetzt habe.

Er wusste nicht, wie er Luteg hätte helfen können, wollte sofort Abu Tarik holen. Als er sah, dass von der Mole ein Seeräuber herbeigerannt kam, verdrückte er sich und schlich auf einem Seitenpfad ins Haus zurück. Zad ließ er unterwegs fliegen.

Abu Tarik saß auf seiner Matte und meditierte. Benkis wusste, dass er ihn nicht stören durfte. Verzweifelt kniete er sich an die Feuerstelle, versuchte, die Glut anzublasen. Noch ehe er zu einer sinnvollen Entscheidung gekommen war, wurde die Tür aufgerissen. Benkis schrak zusammen.

Der Admiral stürmte mit zwei seiner Leute herein, sie blickten sich kurz um und ergriffen Benkis.

Abu Tarik hatte sich erhoben und blickte fragend auf die Eindringlinge.

»Nun?«, sagte er mit energischer Stimme.

»Vielleicht weißt du es noch nicht«, brüllte der Admiral. »Aber dieses Bürschchen hier hat meinem Sohn mit irgendeinem Zauber ein Auge ausgerissen. Wenn nicht gar mit seinen eigenen Krallen.«

Abu Tarik wusste nicht, was er davon halten sollte. Benkis wollte ihm die Lage erklären, der Admiral ließ ihn nicht zu Wort kommen.

»Das wird er bereuen«, keuchte er.

»Ich habe nichts getan«, rief Benkis, wehrte sich gegen die kräftigen Fäuste der Seeräuber. »Er hat angefangen, ich war schwimmen.«

»Was ist mit dem Auge?«, fragte Abu Tarik. »Ich glaube nicht, dass Benkis das hat ausreißen können. Ich will es mir ansehen.«

»Niemals!«, schrie der Admiral. »Damit du ihm das andere auch noch nimmst, was! Gehängt wird er, dein Helfershelfer, den Fischen vorgeworfen.«

Benkis schauderte.

»Nun, nun«, wollte Abu Tarik beruhigen.

Der Admiral versetzte Benkis einen Stoß: »Du Hund!«

»Ist es nicht besser, wenn der Arzt sich das Auge ansieht?«, sagte plötzlich eine strenge Stimme. Der Alte stand Achtung gebietend in der Tür, aufgestützt auf seinen Stock. »Lasst den Jungen los! Ich befehle es.«

Die Seeräuber blickten vom Admiral zum Ältesten. Noch war er ihr Herr, wer seinen Befehl missachtete, dem drohte Strafe. Das wussten sie gut.

Der Alte und sein Sohn maßen sich mit den Augen, Hass stand wie eine Mauer zwischen ihnen. Benkis hielt den Atem an. Der Admiral knirschte mit den Zähnen. Dann winkte er seinen beiden Untergebenen, sie ließen Benkis frei.

»Ich gehorche«, zischte der Admiral.

»Sei vernünftig«, sagte der Alte in milderem Tonfall. »Der Arzt hat dir das Bein gerettet. Warum soll er nicht auch das Auge deines Sohnes retten können? Ich befehle, dass er sich den Verwundeten ansieht. – Und du«, sagte er zu Benkis, »schilderst mir, wie dieser Streit begonnen hat.«

»Ich war schwimmen, als ich zurückkam, stand Luteg am Strand und machte sich über mich lustig. Da habe ich ihn in den Sand geworfen.«

»Du hast ihn in den Sand geworfen?«, fragte der Alte zweifelnd.

»Ich war nur für einen Moment der Stärkere, dann hat er mich in den Sand gedrückt und mir die Luft abgewürgt.«

»Und was war mit dem Auge?«

»Ein Vogel stürzte aus dem Himmel und griff Luteg an«, sagte Benkis.

»Was für ein Vogel?«

Der Admiral ballte die Hände.

»Wäre es nicht besser, wenn ich erst einmal zu dem Jungen ginge?«, unterbracht Abu Tarik das Verhör.

»Gut«, sagte der Alte. »Führe uns zu Luteg. Und du bleibst hier im Haus, bis wir wissen, was mit dir geschieht.«

Benkis atmete auf, die größte Gefahr schien gebannt, der Alte würde ihn nicht aufhängen lassen.

Die Männer verließen das Haus.

Benkis musste lange auf Abu Tarik warten.

Als er dann zurückkam, brachte er keine guten Nachrichten. Zwar hatte er das Auge retten können, doch würde Luteg mit dem Auge nie wieder gut sehen können. Abu Tarik blickte Benkis an, sagte kein Wort. Benkis sah vor sich auf den Fußboden. »Ich hätte meinen Zorn beherrschen müssen«, sagte Benkis.

»War es Zad?«

Benkis nickte und sagte ernst: »Die erste Aufgabe habe ich gelöst, schwimmen kann ich jetzt.«

»Wir werden fliehen müssen«, sagte Abu Tarik.

Bis zum Abend blieben sie ungestört.

Einmal hörten sie Geschrei und Rufe, doch Abu Tarik hielt es für besser, nicht hinauszugehen. Nach dem Abendgebet kam der Alte zu ihnen.

Er warf drei Paar Filzstiefel und zwei Säcke neben die Feuerstelle, setzte sich mühsam auf den Boden und sah in das Feuer.

Dann sagte er: »Die Ältesten haben beschlossen, Benkis an Händen und Füßen zu fesseln und ins Meer zu werfen. Wir haben einen Felsen dafür. Auf meine Stimme hat niemand gehört.«

Benkis spürte den Flügelschlag der Kormorane über seinen Rücken streichen, ein Schauder erfasste ihn. Er sprang erregt auf, aber Abu Tarik hielt ihn zurück und zwang ihn, sich wieder zu setzen.

»Den Arzt wollen sie als Sklaven verkaufen.«

Der Alte machte eine lange Pause und schob mit seinem Stock einen Ast in die Flammen zurück.

»Ihr müsst fliehen«, fuhr er fort. »Ich werde euch helfen, denn ich habe in Abu Tarik einen Mann kennen gelernt, den ich …«

Der Alte stockte, es fiel ihm sichtlich schwer, weiterzusprechen.

»Ich wäre gern selbst ein so weiser Mensch geworden, ein Heilkundiger. Stattdessen habe ich Schiffe gekapert, Frauen und Kinder versklavt, Männer ermordet. Meine Zeit als Anführer ist um. Die Dschamila ist zurück, die Menschenladung ist günstig verkauft, heute Nacht werden wir feiern. Ich werde abtreten und vor aller Augen meinem Sohn die Herrschaft übergeben. Dies soll meine letzte Tat sein.«

Auf den schmalen Lippen des alten Mannes spielte ein Lächeln.

Abu Tarik nickte.

»Über das Meer könnt ihr nicht fliehen, man würde euch schnell einholen. Aber es gibt einen unbenutzten Eselspfad über die Berge an die Ostküste Korsikas. Ein schwieriger Weg durch steile Schluchten, Eis und Schnee, unwegsame Gebiete, die kein Mensch sonst betritt. Ihr habt keine andere Wahl. Mit einem Floß müsst ihr versuchen, bis in die nächste Bucht zu gelangen, dort das Floß zerstören, ohne Spuren zu hinterlassen, dann den Pfad bergauf einschlagen.«

Der Alte erklärte ihnen genau den Pfad, der in die Berge führte. Er war ihn als junger Mann einmal gegangen, erinnerte sich noch an viele Einzelheiten. Die Seeräuber würden nie vermuten, dass sie in diese Richtung geflohen wären. Vielmehr würde man annehmen, dass sie nach Süden, die Küste hinunter geflohen seien.

Er schloss mit den Worten: »Ich habe euch Lebensmittel in die Säcke dort getan. Die Säcke könnt ihr auf den Rücken schnallen. Drei Paar Stiefel sind hier, ihr werdet sie brauchen.«

»Warum drei Paar?«, fragte Benkis schnell.

»Das Mädchen wird mit euch fliehen. Zwar wäre sie die rechte Frau für Luteg, sie ist mutig und stolz, doch Luteg wäre kein Mann für sie. Wenn das Fest beginnt, findet ihr am Ende der Bucht unterhalb einer umgestürzten Pinie das Floß. Ihr müsst nur unbemerkt dorthin gelangen. Das Mädchen wird euch erwarten.«

»Danke«, sagte Abu Tarik.

»Was war das für ein Vogel, der meinen Enkel so zugerichtet hat?«, fragte der Alte Benkis.

»Ein Falke, der mir aus meiner Heimat gefolgt ist«, sagte Benkis, er schämte sich vor dem Alten.

»Ich wusste es, ihr seid bemerkenswerte Menschen, ich wünsche euch alles Gelingen.«

»Ich habe auch etwas für dich«, sagte Abu Tarik. »Ich weiß, dass du unter starken Gelenkschmerzen leidest. Vermeide vor allen Dingen gewürzte Speisen und kalte Luft. Doch gehe jeden Morgen ein wenig spazieren, auch wenn deine Knie nicht wollen und du glaubst, du könntest dich nicht vom Lager erheben, überwinde dich. Hier gebe ich dir ein Pulver aus sechs Teilen Ingwer, drei Teilen Pfeffer und sechs Teilen Kümmel, davon nimm zweimal täglich eine Messerspitze. Es wird dir helfen.«

Als Abu Tarik ihm den Beutel mit der Medizin reichte, leuchteten die Augen des Alten auf. Er erhob sich und fasste den Arzt an der Schulter. »Solch einen Sohn hätte ich haben müssen«, sagte er. »Nicht einen eitlen Pfau. Mein Leben scheint mir mit einem Mal sinnlos vertan, aber ...«

Mit einem Ruck drehte er sich um und ging hinaus.

Benkis hatte Tränen in seinen Augen gesehen.

14. Kapitel

Weg am Abgrund

Sie verteilten ihre Habe auf die zwei Säcke.

Abu Tarik öffnete seine Kiste, nahm sein chirurgisches Besteck, das in ein Ledertuch gewickelt war, heraus und verstaute es mit Medikamenten und Kräutern zuunterst in seinem Sack. Dann holte er ein Paket aus der Kiste, reichte es Benkis und sagte: »Es ist vernünftiger, wenn wir den Inhalt meiner Kiste aufteilen. Die Kiste wäre uns nur hinderlich. Dir vertraue ich das Buch an. Es ist in Pechleinen und Wachstücher geschnürt, hoffentlich wasserdicht.«

Mit einer gewissen Ehrfurcht nahm Benkis das Buch in Empfang und steckte es in seinen Sack.

»Wir wissen nicht, wohin unser Weg geht, doch sollten wir versuchen, die Küste des Frankenlandes zu erreichen. Von dort könnten wir zum Abt Claudius gelangen. Soviel ich weiß, mündet die Durance von Osten in die Rhone, und die fließt ins mittelländische Meer. Und die Vivant ist ein Nebenfluss der Durance. An ihr liegt die Abtei Qurterieux. Es dürfte nicht unmöglich sein, sie ausfindig zu machen. So komme ich zwar nicht nach Córdoba, aber ich füge mich gerne.«

Sie probierten die Filzstiefel, deren Sohlen mit Leder verstärkt waren, sie passten genau. Benkis nahm das Paar für Pica in seinen Sack.

Dann warteten sie geduldig, bis sie den Lärm des beginnenden Seeräuberfestes vernahmen.

Im Dunkel der Nacht verließen sie ihr Gefängnis.

In der Dorfmitte brannten riesige Feuer, um die die Seeräuber lagerten. Auf den Feuern brieten Zicklein und Böcke, der Duft wehte bis zu den beiden Fliehenden. Im Schatten von Bäumen und Büschen eilten sie in die Bucht hinunter. Sie sahen die Umrisse der Dschamila, auf ihrem Deck war ein Wachtposten, der an einem Glutbecken beschäftigt war und ebenfalls etwas briet.

Sie eilten den Strand entlang, hielten sich dicht an den Felsen. Weit war es nicht bis zu dem umgestürzten Baum. Hinter einem Fels entdeckten sie das Floß.

Die Gestalt, die darauf gesessen hatte, erhob sich und blickte ihnen entgegen.

»Bist du das griechische Mädchen?«, fragte Abu Tarik.

»Ja«, hörte Benkis Pica sagen.

Einen Moment fühlte Benkis eine unsagbare Freude in sich aufsteigen, wie eine Flutwelle, die ihn forttragen wollte.

Sie wird niemals Lutegs Frau, dachte er, am liebsten wäre er ihr um den Hals gefallen.

Mit glühenden Wangen hielt er Pica die Stiefel hin, als wären sie sein Verdienst. Zum Glück konnte sie seine Aufregung nicht sehen.

»Danke«, sagte Pica und zog die Stiefel an.

Sie erzählte, wie der Alte sie heute aufgesucht habe, um ihr mitzuteilen, dass sie sich nachts an dieser Stelle einfinden sollte. Dann habe er ihr ein großes Wolltuch gegeben und gesagt, das wäre ein Geschenk für sie von ihm. Sie habe nicht recht verstanden, was das alles bedeuten sollte. Als sie das Floß entdeckt habe, sei sie froh gewesen und habe sich die Sache schon besser erklären können. Warum allerdings der Alte ihnen die Flucht ermöglicht habe, könne sie nicht ganz verstehen.

Abu Tarik erklärte ihr kurz, dass dies eine Strafe des Alten für seinen Sohn sei.

Sie banden das Floß los. Selbstverständlich ergriff Pica das Paddel, geschickt lenkte sie durch die leichte Brandung, das Floß tauchte in die Finsternis ein.

Beim ersten Lichtschein des nächsten Tages zerschnitten sie die Taue des Floßes und ließen die Stämme davontreiben. Ohne Schwierigkeiten fanden sie den Pfad in die Berge. Wie es ihnen der Alte beschrieben hatte, schlängelte er sich durch das wilde Gebüsch, folgte einem Bachlauf aufwärts. An vielen Stellen war er von Brombeeren und Ginster überwuchert, von Geröll verschüttet, oder umgestürzte Bäume hatten sich kreuz und quer gelegt. Doch die drei entdeckten ihn immer wieder und kamen höher und höher, fort von der Küste.

Der Buschwald wich einem Nadelwald. Turmhohe, dicke Bäume, mit Moosen und Flechten bewachsen, standen still und ernst, wie Wächter zu einer anderen Welt. Benkis konnte sich nicht genug über das tiefe Grün dieses Waldes wundern.

Sie wanderten über Moospolster, altes Laub raschelte, ein Schwarzspecht hämmerte sein Trommellied. Als sie um einen Fels bogen, suhlten sich drei Wildschweine in einem Tümpel. Die schwarzen, borstigen Tiere machten keine Anstalten, den Platz zu räumen, sie grunzten angriffslustig. Pica nahm einen Stein und warf nach den Schweinen, worauf sie laut schnaufend im Unterholz verschwanden.

Am zweiten Tag erreichten sie den Wasserfall, den ihnen der Alte beschrieben hatte. Von hoch oben fiel das Wasser über eine Schwelle in ein dunkelgrünes Felsbecken, Regenbogenfarben schillerten im Sprühnebel.

Sie erkletterten den Steilhang neben der Kaskade, gelangten in einen Bergkessel, in dessen Mitte ein See wie ein mächtiges Auge funkelte. Auf einer von Stürmen zerzausten Kiefer saß Zad und nickte ihnen freudig zu.

Staunend sah Pica mit an, wie sich der Vogel auf Benkis' Handschuh niederließ.

Benkis begrüßte den Falken, schimpfte ihn aus und lobte ihn zugleich, dass er der Urheber ihrer raschen Flucht gewesen sei.

Sie rasteten an dem See, verbrachten die erste Nacht in den höheren Regionen. Nun lag Qasruun weit unter ihnen, sie brauchten nicht mehr zu befürchten, eingeholt zu werden.

Benkis und Pica sammelten Feuerholz, das Abu Tarik aufschichtete und entzündete. Sie wärmten sich an den Flammen, lagerten sich dicht um die Feuerstellen. Die Nacht wurde empfindlich kalt.

In aller Frühe wanderten sie weiter. Pica und Benkis hatten von dem Salzfleisch gegessen, Abu Tarik fastete noch immer.

Hier gab es keinen Pfad mehr. Sie stiegen in Serpentinen abwärts, und da sie nicht mehr mit Dornen und Ranken zu kämpfen hatten, kamen sie zügig voran. Sie erreichten einen Kamm, der Wind pfiff, sie blickten mit müden Augen in eine wunderbare und bedrohliche Bergwelt.

Zur linken Hand zog sich ein zerklüfteter Grat bis zu einer Spitze, hinter der ein höherer Gipfel mit seinem massigen Felshaupt in den Himmel ragte. Nach Norden verlief eine Bergkette hinter der anderen, Schneefelder glitzerten und steile Felswände ließen die Tiefe ahnen.

Als sie sich umdrehten, konnten sie die Sonne im Meerdunst untergehen sehen. Sie suchten sich eine windgeschützte Stelle unter einem überhängenden Fels, wickelten sich in ihre Umhänge und versuchten zu schlafen. Holz für ein Feuer hatten sie nicht finden können.

Noch war es stockdunkel, als Abu Tarik Benkis und Pica weckte.

»Es ist Zeit«, sagte er. »Wir haben einen langen Weg vor uns.«

Während Benkis und Pica ihre Bündel verschnürten, betete Abu Tarik sein Morgengebet.

Wie will er in dieser Dunkelheit den Weg finden?, überlegte Benkis. Wie kann er überhaupt fasten und wandern, fragte er sich nicht zum ersten Mal.

Ehe sie fertig waren, wuchs ein feiner Lichtstreif am östlichen Horizont und kündete den Sonnenaufgang an.

Zad setzte sich auf Benkis' Hand, er trug ihn das erste Wegstück. Sobald es heller wurde, erhob er sich und folgte den dreien hoch am Himmel. Mal stieß er in eine Schlucht hinab, verschwand in einem der Täler, dann kreiste er wieder über ihnen und segelte gekonnt mit den Winden.

Sie folgten dem Grat.

Abu Tarik führte sie um den ersten Gipfel herum. In seinem Windschatten kletterten sie weiter und sahen vor sich eine Wand aus grauem Stein. Mit großer Verwunderung betrachteten sie eine Öffnung, ein Loch in diesem Bergriesen, groß wie ein zweistöckiges Haus, in dem der Wind heulte und stöhnte. Kolkraben vollführten darin ihre Flugkunststücke.

Wo sollten sie langgehen, fragte sich Benkis. Durch diese Öffnung zu klettern war unmöglich, sie lag mindestens fünfzig Schritt oberhalb ihres Grates. Oder mussten sie zurück ins Tal?

Abu Tarik ließ sich nicht beirren. Sicher ging er von Plateau zu Plateau, die Stufen wurden zusehends schmaler, er hielt direkt auf die Wand zu. Dann standen sie an der Wand, das Felsband, das sie überqueren mussten, war gerade drei Fuß breit. Darunter gähnte der Abgrund.

Benkis schwindelte, er schloss schnell die Augen.

Abu Tarik zögerte keinen Augenblick, er schob sich vorsichtig den Quergang entlang und hielt sich mit den Händen an Vorsprüngen und Rissen fest.

Benkis und Pica beobachteten ihn gespannt.

Auch Zad schien die Gefahr zu spüren. Er hatte sich auf einer Felsnase niedergelassen und verfolgte Abu Tarik mit scharfen Augen.

Abu Tarik machte einen weiteren Schritt, dann hatte er die breitere Plattform erreicht. Er atmete tief durch, winkte Pica, die ihm langsam folgte.

Sie kletterte den Gang entlang, ohne einmal innezuhalten, ihr machte die Höhe nichts aus.

Obwohl sie doch auf dem Meer groß geworden ist, dachte Benkis, geht sie da lang, als sei sie schon oft in den Felsen gewesen.

Dann war er an der Reihe. Er schob sich das Felsband entlang, achtsam darauf bedacht, nicht in die Tiefe, sondern nur den Fels vor sich zu sehen. Eine Ameise krabbelte dort in Augenhöhe, beinahe hätte er gelacht. Für dies winzige Tierchen gab es den tödlichen Abgrund nicht. Er durfte sich nicht ablenken lassen, noch einen Schritt nur.

Der Stein, an dem er sich festhalten wollte, löste sich, fiel hinab, geistesgegenwärtig griff er einen anderen. Der saß fest. Benkis konnte nicht weiter, seine Knie begannen leicht zu zittern.

Sie dürfen nicht zittern, schrie er sich innerlich an, Ben Mahkis al Kabir! Panik erfasste ihn, seine Augen suchten flehend Abu Tarik, doch er wagte nicht, den Kopf ganz herumzudrehen.

»Ganz ruhig!«, hörte er die deutliche Stimme Abu Tariks. »Atme langsam, atme aus, halte den Atem an. – Jetzt geh weiter«, hörte er ihn sagen.

Mechanisch gehorchte Benkis. Langsam atmen, einen Griff suchen, das Gewicht verlagern, den Fuß vorschieben, den anderen nachziehen, weiter, Atem anhalten.

So schaffte er es.

Abu Tarik lächelte froh. Pica strahlte, griff erleichtert seine Hand und hielt sie einen Augenblick fest. Das ließ Benkis den Abgrund vergessen. Er blickte nicht zurück. Es ging abwärts durch Geröll und Steinschutt, dann wieder aufwärts bis zu einem Sattel. Linker Hand sahen sie eine Bergspitze, massiv und gewaltig wie eine Zitadelle aus rotem Stein, von einer mächtigen Hand aufeinander getürmt. Sie mussten sich gegen den Wind stemmen und suchten unterhalb des Sattels Schutz. Vor ihren Füßen fiel ein Schneefeld steil hinab.

Doch konnten sie in weiter Ferne endlich die Ostküste der Insel erblicken. »Wir wollen weiter unten ausruhen, lasst uns vorsichtig im Schnee abwärts gehen«, sagte Abu Tarik.

Doch daraus wurde nichts. Benkis und Pica griffen in

den Schnee, fühlten seine Kälte und beobachteten, wie er in ihren Händen schmolz. Dann betraten sie das Schneefeld, sanken bis zu den Knien ein. Benkis verlor das Gleichgewicht, kippte vornüber, kullerte durch den Schnee und lachte vor Freude. Pica sprang ihm nach. Sie rutschten und glitten mit gebeugten Knien durch den Schnee, stolperten und kugelten abwärts und hatten schon die Hälfte des Feldes hinter sich, als Abu Tarik den Schnee betrat. Er wollte aufrecht hinuntergehen, fiel aber hin, rollte den beiden nach und kam als Schneemann bei ihnen an.

Auf einem weichen Rasenplatz an einem Bach machten sie ein Feuer, sie waren sehr müde und legten sich schlafen, noch ehe es dunkel war.

15. Kapitel

Der Ziegenhirt

Ein heftiges Unwetter ging über den korsischen Bergen nieder. In den höheren Lagen trieb der Sturm nassen, schweren Schnee über Grate und Zacken, in den Tälern regnete es pausenlos, die Bäche schwollen an und rissen Geröll mit sich. Erst mit der Morgensonne verzogen sich die Regenwolken.

Die drei Flüchtenden hatten keinen Schlaf mehr finden können. Sie hockten unter ihren Umhängen, dicht beieinander, bedeckt von einer nassen Schneeschicht, und warteten auf den Morgen. Sie froren erbärmlich in ihren nassen Sachen und klapperten mit den Zähnen. Als sie ihren Lagerplatz verließen, sahen sie eine Ziegenherde, die ihnen gemächlich entgegenkam und unter dem Schnee nach Kräutern und Gras suchte.

Der Hirt war ein kleiner Mann, in Schaf- und Ziegenfelle gekleidet, um die Füße hatte er Lederstreifen gewickelt. An einer Leine hielt er einen Hund, fast ebenso groß wie er selbst. Der Hund witterte sie und bellte wütend, doch der Hirt hielt ihn fest. Bald standen sie sich gegenüber, der Hirt musterte sie neugierig.

Abu Tarik sprach ihn auf Arabisch an, doch er schüttelte verneinend den Kopf. Picas Fragen allerdings konnte er einigermaßen verstehen.

»Er will wissen, woher wir kommen«, sagte Pica. Sie zeigte in die westliche Richtung zu den Gipfeln.

Ungläubig betrachtete sie der Mann.

»Sag ihm, dass wir vor den Seeräubern geflohen sind«, meinte Abu Tarik. »Wer weiß, wofür er uns hält.«

Pica berichtete ihm kurz von ihrer Flucht vor den Seeräubern, das Gesicht hellte sich auf. Schnell sprach er auf das Mädchen ein.

»Er lädt uns in seine Hütte ein«, sagte Pica. »Wir können uns dort aufwärmen. Wir sollen ihm folgen.«

Der Hirt gab seinem Hund einen Befehl, worauf sich das Tier am Bach niederließ und bei der Herde wachte, während der Hirt die drei in seine Hütte brachte. Es roch angenehm nach Kräutern und Harz, der Hirt schürte das Feuer. Er machte ihnen klar, dass sie ihre Sachen ruhig ausziehen sollten, sie könnten sich solange in Felle hüllen, die er ihnen gab.

Sie waren dankbar und froh, der Kälte erst einmal entkommen zu sein.

Er stellte ihnen einen Krug frische Ziegenmilch hin, dazu legte er kleine, feste Käselaibe und forderte sie auf, zuzulangen. Er selbst aß nur sehr wenig. Er entschuldigte sich dafür und sagte, er habe seit einigen Tagen starke Halsschmerzen, jeder Bissen tue schrecklich weh. Er trank von der Milch.

Abu Tarik trank nur klares Wasser.

»Er hat noch nie jemanden über diese Berge kommen sehen«, erklärte Pica den beiden. »Seine Herde weidet im Frühjahr und Sommer hier in den Bergen. Er ist erst seit kurzer Zeit hier oben, in diesem Jahr waren die Wege spät frei vom Schnee. Er schimpft sehr über die Seeräuber, sie tyrannisieren die halbe Insel. Von Zeit zu Zeit unternehmen sie Überfälle auf die Fischerorte, kommen bis an die Ostküste. Sein Bruder ist Fischer in Olato. Das Dorf ist schon fünfmal von ihnen verwüstet worden, sagt er. Die Frauen und Kinder werden als Sklaven verschleppt, die Männer niedergemacht.«

Der Hirt schlug mit der Faust in die Hand und stieß einen Fluch aus. »Wenn die Fischer rechtzeitig gewarnt werden, können sie sich in den Bergen verstecken. Es gibt unzugängliche Schluchten, in die kein Fremder dringen kann.« Auf Abu Tariks Frage, wie weit es denn noch bis ans Meer sei, erklärte er, bei schnellem Schritt einen halben Mond lang.

»Zehn oder zwölf Tage«, sagte Abu Tarik nachdenklich. »Ich habe gedacht, es wäre näher.«

»Wir können ihn bitten, ob er uns Käse abgeben kann«, sagte Benkis.

Als Pica ihm die Bitte nach Nahrungsmitteln übersetzte, nickte er bedächtig mit dem Kopf.

»Er hat Käse«, sagte Pica, »ganz jungen, und getrocknetes Ziegenfleisch. Doch nur wenig, viel besitzt er nicht. Aber er gibt uns etwas ab.«

Dann beschrieb der Hirt den Weg in das Dorf seines

Bruders. In Olato könnten sie vielleicht mit einem seetüchtigen Boot aufs Festland übersetzen. Sicher wäre ein Fischer bereit, sie mitzunehmen, wenn sie von ihrer Flucht berichten würden.

»Gut«, sagte Abu Tarik, »wir können es versuchen. Nun bitte ihn, Pica, mir seinen Hals zu zeigen, ich möchte ihn mir ansehen. Sag ihm, dass ich Arzt bin und ihm helfen möchte.«

Ungläubig hörte sich der Hirt das an. Dann winkte er schnell ab und meinte, seine Halsschmerzen seien nicht schlimm, kaum mehr zu spüren, der Fremde brauche ihm nicht zu helfen. Doch Abu Tarik bestand darauf, dass der Hirt sich vor ihm hinkniete und den Mund weit aufmachte.

»Der Rachen ist geschwollen«, sagte Abu Tarik. »Frag ihn, ob er irgendwo schimmeliges Brot hat.«

Pica übersetzte die Frage.

Der Hirt verneinte. Abu Tarik ließ nicht locker und bat ihn, zumindest ein schimmeliges Stück Käse zu finden. Wirklich entdeckten sie eins in der Kiste des Hirten, in der er seinen Mundvorrat aufbewahrte.

Abu Tarik schabte den grauen Schimmel vorsichtig ab, sammelte den Staub in einem Tuch. Dann bat er den Hirten, seinen Mund noch einmal zu öffnen. Er gehorchte und sperrte vertrauensvoll seinen Mund auf.

Abu Tarik blies den Schimmelstaub hinein.

»Erkläre ihm«, sagte er, »dass er dies Mittel auch allein anwenden kann, er muss den Schimmel dann irgendwie einsaugen. Jedenfalls hilft es, es ist ein ganz einfaches Mittel.«

»Und warum hilft das?«, fragte Benkis.

»Wir wissen es nicht genau. Der Schimmel besteht wohl aus einer Substanz, die die Schwellung abklingen lässt. Ich habe es oft angewandt, es hat jedes Mal geholfen. Sag ihm, dass er seinen Mund wieder schließen kann, Pica. Er sollte sich auch Tee von Rosmarin und Salbeiblättern bereiten. Morgen wird es ihm besser gehen.«

Pica übersetzte es für den Hirten.

Ihre Kleider waren zwar noch nicht ganz getrocknet, doch draußen schien wieder die Sonne und schmolz den Schnee, Abu Tarik drängte, er wollte weiter. Sie machten sich fertig. Der Hirt wickelte ihnen Käse und Trockenfleisch in einen sauberen Lappen, genug für ein paar Tage. Dann gab er ihnen ein kleines Stück Ziegenleder mit einem Brandzeichen. Das sollten sie seinem Bruder als Erkennungszeichen vorweisen. Dann wüsste er, dass sie wirklich von ihm geschickt wären. Er beschrieb genau den Weg, das Dorf Olato, die Hütte seines Bruders.

Sie verabschiedeten sich herzlich voneinander. Der Hirt begleitete sie ein kurzes Stück. Lange stand er auf einem Fels und sah ihnen nach.

Schon am übernächsten Tag erreichten sie einen breiten Fluss, dem sie bis ans Meer folgen konnten. Nach der

Beschreibung des Hirten würden sie das Dorf Olato einen halben Tagesmarsch südlich der Mündung finden.

Gegen die Kletterei in den Felsen ließ es sich nun am Fluss recht angenehm gehen. Der Fluss war flach, Sand und Kiesbänke bildeten seinen Verlauf. Sie kamen rasch voran.

Abu Tarik eilte mit großen Schritten voraus. Er schien nicht an Kräften zu verlieren, obwohl er seit mindestens zwölf Tagen fastete. Nur wurde er immer schweigsamer, schien in Gedanken versunken, und sein Blick glitt über die Landschaft, als sei sie nicht wirklich.

Wie ein Träumer, dachte Benkis, wenn er ihn vor sich gehen sah.

Einmal blieben er und Pica an einem Seitenarm des Flusses zurück. Sie hatten große Fische unter Steine huschen sehen und wollten einen davon fangen. Pica zog ihr Messer aus dem Gürtel, das Benkis schon oft bewundert hatte.

»Das Messer hat mir Luteg geschenkt«, sagte Pica und lachte. Sie schnitt einen Ast von einem Haselnussbaum und spitzte ihn an.

Benkis erstarrte innerlich. Er hatte angenommen, dass das Messer schon immer im Besitz des Mädchens gewesen war. Nun sah er plötzlich Pica und Luteg an einem anderen Fluss sitzen.

Er hat ihr sogar ein Messer geschenkt, dachte er eifersüchtig. Die Fischjagd war ihm verdorben.

»Was hast du?«, fragte Pica.

»Nichts«, sagte Benkis. »Wir brauchen keine Fische. Abu Tarik fastet, und wir kommen auch mit dem restlichen Fleisch aus, wenn wir sparsam sind.«

»Aber es macht Spaß, Fische zu fangen.«

»Warum hat Luteg dir das Messer geschenkt?«, fragte Benkis unvermittelt. Er wollte die Frage gar nicht stellen, sie war ihm so herausgerutscht.

»Warum nicht?«, fragte Pica. »Er wollte mich heiraten, mit dem Messer hat er mir eine Freude gemacht. Sieh, es ist aus wertvollem Stahl, eine kostbare Waffe. Die Frau eines Seeräubers muss mit Waffen umgehen.«

Pica sah Benkis munter an.

»Aber ...«, sagte Benkis, »du bist doch gar nicht dageblieben.«

»Sollte ich das Messer vielleicht wegwerfen?«

»Ach, hör auf. Lass uns weitergehen.«

Benkis stand auf und watete zur nächsten Sandbank.

»Ich weiß, was du wissen möchtest«, rief Pica ihm nach. »Warum ich das Messer überhaupt angenommen habe, nicht?«

Benkis blieb stehen. Er drehte sich um, er schämte sich, dass er davon angefangen hatte. Pica kam zu ihm und fasste ihn an den Schultern.

»Du siehst so traurig aus, Benkis«, sagte sie freundlich. »Ich habe ihm etwas vorgespielt, wollte ihn in Sicherheit wiegen. Ich konnte doch nicht ahnen, dass der Alte uns zur Flucht verhelfen würde. So hoffte ich zumindest, von Luteg nicht allzu scharf überwacht zu werden. Deshalb nahm ich das Messer gerne an. Außerdem ist es wirklich ein gutes Messer. Fangen wir jetzt einen Fisch?«

Benkis lachte erleichtert und sagte: »Entschuldige, ich …«

»Schon gut«, sagte sie. »Jetzt sei still, sonst fangen wir nie etwas.«

Gemeinsam kehrten sie zum Wasserloch zurück.

Am Mittag des neunten Tages wurde das Flusstal enger, steile Wände wuchsen empor, die Ufer waren mit undurchdringlichen Büschen überwuchert. Die Strömung wurde reißender, brauste und donnerte gegen Felsen. Sie mussten einen weiten Umweg machen, um diese Klamm zu umgehen. Mussten noch einmal mühevoll den Hang erklettern und mit Dornen kämpfen, ehe sie in die Ebene blicken konnten, durch die der Fluss sich wie ein breites, silbernes Band bis zum Meer schlängelte. Sie hatten die Berge überwunden, waren stolz darauf.

An diesem Abend mussten auch Benkis und Pica fasten, ihre Vorräte waren verbraucht. Doch quälte der Hunger sie nicht sehr. Am nächsten Tag schritten sie durch flaches Gelände, es gab Wiesen und Olivenhaine, auf den Feldern arbeiteten Menschen, die sie verstohlen beobachteten. Ihre Grüße wurden nicht erwidert. Als Pica einen Eselsreiter nach dem Ort Olato fragte, schrie der Mann etwas Böses und drosch auf das Tier ein, das mit einem Satz davongaloppierte.

»Sie haben Angst«, sagte Abu Tarik. »Sicherlich halten sie uns für spionierende Seeräuber.«

Einen Tag später erreichten sie die Flussmündung und gelangten nach Olato. Die mit Schilf bedeckten Lehmhütten lagen über einen weiten Platz verstreut zwischen Dünen und sumpfigen Wiesen. Fischernetze waren wie gefangene Riesenvögel über Pfähle gespannt, Frauen kochten auf offenen Feuern im Freien und dreckige Kinder jagten quiekende Schweine. Die Frauen drehten sich weg, wenn die drei vorüberkamen. Aus den Hütten verfolgten sie wachsame Augen.

Das Dorf empfing sie feindlich.

Das ist verständlich, dachte Benkis, wenn sie so unter den Seeräubern zu leiden haben.

Endlich fanden sie die Lehmhütte des Bruders. Ein Mann, der das größere Ebenbild des Ziegenhirten war, stand davor und kaute auf einem Schilfhalm. Seine Augenbrauen zogen sich dicht zusammen, als er die Fremden auf sich zukommen sah.

Pica grüßte höflich, Abu Tarik zog das Erkennungszeichen aus seinem Umhang. Der Mann nahm es unwillig entgegen und prüfte das Brandzeichen, wendete das Leder in der Hand.

»Er ist nicht so vertrauensvoll wie sein Bruder«, sagte Abu Tarik. »Er ist voller Hass gegen alles Fremde.«

Auch Benkis konnte das spüren.

Pica erklärte dem Bruder, woher sie kämen, erzählte von ihrer Flucht über die Berge und der Hilfe des Ziegenhirten, die sie besonders hervorhob. Das alles machte jedoch wenig Eindruck auf den Fischer. Er bat sie nicht in sein Haus, war nicht einmal damit einverstanden, dass sie in seiner Nähe übernachteten. Er wies sie an den Strand hinter den Dünen. Abu Tarik ließ ihn fragen, wie es denn mit einer Überfahrt sei. Sie würden dafür bezahlen.

»Wie viel denn?«, fragte der Fischer. Seine Augen begannen zu glitzern, als Abu Tarik von zwei Golddinaren sprach.

Woher hat er denn so viel Geld, dachte Benkis. Hoffentlich hat er damit keinen Fehler gemacht. Wenn sie Reichtümer bei uns vermuten, könnten sie vielleicht auf falsche Gedanken kommen.

Der Mann drehte sich abrupt um und ließ sie am Strand bei den Booten allein.

»Oder wir nehmen uns ein Boot und fahren weg«, sagte Benkis. »Wenn sie so ungastlich sind, haben sie selber Schuld.«

Davon wollte Abu Tarik nichts wissen.

»Wenn sie uns ausrauben wollen, werden sie mein Messer zu spüren bekommen«, rief Pica, schwang ihren Dolch und eilte ans Wasser. »Da ist das Meer, nun kann uns gar nichts mehr passieren.«

Auch Abu Tarik trat ans Wasser und sah über die weite Fläche. Die Sonne war hinter den Bergen verschwunden, die Nacht kam schnell.

»Wir brauchen auch Lebensmittel von ihnen«, sagte

Abu Tarik, »Trinkwasser. Wie lange wird man mit einem kleinen Boot von hier bis ans Festland brauchen?«

»Wir schaffen es bestimmt!«, sagte Pica statt einer Antwort.

In dieser Nacht konnte Benkis nicht schlafen. Er meinte, Schritte zu vernehmen, die sich ihrem Schlafplatz näherten. Jemand beobachtete sie. Als er aufsprang und sich umsah, konnte er niemanden entdecken.

In der Frühe stapfte der Fischer mit zwei Männern heran. Er erklärte, dass sie ein Boot kaufen könnten. Sie sollten mitkommen, es läge etwas weiter entfernt. Benkis witterte eine Falle, als sie den drei Männern, noch schlaftrunken, am Strand entlang folgten. Sie blieben vor einem breiten Ruderboot stehen, klopften mit den Fäusten gegen die Außenplanken, um ihre Stabilität zu zeigen.

Benkis meinte, das Boot wäre halb verrottet und bestimmt nicht seetüchtig. Auch Pica hielt nichts davon.

Es hatte eine Ruderbank, in der Mitte einen Mast, an dem ein kleines Lateinersegel aufgezogen werden konnte. Segel und Spriet hatten die Fischer mitgebracht. Abu Tarik sah sich das Boot gar nicht an, er sagte sofort, sie würden es nehmen. Allerdings müssten sie auch Trockenfisch und Trinkwasser bekommen, dann wären die Fischer sie los.

»Wir sollen allein mit dem Boot fahren?«, fragte Benkis erstaunt.

»Das ist immer noch besser, als wenn wir uns diesen unfreundlichen Kerlen anvertrauen«, meinte Pica. »Ich werde uns schon an die Küste segeln.«

Sie schien sich fast darauf zu freuen.

»Ich vertraue dir«, sagte Abu Tarik zu Pica. »Du bist auf dem Meer aufgewachsen und wirst ein solches Boot schon steuern können. Wir haben keine andere Wahl, als uns mit der Schaluppe zufrieden zu geben.«

Einer der Fischer warf grinsend einen Beutel mit Lebensmitteln und einen Schlauch mit Trinkwasser ins Boot. Der Bruder des Ziegenhirten wartete, bis Abu Tarik ihm die beiden Golddinare ausgehändigt hatte, dann zogen sie das Boot durch den Sand ins Wasser. Es schaukelte in den Wellen. Der Fischer sprang hinein und zog das Segel auf, sprang wieder hinaus und hielt das Boot, bis sie ihre Gepäckstücke verstaut hatten und eingestiegen waren. Dann gab er dem Boot einen kräftigen Stoß, es glitt aufs Meer hinaus.

Pica setzte sich ans Ruder, verknotete die Leine, die den Mastbaum hielt, die zweite Leine hielt sie in der Hand. Mit ihr konnte sie das behäbige Boot einigermaßen steuern. Benkis setzte sich an den Bug, Abu Tarik lehnte sich an den Mast und winkte den Fischern zu, die händereibend am Strand zurückblieben. »Die haben das Geschäft ihres Lebens gemacht«, sagte er lächelnd.

16. Kapitel

Sturmgelächter

Eine leichte Brise trieb das Boot von der Insel fort auf die unermessliche Fläche des Meeres. Gleichzeitig hob und senkte die Dünung das Boot. Picas Augen glühten vor Stolz und Freude. Endlich war sie wieder auf dem Wasser, sie fühlte sich sicher und geborgen. Wenn der Wind diese Richtung beibehielt, würden sie in fünf Tagen an Land gehen können, hatte sie geschätzt.

»Wir müssen nach Norden segeln«, sagte Abu Tarik. »So erreichen wir direkt die Frankenküste. Abt Claudius wird Augen machen, wenn wir sein Kloster betreten.«

»Das Boot liegt wie ein Klotz am Wind und lässt sich kaum aus der Richtung bringen«, meinte Pica. »Aber ich werde es schon an der Leine halten.«

Benkis lehnte sich über Bord und sah, wie der Bug das grünblaue Wasser zerteilte. Er dachte an seinen Falken, den er, seitdem sie den Abgrund überquert hatten, nicht mehr gesehen hatte. War er vielleicht in den Bergen geblieben, weil er sich dort wohler fühlte? Hatte die Frau damals nicht gesagt, dass er in nördlichen Gegenden zu Hause wäre?

»Sobald wir im Frankenland sind, können wir den Kahn verkaufen«, unterbrach Pica Benkis' Gedanken. »Dann werde ich mich auf die Suche nach der Denebola machen. Meinem Vater werden die Augen aus dem Kopf fallen, wenn ich wie von einem fliegenden Fisch getragen an Deck komme. Und wenn ich das mittelländische Meer dreimal umrunden müsste, ich werde meine Eltern ausfindig machen.«

Ja, dachte Benkis, das wirst du. Dann sind dies unsere letzten gemeinsamen Tage.

Sehr bald versank die Insel im Dunst, das kleine Boot segelte ruhig dahin.

Plötzlich stand Pica auf und zeigte aufs Meer. »Seht!«, rief sie. »Ein Delphin. Er will uns begleiten. Das ist ein gutes Zeichen.«

Silberhell glitt der geschmeidige Leib eines großen Fisches aus dem Wasser, tauchte mit spitzem Maul wieder hinein, kam näher und näher an das Boot. Benkis sah einen zweiten, einen dritten Fisch, spielerisch tauchten die Tiere um sie herum.

Irgendwann schlief Benkis ein.

Erst als Abu Tarik ihn weckte und ihm etwas zu essen reichte, merkte er, wie hungrig er war. Er nahm den Trockenfisch und biss hinein, spuckte ihn aber sofort wieder aus. Es schmeckte widerlich.

»Iss ruhig«, sagte Pica und lachte. »Etwas anderes haben wir nicht.«

»Ich werde auch fasten«, sagte Benkis.

»Nein«, sagte Abu Tarik darauf sehr streng. »Meinst du, man kann fasten, nur weil einem das Essen gerade nicht behagt?«

Die Stimme erinnerte Benkis an das erste Mal, als er sie gehört hatte. Dieser metallische Klang duldete keinen Widerspruch.

Ich wollte doch nur einen Scherz machen, dachte er.

Er kaute auf dem Fisch herum, spülte mit etwas Wasser nach, stellte sich vor, er wäre bei Jasmin und genösse einen ihrer kleinen Kuchen.

Stetig trieb sie der Wind nordwärts. Der Nachmittag verging. Benkis döste die meiste Zeit vor sich hin. Abends versank die Sonne hinter diesigen Schleiern, die Nacht fiel über die Seefahrer und hüllte das Meer in Dunkelheit.

»In kurzer Zeit wird der Mond aufgehen«, sagte Pica. »Und mit den Sternen werden wir die Richtung halten können. Ich kenne mich aus.«

»Aber du musst schlafen«, sagte Abu Tarik. »Auch ich kann den Kurs halten, überlass mir das Ruder.«

Die Nacht verging, die zwei folgenden Tage blieb es ruhig. Der Wind blies stetig, sie wechselten sich an Ruder und Segel ab, auch Benkis lernte, das Boot zu steuern.

Nur wurde die Enge des Bootes mit der Zeit unangenehm.

Sie konnten sich nicht richtig ausstrecken, fanden wenig Schlaf.

In der dritten Nacht stand der Mond voll und leuchtend am Himmel.

Wie ein Kürbis, dachte Benkis.

In dieser Nacht erzählte Abu Tarik die schon einmal begonnene Geschichte vom Dämon und Wiedehopf. Pica und Benkis lauschten gespannt.

»Ein Mensch, der sich sehr einsam fühlte, hatte von einem sagenhaften Garten gehört, in dem ein Wundervogel lebte, ein Wiedehopf. Diesen Zaubervogel wollte der Mensch um Hilfe bitten. Lange wanderte er durch die Wüste, durch tiefe Täler, bis er müde und erschöpft an eine hohe Mauer kam, in die ein verschlossenes Tor eingelassen war. Er klopfte. Und richtig, es war der Garten des Wiedehopfs. Der Wiedehopf öffnete und fragte nach seinem Begehr.

›Ich bin ein einsamer Mensch‹, sagte der Mensch. ›Das Leben da draußen ist mühsam und hart. Kann ich nicht bei dir in diesem wunderschönen Garten bleiben?‹

›Nein‹, sagte der Wiedehopf. ›Hier bleiben kannst du nicht. Doch ich gebe dir diese Flöte. Geh in die Welt hinaus und lerne darauf den Gesang der Vögel zu spielen. Dann wird dir das Leben nicht mehr hart erscheinen.‹

›Danke!‹, rief der Mensch.

Er eilte fort und freute sich sehr über das Geschenk.

Da trat ein Dämon vor ihn hin und fragte: ›Was hast du da?‹

›Eine Flöte‹, sagte der Mensch. ›Eine Flöte, mit der ich den Gesang der Vögel nachahmen kann.‹

›Unsinn!‹, rief der Dämon. ›Wozu soll das gut sein? Ich werde dir etwas Leichteres beibringen. Nämlich wie man die Vögel beherrschen kann. Was sagst du jetzt?‹

Der Mensch überlegte hin und her.

›Was zögerst du?‹, sagte der Dämon. ›Wenn du die Vögel beherrschst, kannst du ihnen alles befehlen. Dem Adler befiehlst du, dich in die Lüfte zu heben. Dem Albatros befiehlst du, dich über die Meere zu bringen. Den Vögeln der Berge gebietest du, dir geheime Schätze zu zeigen, und von den Vögeln der Nacht erfährst du geheimes Wissen. Die Menschen werden dich beneiden und bewundern. Und du wirst nie mehr einsam sein.‹

›Ja‹, sagte der Mensch. ›Das will ich.‹

Der Dämon brachte dem Menschen nun das Flötenspiel so perfekt bei, dass er bald alle Vögel beherrschen konnte. Alle Vögel mussten ihm gehorchen und ihm dienen. Es war unterhaltsam und anregend. Er vergaß seine Einsamkeit.

Eines Tages befahl er der Nachtigall, für ihn zu singen.

Da sagte die Nachtigall: ›Du kannst uns zwar beherrschen und gebieten, doch eines hat der Dämon dir verschwiegen: Den Gesang kannst du uns nicht befehlen!‹

›Du sollst singen!‹, schrie der Mensch.

Aber die Nachtigall sang nicht. Sie flog auf den nächsten Baum und wartete ab.

Der Mensch tobte vor Wut. Er befahl allen Vögeln zu

erscheinen. Er schrie sie an, sie sollten singen, doch sie gehorchten ihm nicht.

Eine Krähe lachte und meinte: ›Wenn ich singen könnte, täte ich es trotzdem nicht. So etwas kann niemand befehlen.‹

Dann flogen die Vögel davon. Von nun an mieden sie den Menschen mit seiner Flöte.

Der Mensch verlor die Lust am Befehlen. Die anderen Menschen spürten, dass mit ihm etwas nicht stimmte, dass die Vögel in seiner Nähe verstummten. Sie gingen ihm aus dem Weg wie einem Aussätzigen. Er wurde einsamer als je zuvor.

Enttäuscht nahm er die Flöte und wanderte noch einmal durch die Wüste und die tiefen Täler, bis zum Garten des Wiedehopfs.

Er klopfte, und als der Wiedehopf öffnete, erzählte er ihm sein Leid.

Der Wiedehopf hatte Mitleid mit ihm und sagte: ›Du kannst zwar Flöte spielen, das hat der Dämon dir beigebracht, aber den Gesang der Vögel kannst du noch nicht nachahmen. Ich gebe dir eine letzte Chance. Wenn es dir gelingt, den rechten Augenblick zu ergreifen, wirst du dein Schicksal überwinden.‹

›Danke‹, sagte der Mensch.

Der Wiedehopf verschwand.

Sehr lange musste der Mensch auf die Gelegenheit warten, die er ergreifen sollte. Auch hatte der Wiedehopf ihm nicht gesagt, worin diese Gelegenheit bestand.

Müde setzte er sich mit gekreuzten Beinen an einen Baumstamm, seine Geduld wurde auf eine harte Probe gestellt.

Da flog eine Steinlerche herbei und rief klagend: ›Twieht, twieht.‹

Und der Mensch begriff. Er saß regungslos, lauschte dem zierlichen Vogel. Er vergaß sich und sein Schicksal ganz.

Als er am nächsten Morgen aufwachte, hielt er alles für einen Traum. Doch als er die Flöte zur Hand nahm, konnte er wunderschön auf ihr spielen.

Er verließ den Garten des Wiedehopfs, fortan erschien ihm das Leben wie ein Spiel.«

Am nächsten Morgen machte Pica ein ernstes Gesicht.

»Das Wetter wird sich ändern«, verkündete sie. »Ich rieche es, der Wind wird umschlagen.«

Wie kann sie das riechen?, wunderte sich Benkis. Der Himmel wölbte sich doch blau und wolkenlos über ihrem Boot.

Pica sollte Recht behalten.

Ehe die Sonne im Zenit stand, wuchsen dunkle Wolken im Westen herauf, drohend wie fliegende Reiter jagten sie über den Himmel. Der Wind blies in frischen Böen, änderte sprunghaft die Richtung.

Noch steuerte Pica sicher am Wind und schnitt die heranrollenden Wogen, das Boot fiel krachend und ächzend in die Wellentäler.

Nun kam ihnen die Schwerfälligkeit des alten Fischerbootes zugute.

Der Wind nahm zu, die See ging höher und höher.

»Land!«, schrie Abu Tarik plötzlich. »Dort ist das Festland. Wir segeln direkt darauf zu!«

Der Himmel hatte sich verfinstert, der Sturm wütete mit all seiner Macht, heulte und brüllte, riss mit drohendem Gelächter am Segel. Pica konnte es nicht länger halten. Es blähte sich noch einmal auf und versank in den Wogen.

»Poseidon sei uns gnädig!«, schrie Pica verzweifelt.

Urplötzlich hörte der Sturm auf, die Wellen gingen zwar haushoch, doch es wurde totenstill. Kein Lüftchen bewegte sich mehr.

Benkis klammerte sich an den Bootsrand.

Im nächsten Moment aber brach der Sturm wieder aus den schwarzen Wolken. Ein Brecher überschlug das Boot, warf es in die Luft und kippte es wie eine Schale um. Die drei wurden fortgerissen und mit Riesenhand unter Wasser gedrückt.

Benkis ruderte wild mit Armen und Beinen, bis er zur Besinnung kam und ihm die richtigen Schwimmbewegungen wieder einfielen. Doch eine Welle schlug über ihm zusammen, drückte ihn tief ins Wasser hinab. Er schluckte Wasser bis zum Erbrechen, würgte nach Luft, tauchte auf, er japste und suchte Halt. Es geht ums Überleben, Ben Mahkis al Kabir, dachte er noch.

In den Ohren brauste der Sturm.

Ein Bild zog an seinem Auge vorbei: Jasmin nahm ihn an der Hand. Er war wieder ein kleiner Junge. Sie ging mit ihm zu einem Hain von Dattelpalmen, wo Mulakim ihn lächelnd begrüßte, ihm eine Bambusflöte reichte.

Er wollte Mulakim umarmen, wollte ihn begrüßen, doch er war von einer so schweren Masse angefüllt, er brachte kein Wort heraus.

Dann zuckten Blitze in seinem Kopf, er verlor das Bewusstsein.

17. Kapitel

Die rote Bucht

An diesem Tag tobte ein Sturm die provenzalische Küste entlang. Haushohe Wellen brandeten gegen die felsige Küste, schwer rollten die Brecher über die Strände. Im Innern des Landes entwurzelte der Sturm uralte Olivenbäume, knickte die harten Stämme, dass sie splitterten und krachten. Rosmarinbüsche wurden von Windböen aus dem sandigen Boden gerissen und über die karg bewachsenen Ebenen getrieben. Aus mächtigen Wolken stürzten Regengüsse, Bäche und Flüsse schwollen zu reißenden Gewässern an, gruben Furchen und Risse in Hänge und Böschungen.

Am späten Nachmittag beruhigte sich der Sturm, der Wind legte sich, die Wolken hellten auf und eine klare Sonne brach durch sie hindurch, sog mit ihren Strahlen das Wasser aus dem gesättigten Boden, dass es dampfte. Rinnsale verliefen sich im Sande, versickerten in Felsspalten.

In einer Bucht lag Benkis wie leblos neben einem grauen Steinblock. Von den Wellen dorthin geworfen, ein wertloses Stück Strandgut, und liegen gelassen, als sich das Meer zurückzog. Die Haare trieften vom Salzwasser, das Gesicht war mit Sand verschmiert, die Hände im Boden verkrallt. Eine Möwe segelte in die Bucht, strich niedrig über den Körper und flog wieder aufs Meer hinaus. Ein Falke kreiste hoch oben, stieß plötzlich in die Bucht hinab und landete auf dem Kopf des Jungen. Der Falke schlug heftig mit den Flügeln, schrie gellend, warnend, hackte ihm in das rechte Ohr, doch der Körper rührte sich nicht. Da flog der Falke wieder auf, kreiste einige Zeit, verschwand. Viel später öffnete Benkis mühsam die Augen und starrte ungläubig vor sich auf den Sand. Roter Sand.

Roter Sand, dachte Benkis. Blutrot ist die Farbe Azraels, hatte Abu Tarik gesagt, der Engel des Todes.

Was war mit Musma geschehen, was mit Makir?, fragte er sich. Hatten sie nicht einen Toten ausgraben wollen und ... Nein, es war Sand, es war wirklicher, körniger Sand, den er ausspucken konnte. Sein Mund war so voll davon. Er trieb nicht mehr auf dem Meer, wurde nicht mehr unter Wasser gedrückt. Er konnte atmen, sich aufrichten. Sein Ohr schmerzte, als habe er sich geschnitten. Benkis betrachtete die Bucht, in die ihn das Meer geworfen hatte.

Sie wurde von grauen Felsen begrenzt, kahl ragten sie in die Höhe. Erst an ihrem oberen Rand wuchsen einige wenige Kiefern und Büsche. Sonst gab es nichts, außer dem feinen Sand, der so rot war, wie Benkis es noch nie gesehen hatte.

Dann musste er kräftig niesen, ihm war eiskalt. Er

stand langsam auf. Das nasse Hemd wärmte ihn nicht. Er musste es irgendwie trocknen. Auch die Filzstiefel waren bleischwer vom Wasser, er zog sie aus und ließ sie achtlos liegen.

Aber schon durchzuckte ihn ein zweiter Gedanke, so heftig, dass er sich gleich wieder hinsetzen musste. Wo war Pica, wo Abu Tarik? Was war mit dem Boot geschehen, mit ihren Sachen? Was mit seinem Sack und dem Wachspaket?

Benkis erhob sich und wankte ans Wasser. Er starrte auf das Meer, als könne es ihm diese Fragen beantworten. Doch er vernahm nur das Rauschen der Brandung und das raue Lachen der Möwen.

Es schnürte ihm die Kehle zu. Er ballte die Fäuste und warf sich in den Sand. Die Kälte schüttelte ihn, sein Körper zitterte. Einfach liegen bleiben und sterben, dachte er, einschlafen, Ruhe finden.

Er durfte nicht liegen bleiben, er musste einen Weg finden, vielleicht die Hütte eines Fischers, in der er sich aufwärmen konnte. Er musste fort aus dieser rubinroten Bucht. Wer weiß, vielleicht waren Pica und Abu Tarik in einer anderen Bucht. Er musste sie suchen.

Sie durften nicht ertrunken sein.

Hoffnung belebte ihn. Zwischen den Felsen suchte er nach einem Pfad. Aber er fand keine Möglichkeit, hinaufzugelangen, auch an der anderen, niedrigeren Seite der Bucht gab es keinen Weg hinaus.

Vorsichtig kletterte er über die glitschigen Steine, über

die mit Tang und Algen bewachsenen Klippen, und hütete sich, auf eine der scharfen Muscheln oder Seeigel zu treten.

Es war eine mühselige Kletterei, die ihn in eine neue Bucht brachte. Hier war der Sand kaum mehr rot. Sie verlief in einem großen Bogen, die Felsen waren nicht mehr ganz so schroff und unnahbar. Erschöpft setzte er sich hin und verschnaufte. Zumindest aufgewärmt hatte ihn die Kletterei.

Auch diese Bucht lag einsam und verlassen da. Es gab keine Spur von ihrem Boot, keine Spur von Menschen.

Wieder blickte Benkis aufs Meer hinaus.

Von dort war er gekommen, um an dieser öden Küste zu stranden, wie Sindbad der Seefahrer. Ebenso wenig wie der wusste er, an welche Küste ihn das Meer verschlagen hatte. Sindbad begegnete Ungeheuern und entdeckte sagenhafte Schätze. Aber was nützten ihm Diamanten und Smaragde, er wollte Abu Tarik und Pica wieder finden.

Die Sonne ging hinter den Baumkronen unter, die Schatten wuchsen länger in die Bucht hinein, das Meer rollte eintönig. Benkis suchte eine windgeschützte Felsecke und kauerte sich in den Sand. Er legte den Kopf auf die Knie, so wollte er den nächsten Tag abwarten. Obwohl er sich vor Erschöpfung kaum mehr aufrecht halten konnte, ließ ihn die Kälte nicht zur Ruhe kommen. Er betrachtete den dunkler werdenden Himmel, die Nacht wuchs und weitete sich über den Horizont aus.

Dann musste er wohl für einen Moment eingenickt sein, als ein merkwürdiges Geräusch ihn aufhorchen ließ. Wie der Gesang einer Grille oder eher noch das Jaulen eines Wüstentieres. Es hatte auch Ähnlichkeit mit einer menschlichen Stimme.

Benkis stand auf, sein Herz klopfte stark, denn er hatte die Stimme erkannt. Suchend blickte er in die schwarze, undurchdringliche Nacht, nur auf dem Meer lag ein feiner Schimmer. Das Geräusch war verstummt.

Dann hörte er es wieder, diesmal klang es wie der Ruf eines Kranichs. Er wollte es für einen Spuk halten, es ließ ihm keine Ruhe.

Dann klang die Stimme plötzlich hell und klar, es war kein Zweifel mehr, da sang ein Mädchen ein altes Seemannslied. Sehr deutlich hatte der Wind ihm einen Melodiefetzen zugetragen.

Benkis verließ seine Felsecke, der Gesang verstummte nicht mehr. Er ließ sich durch die Dunkelheit gleiten, stolperte über Äste, eilte am Wasser entlang bis ans Ende der Bucht.

Unterhalb einer Höhle hielt er an. Er lauschte. Dort stand Pica auf einer Felsplatte und sang. Als er versuchte, zu ihr hinaufzuklettern, und ein Stein hinabkollerte, verstummte sie sofort.

Sie erwartete ihn mit gezücktem Messer.

Er rief sie mit Namen, sie starrte ihn mit weiten Augen an, dann schrie sie auf, ließ das Messer fallen und schlang ihre Arme um ihn. Sie weinte und lachte zugleich und wollte sofort wissen, wie er dem Sturm entkommen war und ob Abu Tarik bei ihm sei.

Benkis taumelte in die Höhle und ließ sich auf den Boden fallen.

»Ich habe Muscheln gesammelt«, sagte Pica. »Du musst etwas essen.«

»Danke«, sagte Benkis matt. »Ich habe keinen Hunger.«

Mit wenigen Worten erzählte er ihr, wie er in der roten Bucht aufgewacht war, von Abu Tarik wisse er nichts.

Pica setzte sich neben ihn und fasste seine kalte Hand.

»Wir sind bestimmt an der Küste des Frankenlandes«, sagte sie. »Erinnerst du dich, kurz bevor das Schiff kenterte, hat Abu Tarik Land gesehen und wir sind seit Korsika immer nach Norden gesegelt. Mich hat eine starke Strömung sofort in diese Bucht gebracht.«

Benkis war schon eingeschlafen.

Als er am nächsten Morgen erwachte, stellte er voller Freude fest, dass er nicht geträumt hatte, sondern dass Pica wirklich da war. Sie hatte sich an ihn gekuschelt und schlief fest. Vorsichtig löste er sich aus ihren Armen und stand auf. Er trat vor die Höhle. Spiegelglatt glänzte das Wasser im Sonnenlicht. Es wirkte so still, als hätte es nie einen Sturm gegeben.

Wieder und wieder musste er sich die eine Frage nach Abu Tarik stellen. Pica trat plötzlich neben ihn und folgte dem Blick seiner Augen.

»Meinst du, er ist ertrunken?«, fragte Benkis leise.

Heftig schüttelte sie den Kopf und sagte: »Ich glaube es nicht. Er konnte schwimmen, er ist, wie wir, an Land getrieben worden. In eine andere Bucht. Wir suchen die Küste nach ihm ab, wir werden ihn finden. Bestimmt!«

Ja, dachte Benkis, er darf nicht ertrunken sein, er darf nicht! Dann drehte er sich abrupt um und kehrte in die Höhle zurück. Er ließ die Arme hängen, schluchzte auf. Es war ihm gleichgültig, was sie davon denken würde.

Pica stand im Höhleneingang. Sie wollte ihn trösten, wusste aber, dass sie es nicht konnte.

»Komm«, sagte sie. »Wir trocknen unsere Sachen in der Sonne. Du musst auch etwas essen, die Muscheln sind einigermaßen genießbar, wirklich.«

Benkis schniefte und versuchte zu lächeln.

Sie hat ja Recht, dachte er, ich kann froh sein, dass ich sie gefunden habe.

Sie gingen an den Strand hinunter, zogen sich aus und breiteten ihre Sachen auf dem Sand aus. Nackt setzten sie sich nebeneinander und lutschten die glibbrigen Muscheln, die Pica gesammelt hatte.

Irgendwie fanden sie es lustig, sie sahen sich an und lachten verlegen.

»Ich habe mein Kopftuch verloren«, meinte Benkis.

»Und ich meinen Gürtel«, sagte Pica.

»Aber dein Fußkettchen hast du nicht verloren«, sagte Benkis leise und der schwarze Punkt auf ihrem Fuß stimmte ihn tröstlich.

Bald konnten sie ihre Sachen wieder anziehen. Auch Pica wollte ihre vom Meerwasser verdorbenen Filzstiefel nicht länger tragen, mit weitem Schwung warf sie sie ins Meer. Dann berieten sie, was sie weiter tun sollten.

»Zuerst suchen wir Abu Tarik«, sagte Benkis. »Du gehst in die eine Richtung und ich in die andere.«

Damit war Pica nicht einverstanden: »Das Land ist uns fremd, du kannst die Sprache nicht, es ist besser, wir bleiben zusammen.«

»Ich werde mich schon verständlich machen«, sagte Benkis. Er schüttelte die Hände, nickte mit dem Kopf, winkte und blies die Backen auf.

»Hast du mich verstanden?«, fragte er. Pica verneinte.

»Das hieß, wir sind Schiffbrüchige, brauchen etwas zu essen und suchen einen Arzt, den der Sturm fortgetrieben hat.«

»Aha«, sagte Pica und lachte. »So werden wir bestimmt sehr weit kommen.«

»Schon gut«, sagte Benkis. »Wir bleiben zusammen. Du kannst dich mit deinem Kauderwelsch besser verständlich machen. Also los.«

»Der Sturm kam aus Südosten«, sagte Pica. »Wir werden die weiter westlich liegenden Buchten absuchen, einverstanden?«

Oberhalb der Wasserlinie kletterten sie über die Steine in die nächste Bucht, die verlassen dalag. Als sie in der Mitte der Bucht waren, zeigte Benkis auf einen Stein, der weit oben, schon fast bei den Strandkiefern lag. Der

Stein hatte eine merkwürdige Form. Pica wollte dem keine große Beachtung schenken und ging weiter. Doch Benkis wurde durch irgendetwas gehemmt, er betrachtete den Gegenstand genauer. Es konnte sich auch um einen Baumstrunk oder um den Kopf eines toten Tieres handeln. Was hatte Abu Tarik immer gesagt, fiel ihm ein, wenn du etwas untersuchst, sieh genau hin, sieh lieber einmal mehr hin, als dass du einen Fehler machst. Gut, diesen Stein, oder was auch immer, wollte er jetzt genauer untersuchen.

Er eilte zu der Stelle. Je näher er kam, desto eigenartiger fand er das Ding. Erst hielt er es für einen Ziegenkopf, dann für einen Kamelsattel, dann für ein Tuchbündel.

Als er davor stand, wurde er blass: Eilig schob er den Sand beiseite und grub das Ding aus. Er hielt das Wachspaket mit dem Medizinbuch in den Händen. Die Wellen hatten es an den Strand geworfen, der Sand hatte es festgehalten und Pica und er hatten es wieder gefunden. Schlagartig wusste Benkis nun, was seine Aufgabe war, falls sie Abu Tarik nicht fänden.

Sie würden dem Abt Claudius, seinem Freund, dieses Buch bringen.

»Vier Tagesreisen die Durance hinauf liegt sein Kloster«, hatte Abu Tarik gesagt.

Stolz eilte Benkis zu Pica und zeigte ihr den Fund, sie freute sich mit ihm.

Über Mittag ruhten sie sich lange aus. Erst als die Sonne im zweiten Drittel ihres Laufs stand, machten sie sich wieder auf die Suche. Sie durchquerten eine weitere Bucht, ohne auf Menschen zu treffen, eine Behausung zu sehen, geschweige denn Abu Tarik zu finden. Die Nacht verbrachten sie unter krüppligen Kiefern. Benkis träumte von Abu Tarik. Der Arzt hatte ihm erklärt, wie Wunden mit Wein ausgewaschen werden, und gab ihm das Buch in die Hand.

»Da steht es drin«, sagte er. »Du musst es gut verwahren.«

Benkis hatte das Buch nicht haben wollen. Es sei ihm zu schwer, er könne es kaum halten und andere Ausreden erfand er, doch Abu Tarik ließ nicht locker. Plötzlich schoss eine Stichflamme aus dem Buch, versengte Benkis' Wimpern und Augenlider.

Erschrocken wachte er auf. Schlaftrunken griff er unter den Kopf und fasste nach dem Paket. Es war noch da.

Es soll eine Warnung sein, sagte er sich, ich muss aufpassen, dass es nicht verbrennt. Dann weckte er Pica und sagte: »Wir sollten nicht weiter nach Abu Tarik suchen. Lass uns landeinwärts gehen und dem Abt das Buch bringen.«

»Gut«, sagte Pica, mehr nicht.

Sie machten sich auf den Weg.

In der übernächsten Bucht fanden sie einen Pfad, der vom Meer fortführte, einen Trampelpfad bergauf. Sie folgten ihm, bis sie zu einem Stall aus Seegrasmatten kamen, dessen Dach mit Ästen beschwert war. Kläffend kam ein Hund um einen Busch gerannt und überschlug sich fast vor ihren Füßen. Eine Stimme rief ihn zurück. Sie gehörte zu einem Mann mit schwarzem Bart und kleinen Luchsaugen.

»Sicher ein Eremit«, sagte Benkis.

»Oder ein armer Bauer, der noch nicht einmal ein richtiges Haus hat«, sagte Pica trocken.

Der Mann blieb in gehörigem Abstand stehen und betrachtete sie. Pica sprach ihn an. Der Mann antwortete grob.

»Was sagt er?«, wollte Benkis wissen.

»Er sagt, wir sollen verschwinden.«

»Aber wir tun ihm doch nichts. Sag, dass wir Schiffbrüchige sind, dass wir vor Hunger fast umkommen.«

»Das interessiert ihn nicht«, flüsterte Pica.

Der Mann hob einen schweren Knüppel auf und trat einen Schritt vor. Benkis machte eine beschwichtigende Geste, der Mann hob den Knüppel hoch.

Pica zog Benkis zur Seite, mit einem Sprung eilten sie an der Hütte und dem finsteren Mann vorbei, rannten durch einen lichten Wald, ohne weiter auf den bellenden Hund hinter ihnen zu achten.

Sie fielen in einen gleichmäßigen Trott, der Sandweg stieg wenig an, das Laufen ließ sie ihre hungrigen Mägen vergessen. Unter dichten Laubbäumen, die angenehm dufteten, suchten sie sich ihren Schlafplatz. Benkis kannte diese Bäume nicht, aber Pica meinte, man könnte ihre Früchte im Herbst ernten und essen. In einem

Steinloch fanden sie genug Regenwasser, um den Durst zu stillen.

Dann legten sie sich auf weiche Grasmatten und schliefen ein.

Zuerst lagen sie nebeneinander, im Lauf der Nacht aber kuschelten sie sich aneinander. Benkis wühlte seinen Kopf in Picas Haare und sie legte ihren Arm um seine Schultern.

Es gab ihnen ein sicheres Gefühl.

18. Kapitel

Der Kriegsknecht

Wenige Tage später näherten sie sich einem Weiler, bestehend aus drei größeren Gebäuden und verschiedenen Schuppen. Zwei der Häuser und Schuppen waren zerstört, auf einer dritten Hütte lag ein riesiger, umgestürzter Baum. Schafe und Ziegen rannten umher, zwei Ochsen waren an einen Baum gebunden, in einer Kuhle wühlten schnaufend Schweine. Ein Mann mit einem Korb auf dem Rücken kam um eines der Häuser herum und ging hinein. »Meinst du, sie sind auch so misstrauisch?«, fragte Benkis leise. »Ich möchte mal wieder etwas Richtiges essen, nicht nur Kräuter und Rinden kauen. Das hängt mir zum Hals heraus.«

»Wir versuchen es«, sagte Pica.

Langsam gingen sie auf die Siedlung zu, der Mann kam aus dem Haus, erblickte sie und blieb stehen. Pica fasste ihr Messer, als der Mann näher kam.

Er fragte etwas, Pica antwortete ihm.

»Ich habe versucht, ihm zu erklären, dass wir Schiffbrüchige sind. Ich weiß nicht, ob er mir geglaubt hat.«

»Frag ihn, ob wir für ihn arbeiten können, um etwas zu essen zu bekommen«, sagte Benkis schnell.

Pica fragte freundlich und erhielt eine Antwort.

»Wir haben Glück, er glaubt uns. Es gibt genug zu tun, der Sturm hat schreckliche Schäden angerichtet, drei alte Bäume sind auf die Häuser gestürzt, einer davon muss noch fortgeräumt werden, sie können jede Hand gebrauchen. Und zu essen gibt es auch, wir sollen schon satt werden, meint er.«

»Allah sei Dank!«, flüsterte Benkis.

Der Mann winkte und rief etwas. Er führte sie zwischen die Gebäude und deutete auf die Zerstörung hin. Ein jüngerer Mann mit dunklen Locken kam herbei. Er trug einen farblosen Kittel, enge, an den Knien gebundene Hosen und, wie auch der ältere Mann, eine leuchtend weiße Kopfbinde.

So eine Kopfbinde möchte ich auch haben, dachte Benkis, sie könnte mein Kopftuch ersetzen.

Der Bauer und Pica redeten miteinander. Sie übersetzte es für Benkis. »Der Junge heißt Franno, er soll uns mitnehmen.«

Franno grinste Benkis an und nickte freundlich.

»Ehe ich Bäume wegtrage, muss ich etwas zu essen haben«, sagte Benkis zu Pica. »Sonst falle ich um und rühre mich nicht mehr.«

Pica bat um etwas Brot und Käse, worauf Franno fortging und mit einem Fladenbrot und einem Topf mit Gänsefett zurückkehrte.

Sie setzten sich alle drei auf einen Holzklotz, brachen von dem Fladen ab und schmierten mit den Fingern von dem Fett darauf, auch Franno langte zu. Nach den kargen Tagen schmeckte es einfach herrlich.

Der Bauer sagte noch etwas zu Franno und ließ sie allein.

Franno redete mit Pica, während Benkis an nichts anderes als an Essen denken konnte. Später erzählte sie ihm, was Franno gesagt hatte.

»Er ist der Sohn des Bauern, sie leben mit zwei Familien hier, doch im Moment sind nur die beiden zu Hause. Die Frauen und der andere Bauer haben noch vor dem Sturm die Schafe und Ziegen auf die Weide getrieben und sind dorthin gegangen, um die zerstreuten Tiere wieder einzusammeln. Auch einen Kranken haben sie im Haus.«

»Einen Kranken?«, fragte Benkis schnell.

»Einen Kriegsknecht«, sagte Pica.

Ach so, dachte Benkis, für einen kurzen Moment hatte er gehofft, es könnte ja ... »Komm!«, sagte Pica und zog Benkis hoch. »Wir sollen die Ulme wegbringen.«

Sie folgten Franno hinter das Haus. Dort hatte der Sturm eine große Ulme geknickt, sie hatte den hinteren Teil des Stalls eingedrückt.

Mit einer unförmigen Säge mussten sie nun den bestimmt sechs Fuß dicken Stamm so zerkleinern, dass sie die einzelnen Teile fortschleppen konnten. Es war eine mühselige Arbeit, an Picas und Benkis' Händen brannten bald große Blasen.

Den ganzen Nachmittag mühten sie sich mit dem

Baum, bis sie den Stall freibekamen. Der Stall sollte am nächsten Tag ausgebessert werden.

»Erst einmal ist es genug«, sagte Franno und nickte beifällig. »Ihr habt euch gut gehalten.«

Auch der Bauer lächelte sie freundlich an und schien zufrieden damit, wie weit sie gekommen waren. Dann stapfte er ins Haus.

Pica und Benkis fühlten sich ausgelaugt und schlapp. Benkis kühlte seine Hände in einem Wassertrog. So bald würde er damit keine Säge mehr anpacken.

Das Haus bestand aus einem großen Raum mit Feuerstelle, einem Tisch, Holzschemeln, einer großen Kiste. Kleidungsstücke hingen an einem Balken und Fleisch trocknete im Kamin. Eine Leiter führte unter das Dach. Der Raum machte einen sauberen und ordentlichen Eindruck. Benkis trat ans Feuer und sah hinein. Die letzten Tage hatten sie kein Feuer mehr machen können und die Nächte waren noch kalt. Diese Nacht zumindest würden sie nicht frieren.

Der kranke Kriegsknecht lag in einer Nische. Er wurde vom Bauern nicht weiter beachtet, auch Franno kümmerte sich nicht um den Kranken.

Benkis wunderte sich, doch sagte er nichts dazu.

Der Bauer forderte sie auf, sich mit an den Tisch zu setzen. Aus der Truhe holte er Fladenbrote, von einem Fleischstück schnitt er dicke Scheiben ab und teilte sie aus.

Pica und Benkis hatten zwar noch mächtigen Hunger,

doch das Trockenfleisch roch sehr stark nach Verwesung. Benkis blieb es im Hals stecken, er würgte es herunter, er wollte seinen Gastgeber nicht beleidigen.

Franno brachte dem Kriegsknecht ein übrig gebliebenes Stück Brot und Fleisch. Als er an den Tisch zurückkam, sagte Pica zum Bauern: »Ist er sehr krank? Mein Freund kann ihn heilen.«

Sie blickte Benkis stolz an.

»So?«, fragte der Bauer und musterte Benkis. »Der Junge kann heilen?«

»Sehr gut sogar«, sagte Pica. »Er hat bei einem berühmten Arzt studiert. Der Arzt floh mit uns aus den Bergen …«

»Geflohen?«, fragte der Bauer misstrauisch. »Woher seid ihr geflohen?«

»Nein, nicht geflohen«, verbesserte sich Pica schnell. »Wir sind über hohe Berge gewandert. Er kann ihm wirklich helfen.«

»Was hast du gesagt?«, fragte Benkis.

»Ich habe gesagt, dass du den Kranken dort in der Ecke heilen kannst«, sagte sie.

Benkis sah sie erstaunt an.

»Ich?«, fragte er entsetzt. »Wie kannst du nur so etwas sagen!«

»Aber du hast mir doch selbst gesagt, wie viel du bei Abu Tarik gelernt hast.«

»Wenn er wirklich etwas für den Kranken tun kann, wären wir ihm dankbar«, sagte der Bauer langsam. »Er liegt schon seit dem Sturm bei uns, nein, noch länger. Wenn nicht etwas geschieht, wird er wohl sterben müssen.«

Der Bauer flüsterte Franno etwas zu, der nickte und lachte.

»Der Junge soll ihn nur gesund machen«, sagte der Bauer zu Pica. »Dann sind wir ihn los. Wir haben ihn zwar aufgenommen und ihn versorgt, man weiß ja nie ...«

»Sag ihnen, dass ich nicht heilen kann«, sagte Benkis erregt. »Sie sollen ihn ins nächste Krankenhaus bringen. Das wird besser für ihn sein.«

»Das kann ich jetzt nicht mehr sagen«, meinte Pica.

Aber sie fragte doch, wo das nächste Krankenhaus sei, ob man den Kranken nicht dorthin schaffen könnte. Als Antwort erhielt sie nur die erstaunte Gegenfrage, was denn ein Krankenhaus sei, was sie damit meine?

Sie versuchte, es den beiden zu erklären. Dass es Häuser für Kranke gäbe, in denen diese gepflegt und geheilt würden. In den Ländern des Südens gäbe es in jeder größeren Stadt mindestens ein Krankenhaus. Aber der Bauer und Franno schüttelten ungläubig den Kopf und betrachteten Pica und Benkis mit großem Misstrauen.

»Entweder der Junge kann heilen oder nicht«, sagte der Bauer. »Mit Zauberei wollen wir nichts zu tun haben.«

»Wenn du ihn dir nicht ansiehst, halten sie uns für Lügner oder Bösewichte«, sagte Pica zu Benkis.

»Was soll ich tun?«, fragte Benkis. »Wenn ich …«

»Sieh ihn dir zumindest an«, meinte sie. »Dabei kannst du doch nichts falsch machen.«

Benkis blieb nichts anderes übrig. Er ging zu der Wandnische und trat an das Krankenlager. Der Mann öffnete die Augen und sah ihn an.

Benkis blickte in zwei funkelnde Augen. Hatte Abu Tarik nicht immer wieder gesagt, man solle die Augen genau betrachten, genau untersuchen? Diese Augen sahen aber nicht krank aus, sie sahen sehr gesund und irgendwie lauernd aus. Benkis wusste jedoch, dass er sich täuschen konnte. Er beugte sich zu dem Mann und hatte schon ein »Friede sei mit dir« auf den Lippen, doch er sprach den Gruß nicht aus. Etwas hielt ihn davon ab.

Der Kranke fiel auf den Strohsack zurück, verdrehte den Kopf und stöhnte schwach. Nun fand Benkis doch, dass er schwer krank aussah.

Er griff nach dem Puls und fühlte ihn. Der ging sehr schnell.

Was bedeutete ein schneller Puls, überlegte Benkis. Zu heftige Herzbewegung, bei schnellen Läufern und körperlich arbeitenden Menschen ging der Puls noch schneller. Auch bei bestimmten Krankheiten und nicht zuletzt bei großen Gemütsbewegungen.

»Die Seele des Menschen spricht ihre eigene Sprache«, hatte Abu Tarik gesagt.

Pica stand neben Benkis, sie sprach den Kranken an. »Wir wollen dir helfen, was fehlt dir?«

Der Kranke flüsterte kaum hörbar, Pica musste sich zu ihm hinunterbeugen, um ihn verstehen zu können.

»Er hat getrocknete Pilze in einem Beutel am Wegesrand gefunden und hat sie in seinem großen Hunger gegessen. Davon sei ihm zuerst übel geworden, dann sei die Hitze in den Körper gestiegen und fresse ihn nun von innen her auf.«

Er wirkt wie ein Todkranker, dachte Benkis, nur seine Augen sprechen eine andere Sprache. Sie blickten mindestens so scharf wie Zads Augen.

Für einen Moment vergaß er den Kranken. Was war aus dem Falken geworden, fragte er sich. Nein, er durfte sich jetzt nicht ablenken lassen. Der Mann hatte sich mit den Pilzen vergiftet.

»Frag ihn, wie lange das her ist«, sagte Benkis zu Pica.

»Er sagt, etwa zehn Tage.«

Er ist ein Lügner, dachte Benkis, entweder wäre er längst gestorben oder die Vergiftung hätte seinen Körper schon wieder verlassen. Außerdem klang die Geschichte mit den gefundenen Pilzen ziemlich unglaubwürdig.

Der Kranke schloss die Augen und atmete flach.

Benkis musste sich für irgendetwas entscheiden.

»Ich werde ihm eine Medizin bereiten«, sagte er zu Pica. Sie übersetzte es dem Mann, der nicht mehr reagierte. Dann traten sie zum Bauern und Franno, die ihnen erwartungsvoll entgegenblickten. Pica sagte, sie müssten schnell noch einige Kräuter sammeln, ehe es zu dunkel dafür sei. Dann ging sie mit Benkis hinaus.

»Warum hast du das nur gesagt«, schimpfte Benkis gleich los, als sie außer Hörweite des Hauses waren. »Ich kann ihn nicht heilen. Außerdem ist er ein Lügner.«

»Ein Lügner?«, fragte Pica und runzelte die Stirn. »Warum meinst du, dass er ein Lügner ist?«

»Was weiß ich! Vielleicht nur, um ein bequemes Lager und freie Kost zu bekommen. Aber ich bin mir nicht ganz sicher. Und wie soll ich eine Medizin aus getrockneten Datteln, Mandelmus und Honig bereiten, wenn ich nichts davon habe? Denn genau das müsste er bei seinen Beschwerden bekommen.«

»Gut«, sagte Pica. »Ich habe eine Idee. Jedenfalls ist er nicht ernsthaft krank, das stimmt doch, oder?«

»Ja.«

»Dann wird ihm meine Medizin gut tun, ob er nun ein Lügner ist oder nicht.«

Benkis wollte noch etwas einwenden, doch Pica lief schon zur nächsten Böschung und grub einige Löwenzahnwurzeln aus der lockeren Erde. Sie zerhackte sie mit ihrem Messer. Damit kehrte sie ins Haus zurück.

Leise bat sie Franno, die Wurzeln gut aufkochen zu dürfen, dazu ließ sie sich etwas Öl geben.

»Es ist sehr kostbares Olivenöl«, sagte Franno.

»Ich brauche nur einen halben Becher, mein Freund hält es unbedingt für notwendig.«

Das Öl erwärmte sie über dem Feuer, vermischte es mit dem Wurzelsud. Diese Medizin drückte sie Benkis in die Hand und sagte, er solle es dem Kranken einflößen.

»Schön langsam«, sagte Pica und lächelte.

Der Kranke schluckte die Medizin widerwillig, stöhnte entsetzlich dazu.

Hoffentlich vergifte ich ihn damit nicht, dachte Benkis.

Dann konnten sie sich endlich schlafen legen. Sie stiegen die Leiter hinauf und bereiteten sich ein weiches Strohlager und schliefen sofort ein.

Bis sie von einer harten Hand geweckt wurden.

»Ihr müsst aufstehen und verschwinden«, sagte Franno. »Der kranke Söldner hat von eurer Medizin Durchfall bekommen, er ist auf und davon und hat schrecklich geflucht. Er hat gedroht, dass er mit seinen Kumpanen zurückkommen wird, um sich an euch zu rächen.«

Pica und Benkis erhoben sich und machten sich fertig. Unten gab Franno ihnen noch hartes Brot und einen Beutel mit Nüssen. »Nehmt das«, sagte er. »In gewissem Sinn sind wir euch dankbar, dass ihr ihn uns vom Hals geschafft habt. Wir hätten uns das nicht getraut, haben uns aber schon gedacht, dass er vielleicht ein Betrüger ist.«

»Wenn wir jetzt fliehen, werden die Kriegsknechte euch etwas antun«, meinte Pica.

»Das lass nur unsere Sorge sein«, meinte Franno.

»Frag ihn, wie wir zur Durance finden«, fiel es Benkis rechtzeitig ein.

»Immer nach Nordwesten«, sagte Franno und ließ sie hinaus.

19. Kapitel

Der Einsiedler

Sie kamen in eine weite Ebene, die von einem Flüsschen durchzogen wurde, kämpften sich durch schier undurchdringliche Büsche, bis sie am Flussufer einen Trampelpfad fanden. Dort kamen sie rascher voran.

In den Bäumen und Büschen sangen Vögel, an einem Hang entdeckten sie die Brutkolonie von Bienenfressern. Bewundernd blieben sie eine Weile stehen und betrachteten das bunte Durcheinander der Vögel.

Einen Tag später verbreitete sich der Pfad zu einem Karrenweg, über den Fluss klangen Stimmen zu ihnen herüber. Als sie um eine Biegung kamen, sahen sie am Ufer hinter einem Steinwall eine Ansammlung von Häusern. Rinder und Kühe weideten davor und Frauen standen im Wasser und fingen mit schmalen Netzen Fische.

Pica und Benkis traten aus dem Gebüsch, die Frauen blickten sich zu ihnen um und erwarteten sie gespannt. Ein kleiner Junge rannte auf Benkis zu, kniff ihn ins Bein, dann kehrte er schreiend zu seiner Mutter zurück.

»Sie sehen freundlich aus«, sagte Benkis.

Langsam näherten sie sich den Frauen. Eine von ihnen kam aus dem Wasser, legte ihr Netz ins Gras und trocknete sich die Hände am Rock. Sie war jung und hatte blaue Schleifen in ihre langen Haare geflochten.

Pica grüßte und sprach sie an, erzählte, dass sie auf der Suche nach einem bestimmten Kloster wären, dass sie gerne arbeiten würden, um sich etwas zu essen zu verdienen.

»Frag sie, ob es hier einen Buchladen gibt oder jemanden, der eine Karte von der Gegend besitzt«, sagte Benkis.

»Langsam«, sagte Pica. »Ich kann mir nicht vorstellen, dass es in diesem Dorf überhaupt ein Buch gibt. Wir sind nicht in Arabien.« Doch sie fragte und erhielt verwunderte Ausrufe zur Antwort.

»Was ist denn ein Buchladen?«, fragte die Frau und lachte verwundert.

Benkis und Pica kamen so nicht weiter.

Also erkundigte sich Pica nach der nächstgrößeren Stadt. Die junge Frau erklärte, dass sie ans Meer müssten, immer weiter nach Westen, bis sie in eine Hafenstadt kämen. Dort fänden sie vielleicht solch einen Buchladen.

Die Frau ging mit ihnen in den Ort, brachte in einem Krug Wasser, dazu Brot und salziges Fleisch.

»Wo sind denn die Männer?«, wollte Benkis wissen.

Pica erfuhr, dass die Männer eine Brücke ausbesserten, die durch das letzte Hochwasser zerstört worden war. Inzwischen sei das Wasser wieder gefallen. Zum Glück habe es die Häuser nicht erreicht. Sie sollten auf die Rückkehr der Männer warten, die könnten ihnen sicher weiterhelfen.

Während Pica die neugierigen Fragen der jungen Frau beantwortete, schlief Benkis unter einem Oleanderbusch.

Verschwitzt und abgearbeitet kamen die Männer abends zurück. Sie betrachteten die beiden Fremden geringschätzig und eilten nach Hause. Die junge Frau rief einen Mann zu sich und redete schnell auf ihn ein.

Der Mann spuckte bedächtig auf den Boden aus, hörte der Frau zu und musterte Benkis und Pica. Offensichtlich war er nicht gewillt, sich mit ihnen abzugeben.

Die Frau ließ nicht locker.

Pica fragte nach einer Landkarte.

Der Mann verneinte. Er habe zwar schon von solchen Karten, die Reisende mit sich trügen, gehört, doch wer sei so dumm, sich auf so etwas zu verlassen? Unter einem Buchladen könne er sich nichts vorstellen. Der Dorfälteste besäße allerdings ein wertvolles Pergament, auf dem die Geschlechter der Dorfbewohner verzeichnet seien. Dies Pergament würde er nur zu besonders wichtigen Anlässen hervorholen.

»Gibt es denn gar keine Bücher?«, wunderte sich Benkis.

»Er will sich nicht verspotten lassen«, sagte Pica, nachdem sie den Mann gefragt hatte. »Sie können nicht schreiben, wozu auch? Sie haben genug damit zu tun, alle Mäuler satt zu bekommen.«

»Im letzten Sommer ist der Fluss ausgetrocknet«, erzählte die junge Frau. »Das ist noch nie passiert. Die Ernte konnte nur gerettet werden, indem wir tiefe Löcher in den Flussgrund gruben, aus denen wir Wasser schöpfen konnten. Karg genug war das Jahr.«

»Wir müssen uns wohl damit zufrieden geben«, sagte Benkis. »Können wir bei ihnen arbeiten?«

Pica fragte den Mann. Er verneinte energisch und ging in sein Haus. Die junge Frau blickte ihm wütend nach.

»Er ist ein Starrkopf«, sagte sie entschuldigend zu Pica. »Aber er ist mein Mann und ich mag ihn trotzdem. Nicht weit von hier gibt es einen Einsiedler, der euch bei eurer Suche vielleicht weiterhelfen kann. Er ist herumgekommen und kennt bestimmt alle Klöster im Lande.«

Dann eilte sie noch einmal in ihr Haus und brachte getrocknete Oliven und Brot, beschrieb den Weg zur Einsiedelei. Sie verabschiedete sich freundlich und folgte ihrem Mann.

»Friede sei mit euch«, sagte Benkis. »Auch wenn ihr nicht lesen könnt.«

»Das ist überheblich«, sagte Pica ärgerlich. »Und dumm! Ich kann auch nicht lesen und schreiben.«

Benkis schwieg betreten, er hatte sich gar nichts dabei gedacht.

»Aber du kannst es mir ja beibringen«, sagte Pica versöhnlich und lächelte ihn an.

»Wenn wir einmal mehr Zeit haben«, fügte sie nachdenklich hinzu.

Drei Tagesreisen westwärts, dann sollten sie den Berg mit der Höhle des Einsiedlers zur rechten Hand sehen können. Ihr Weg führte unten im Tal.

Die Lebensmittel reichten gerade für diese drei Tage. Als sie unterhalb der Einsiedelei standen, hatten sie ihre letzten Oliven aufgegessen. Sie verließen den breiten Weg und folgten dem Pfad aufwärts. Steil ging er in die Höhe, zwischen Felsen und Gesteinsbrocken hindurch, er endete auf einer Lichtung, die mit hohen, schlanken Bäumen umsäumt war. Sie wurde von der Felswand abgeschlossen. Darin öffnete sich eine Höhle, vor der eine Quelle sprudelte, ein Bild, wie man es sich schöner kaum vorstellen konnte. Pica blieb bewundernd stehen. Sie fasste Benkis an der Schulter.

Durch das frische Grün des Blätterdaches fiel ein mattes Licht und malte zarte Muster auf den weichen Boden. Das Wasser plätscherte aus den Steinen hervor, auf einem runden Stein saß der Einsiedler. Er hob grüßend die Hand. Wie grün es ist, dachte Benkis, so frisch und luftig, wie es das bei uns nicht gibt. Hier möchte ich auch leben.

Der Einsiedler erhob sich und kam ihnen entgegen. Es war ein stattlicher Mann mit langen Haaren und einem dichten blonden Bart. Er trug ein Stirnband und einen ärmellosen Wollmantel. Sein Gesicht war von zahllosen Falten und Runzeln überzogen.

»Friede sei mit euch«, grüßte er in einer Sprache, die Benkis bekannt vorkam, die er aber nicht verstand. Es war Griechisch, das von den Gelehrten gesprochen wurde. Er hatte den Sinn des Grußes erraten.

Pica verstand ihn, sie sagte: »Wir freuen uns, Euch kennen zu lernen, Friede sei mit Euch.«

»Ruht euch aus«, sagte der Einsiedler, führte sie an die Quelle, bot ihnen an, sich zu setzen. »Habt ihr Durst oder Hunger? Versteht der Junge meine Sprache nicht?«

»Nein«, sagte Pica. »Er kommt aus Arabien.«

»Dann ist es schade, dass ich diese Sprache nicht sprechen kann«, sagte der Einsiedler und lachte Benkis an. »Ihr kommt einen weiten Weg.«

Er holte Holzschüsseln mit Nüssen und getrockneten Früchten und reichte sie ihnen. Sie aßen. Pica erzählte offenherzig, woher sie kamen, was sie erlebt hatten, wies auf das Buchpaket, das Benkis zu seinen Füßen liegen hatte, und berichtete von Abu Tarik. Sie fragte nach dem Abt Claudius, nannte das Flüsschen Vivant, den Namen des Klosters wusste sie nicht mehr.

Der Einsiedler nickte, er brauchte nicht lange zu überlegen.

»Er kennt das Kloster«, sagte Pica zu Benkis, nachdem der Mann noch weitere Fragen gestellt hatte.

»Etwa sieben Tagesreisen die Durance aufwärts, dann kommt die Vivant aus einer Bergschlucht rechter Hand. Nach kurzer Strecke aufwärts kann man das Kloster sehen, wie es auf einem Felsvorsprung über das Tal und den Fluss ragt. Drum herum haben die Mönche Obstgärten und Felder angelegt.«

»Und wie weit ist es von hier zur Durance?«, fragte Benkis.

»Noch einmal drei oder vier Tage.«

Benkis rechnete nach. Zweimal sieben Tage, wenn alles gut ging. Das war nicht mehr sehr weit, sie konnten es schaffen.

»Doch wir müssen durch ein Hungergebiet«, fuhr Pica fort. »Die letzten zwei Jahre haben sehr schlechte Ernten gebracht. Es hat nicht geregnet, die keimende Saat ist vertrocknet. Er fragt, ob wir eine Nacht hier bleiben wollen.«

»Ich möchte lieber weiter«, sagte Benkis, obwohl er sich gerne ausgeruht hätte. Er wollte endlich das Buch übergeben.

»Wir können uns ein wenig ausruhen«, sagte Pica. »Es ist so friedlich hier.«

Sie legte sich auf ein Moospolster, schloss die Augen und schlief lächelnd ein. Der Einsiedler deckte sie mit einem Fell zu.

Benkis spielte mit der Hand im Quellwasser und wollte gerade den Einsiedler etwas fragen, als er einen Schrei hörte, einen Falkenruf, ein zweiter folgte. Er sprang auf und versuchte das Blätterdach zu durchdringen, konnte den Vogel aber nirgends entdecken. Er kletterte in die Felsen, bis er oberhalb der Baumwipfel war. Da sah er Zad.

Er zog den Lederhandschuh über, den er in all den Tagen sorgfältig gehütet hatte, und lockte den Falken.

»Tza, tza!«, rief Benkis. »Du Geiergesicht, wo bist du gewesen?«

Leicht glitt der Falke herab und ließ sich auf der Hand nieder.

Benkis kehrte auf die Lichtung zurück, der Falke musterte den großen Mann, entdeckte Pica und schlug mit den Flügeln. Vorsichtig näherte sich Benkis dem schlafenden Mädchen und wollte ihr den Vogel auf den Kopf setzen. Pica erwachte jedoch, ehe Zad ihr die Haare zerzaust hatte. Sie freute sich, streichelte sein Gefieder und kraulte ihn.

Bald danach brachen sie auf. Der Einsiedler packte ihnen Brot und Honigwaben in einen Sack, füllte einen Ziegenschlauch mit Quellwasser und reichte ihn Benkis.

20. Kapitel

Mordshunger

Hoch am Himmel kreiste Zad und spähte nach kleinen Vögeln, die seine Beute werden konnten. Unten wanderten Pica und Benkis. Benkis trug den Sack mit den Lebensmitteln, auch das Wachspaket hatte er hineingetan. Schweigend gingen sie nebeneinander. Seit einem Tag wirkte die Landschaft öde, verlassen.

Als läge ein Fluch auf ihr, dachte Benkis.

Sie begegneten keinem Menschen. Einmal waren sie an einem Gehöft vorbeigekommen. Sie hatten das Tor verschlossen gefunden. Auf ihr Rufen hatte niemand geantwortet. Es wirkte unbewohnt, fast ausgestorben. Die Felder waren verwildert und von Gebüsch überwuchert.

An diesem Abend machten sie früh Rast, mochten einfach nicht mehr weitergehen und entdeckten einen kreisrunden Platz in einem Wacholdergebüsch. Dort machten sie es sich bequem. Zad hockte auf dem Ast eines Ahorns und hielt Wache.

»Gibst du mir einmal den Handschuh?«, fragte Pica.

Benkis gab ihn ihr, sie zog ihn über und streckte den Arm empor.

»Zad, Zad!«, rief sie. »Komm zu mir!«

Zad betrachtete aufmerksam die Hand. Dann flog er auf und landete tatsächlich bei Pica, stolz wendete er seinen Kopf, als habe er eine besondere Leistung vollbracht.

»Braver Vogel«, sagte Pica.

Sie wollte von Benkis wissen, wie er den Vogel abgerichtet habe, und Benkis erzählte ihr die Geschichte von dem Feigenbaum und dem Nachmittag, an dem er nichts mit sich anzufangen gewusst hatte.

Und er schloss mit den Worten: »Noch etwas muss ich dir sagen. Ich habe dich damals angelogen. Ich bin nicht der Sohn eines reichen Mannes. Ich wollte wohl Eindruck machen, angeben. Ich bin ein Findelkind, und mein Adoptivvater ist zwar ein weiser Mann, aber ein sehr armer, er ist Wasserverkäufer. Es tut mir Leid.«

Erleichtert atmete er auf. Gut, dass er das gesagt hatte.

»Schon vergessen«, sagte Pica. »Du hättest gar nicht so anzugeben brauchen.«

Und da Benkis schon einmal am Erzählen war, sprach er auch über Makir und die Mauer der Toten, über seinen Irrtum mit Abu Tarik. Pica musste lachen, als er von dem Rosenduft und dem verzauberten Hundediener erzählte.

Wie schön sie ist, wenn sie lacht, dachte Benkis, während er sprach. Wie ihre schwarzen Haare schimmern und ihre blauen Augen blitzen.

»Als dich die Seeräuber an Deck zogen, dachte ich, du

stürzt dich gleich wieder ins Wasser, nur um ihnen nicht in die Hände zu fallen«, sagte er unvermittelt.

»Das hätte ich auch getan, wenn mich dieser Einäugige nicht gegriffen hätte.«

»Du warst wild wie eine Löwin. Ich habe deinen Mut bewundert.«

»Wirklich?«, fragte Pica erfreut. »Vor den Seeräubern hatte ich keine Angst. Das habe ich von meiner Mutter geerbt, sie ist die tapferste Frau, die ich kenne.«

»Ich kenne kein anderes Mädchen, das so ist wie du«, sagte Benkis leise.

Und er stand auf und tat etwas, was er schon längst hatte tun wollen. Er gab Pica einen Kuss auf den Mund, flüchtig und zart. Pica griff in sein Haar und erwiderte den Kuss.

»Und nun?«, fragte Benkis. Er fühlte sich etwas hilflos. Gerne hätte er sie ein zweites Mal geküsst.

»Jetzt legst du deinen Kopf in meinen Schoß und ich erzähle dir vom Meer, du Wüstensohn. Du kennst das Meer noch gar nicht wirklich, es ist wunderbar.«

Pica setzte den Falken auf seinen Ast zurück, setzte sich, lehnte sich an den Baum und Benkis legte sich zu ihr. Er fasste ihre Hand, hielt sie fest in der seinen.

Er fühlte sich glücklich wie schon lange nicht mehr.

Pica erzählte ihm vom Meer. Bis er eingeschlafen war.

Gegen Mittag des nächsten Tages änderte der Weg die Richtung, die beiden konnten ihm nicht weiter folgen.

Gegen Westen erhob sich eine Bergschwelle, an die vierhundert Schritt in die Höhe steigend, genau dort mussten sie hinauf.

Der Einsiedler hatte auch von einem tiefen Tal, einer Schlucht gesprochen, an deren oberen Rand sie sich halten sollten. Auf keinen Fall sollten sie versuchen, hinabzusteigen, die Schluchten seien tief und steil, sie würden nie mehr herausfinden.

In großer Mittagshitze erkletterten sie die Hänge, wühlten sich durchs Unterholz, sie rasteten erst, als sie die Höhe erreicht hatten.

Benkis warf sich in den Schatten und wischte sich den Schweiß von der Stirn. Pica nahm den Lederhandschuh und rief den Falken. Sie hatten Freundschaft miteinander geschlossen.

»Wie viele Tage sind wir schon unterwegs?«, fragte Benkis müde.

Sie stellten fest, dass sie seit der Einsiedelei schon drei Tage gewandert waren und die Durance noch nicht erreicht hatten. Sie sollte erst hinter dieser Hochebene liegen.

»Still!«, rief Benkis plötzlich.

Er hatte ein Rascheln gehört und sofort an ein heranschleichendes Raubtier gedacht. Pica hatte ihm zwar erklärt, dass es hier keine gefährlichen Tiere gäbe, in den hohen Bergen vielleicht Bären und Wölfe. Hier könnten nur Schlangen einem etwas antun. Doch es war besser, wenn sie vorsichtig waren.

Pica setzte den Falken ab und folgte Benkis, der an den Rand des Berghanges getreten war und hinabsah. Weiter unterhalb schnüffelte ein Hund.

Aber was für ein Hund! Mit zottigem, verfilztem Fell, groß wie ein Kalb. Langsam kam er den Hang hinauf.

Benkis griff einen dicken Ast, Pica zog ihr Messer. Der Hund blieb witternd stehen und knurrte tief.

»Wir wollen ihn verjagen«, sagte Benkis. Mit lautem Schrei sprang er hinter dem Busch hervor und wirbelte den Knüppel über seinen Kopf.

Erschrocken machte der Hund einen Satz rückwärts. Blieb dann jedoch stehen, drehte sich um und hob drohend den Schweif, zog die Lefzen hoch.

»Kusch!«, rief Benkis.

Der Hund reagierte nicht, knurrte nur lauter.

Benkis konnte erkennen, wie verwahrlost und verhungert der Hund war, abgemagert bis auf die Rippen, die Augen waren blutunterlaufen.

»Er ist halb verhungert«, sagte Pica. »Wir sollten ihm etwas Brot geben, dann beruhigt er sich.«

»Nein«, sagte Benkis. »Wir haben selbst kaum genug. Wenn wir ihm etwas geben, werden wir ihn nie mehr los.«

»Ich wollte schon immer einen Hund haben, er tut mir Leid. Mein Vater hat es mir nie erlaubt. ›Ein Hund gehört nicht aufs Meer‹, sagte er immer. Es wäre ein schöner starker Hund, wenn er gepflegt würde.«

»Vergiss ihn«, sagte Benkis abfällig. Er hob einen großen Stein auf und schleuderte ihn gegen den Hund. Der wich geschickt aus, rannte einige Schritte zurück, drehte sich wieder um und kam witternd näher.

Dann plötzlich sprang das Tier in großen Sprüngen den Abhang hinunter und verschwand. Benkis war erleichtert, dass sie ihn vertrieben hatten. Sie packten ihre Sachen und gingen weiter. Durchquerten einen Wald aus niedrigen Kiefern und Lerchen. Bis sie an eine Lichtung kamen, auf der eine Hütte stand. Auch hier sah alles verlassen aus. Vor der Hütte stand eine Bank aus grobem Holz, an der Seite gab es ein tiefes Wasserloch, eine Art notdürftiger Brunnen, der ausgetrocknet war.

»Hallo!«, rief Pica. »Ist hier jemand?«

Niemand antwortete. Sie drückten gegen die Tür. Laut knarrend öffnete sie sich und die beiden gingen hinein. Es roch muffig, die Fenster waren verhängt. Sie konnten nichts erkennen. Als sie wieder ins Freie traten, sahen sie eine Frau hinter einem Baum hervorkommen. Sie lächelte verzerrt.

Die Frau konnte noch nicht sehr alt sein. Aber sie war völlig abgemagert, ihre Backen eingefallen und grau, die Haare hingen in Strähnen herunter, die Augen blickten stumpf.

Sie sieht wie eine Tote aus, dachte Benkis.

»Was ist mit ihr?«, fragte er Pica. »Sie sieht sehr krank aus.«

Pica sprach die Frau freundlich an, die Frau nickte schnell mit dem Kopf. Dann redete sie ohne eine Pause, ein Wortschwall brach aus ihr heraus. Doch sie kam nicht näher, keinen Schritt, sie stand an dem Baum und starrte Pica an, als wolle sie sie mit den Augen festhalten.

»Sie hält uns für andere Wesen, vielleicht für Geister von Verstorbenen«, sagte Pica. »Soviel ich verstehen kann, will sie wissen, wo wir ihre Kinder gelassen, was wir mit ihnen gemacht haben und ob wir sie verspeist ... nein, es ist zu schrecklich.«

»Ihre Kinder?«

»Sie redet irre vor Hunger.«

Dann holte die Frau einen Korb hinter ihrem Rücken hervor und hielt ihn den beiden bittend hin.

Vorsichtig trat Pica auf die Frau zu. Im Korb lag trockenes Moos und Kräuter. »Wir tun dir nichts«, sagte Pica freundlich. »Vielleicht können wir dir helfen?«

Die Frau löste sich vom Baum und kam mit zaghaften Schritten näher, setzte sich auf die Bank. Sie wiegte den Kopf und summte ein leises, eintöniges Lied, wobei sie die Kräuter zerpflückte, achtlos in den Mund steckte und darauf herumkaute.

Speichel rann aus den Mundwinkeln.

»Wir müssen ihr etwas zu essen geben«, sagte Pica. »Sie kann doch nicht nur Moos essen.«

Benkis sah das ein. Er holte das Stück Brot, das ihnen noch geblieben war, teilte es sorgfältig in drei gleich große Stücke. Zwei davon steckte er wieder ein, das dritte hielt er der Frau hin.

Die blickte darauf, als wisse sie nicht, was es wäre.

Dann nahm sie es mit ihren dürren Fingern und lachte laut auf. Ihr Lachen klang scheppernd. Sie roch an dem Brot, dann warf sie es in hohem Bogen weg.

Benkis hob es auf und hielt es ihr wieder hin. Ihr Anblick machte ihn entsetzlich traurig.

»Sie weiß nicht mehr, was sie tut«, sagte Pica.

Benkis brach das Brot in kleine Stücke und steckte sie der Frau in den Mund.

»Essen!«, sagte Pica. »Das ist Brot, etwas alt, aber es schmeckt noch.«

Die Frau betrachtete Benkis' Hand, sie kaute nachdenklich und schluckte. Schnell hintereinander murmelte sie viele Worte, aus denen Pica entnehmen konnte, dass sie seit Monaten kein Brot mehr gesehen habe. Dass die Hunde ihr das letzte Stückchen Trockenfleisch geraubt hätten. Dass sie ihre Kinder weggeschickt habe, um im nächsten Dorf Lebensmittel zu holen. Doch die Kinder seien nicht zurückgekehrt, schon lange nicht.

»So lange schon, so lange schon«, wiederholte die Frau immer wieder und klammerte sich an dem Stückchen Brot krampfhaft fest. Dann biss sie wieder ab und kaute versonnen. Kaute und kaute, in ihre Augen trat ein glücklicher Schimmer.

»Sag ihr, sie soll auch in das Dorf gehen«, meinte Benkis. »Hier verhungert sie noch.«

»Aber sie ist viel zu schwach, um irgendwohin zu gehen«, sagte Pica. »Und der Hund, der uns verfolgt hat. Wer weiß, was der mit ihr macht?«

Benkis wollte etwas sagen, als Zad plötzlich aus großer Höhe herabkam. Und einen schrillen Schrei ausstieß. Erschrocken sprang die Frau in die Höhe und stürzte in den Wald, rannte davon. Sie hörten das Unterholz knacken, als würde ein gejagtes Tier verzweifelt zu fliehen versuchen. Dann wurde es still.

Zad hatte sich auf einen Ast gesetzt und erwartete offensichtlich ein Lob, die beiden beachteten ihn diesmal nicht.

»Und nun?«, fragte Pica.

»Wir können ihr nicht helfen.«

»Doch!«, sagte Pica. »Wir nehmen sie mit und bringen sie ins nächste Dorf.«

»Aber wir müssen weiter«, meinte Benkis bedrückt. »Unsere Lebensmittel werden kaum für uns selber reichen.«

»Wir können ruhig ein paar Tage von Kräutern leben und fasten können wir auch. Abu Tarik ist ohne ein Stückchen Brot über die Berge gegangen.«

Benkis zögerte, ihm war es nicht recht, doch sah er ein, dass sie die Frau nicht allein lassen konnten. Er ging in den Wald und rief nach ihr. Sie antwortete nicht.

»Wir vertrödeln unsere Zeit«, sagte Benkis nach der erfolglosen Suche. »Sie kommt nicht mehr hervor, solange wir hier sind.«

Pica gab ihm Recht. Es war nicht ihre Schuld, dass Zad die Frau erschreckt hatte. Sie machten sich wieder auf den Weg.

Nachts wachte Benkis plötzlich auf. Er hörte das Schnüffeln eines stöbernden Hundes. Ohne Pica zu wecken, zog er ihr Messer unter dem Wolltuch hervor, stand geräuschlos auf.

Blass schien der Mond durch die Wolken. Benkis sah einen huschenden Schatten unter den Bäumen, dann einen zweiten. Offensichtlich lauerten zwei Hunde, die sich nicht näher trauten.

Benkis weckte Pica, berichtete ihr, was er gesehen hatte.

»Was sollen wir tun?«, fragte sie.

»Wir müssen sie verjagen.«

Wenn sie sich verjagen lassen, dachte er. Er hatte von Hirtenhunden in der Steppe gehört, von riesigen Hunden der Beduinen, die wild wie Löwen waren und keine Angst vor Menschen hatten.

Pica erzählte er lieber nichts davon.

Benkis griff einen Stock und stürmte in das Dunkel, den Hunden entgegen. Sie flohen, doch nicht sehr weit. Als er zu Pica zurückkam, hörte er sie wieder hinter sich.

»Das Beste wird sein, wenn einer von uns wacht«, sagte er. »Du legst dich hin und schläfst. Ich passe auf.«

Zuerst wollte Pica noch widersprechen, doch schließlich willigte sie ein. Sie schmiegte sich an Benkis' Beine und schlief bald wieder ruhig ein.

Benkis lauschte in Richtung der Hunde, versuchte ihre Schatten aus der Dunkelheit zu lösen, nur schwer konnte er ihre Leiber zwischen den Bäumen ausfindig machen. Die Bestien umkreisten den Lagerplatz, näherten sich aber nicht.

Bald musste Benkis gegen die schwere Müdigkeit ankämpfen, immer wieder fiel sein Kopf nach vorn. Er war so müde, wie gern würde er die Augen schließen, nur für einen Moment. Doch er wusste, es war gefährlich, er schrak auf. Er durfte nicht schlafen, solange die Hunde in der Nähe waren.

Als es im Osten endlich tagte und die ersten Sonnenstrahlen den Himmel erhellten, stand Benkis auf und streckte die steifen Glieder. Bei Tagesanbruch hatten sich die Hunde verzogen.

»Du kannst dich jetzt hinlegen«, sagte Pica. »Am frühen Mittag gehen wir weiter.«

Er war heilfroh über diesen Vorschlag. Seine Beine fühlten sich bleischwer an. Er sagte, er wolle wirklich nur kurz ausruhen, legte sich hin und drehte sich auf die Seite. Er schlief sofort fest ein und war noch todmüde, als Pica ihn weckte. »Steh auf«, sagte sie und strich ihm durchs Haar. »Es ist Mittag. Ich habe versucht, dich früher zu wecken, doch es ging nicht. Du hast nur unwillig gebrummt und weitergeschlafen.«

Benkis erhob sich nicht gleich.

»Komm«, bat er leise, »ich möchte dir einen Kuss geben.«

Er nahm ihren Kopf zwischen die Hände, berührte ihren Mund sacht mit den Lippen.

»Du bist ein Lieber«, sagte sie zärtlich.

»Ich kann auch frech sein!«, rief Benkis plötzlich, kitzelte sie. Pica wehrte sich lachend. Sie kullerten wild durch das Gras, bis sie erschöpft dalagen und sich anschauten. Benkis streichelte sie behutsam am Ohr.

»Ich habe dich in mein Herz geschlossen«, sagte Pica ernst.

Zad musste zweimal laut schreien und wild mit den Flügeln schlagen, ehe sie endlich loszogen.

Sie gelangten an den Rand der Steilschlucht. Senkrecht stürzten die Felswände in die Tiefe. Auf dem Grund der Schlucht brodelte und tobte das Wildwasser.

Trotz des wenigen Schlafes wanderten sie vergnügt, fast ausgelassen am Rand der Schlucht dahin. Sie fühlten sich frei und leicht, als könnten sie fliegen.

»Das kommt vom Hunger«, sagte Benkis. »Je weniger man isst, desto leicher wird man.«

»Bis man gar nichts mehr wiegt und sich auflöst.«

Die Hunde hatten sie ganz vergessen.

Doch als sie die Hochebene wieder verließen und ins Tal hinabstiegen, konnten sie das Rascheln und Schnüffeln hinter sich hören. Die Hunde waren auf ihrer Spur geblieben. Nun waren es nicht mehr zwei, sondern vier. Große, schwarze Hunde. Benkis nahm einen Stein und warf damit nach ihnen, doch sie beachteten ihn nicht.

»Sie sind zu feige, um sich an uns heranzuwagen«, sagte er zu Pica.

Sie gelangten an einen Fluss, überquerten ihn an einer

Furt und wanderten flussabwärts über die Sandbänke. In gebührendem Abstand folgten die vier Tiere, ließen Benkis und Pica nicht aus den Augen.

Auf einer mit Brombeerbüschen bewachsenen winzigen Insel inmitten des Flusses lagerten sie abends. Durch das dornige Gestrüpp würden die Hunde kaum kommen, sagten sie sich.

Es gab ein Grasfleckchen, auf dem sie weich und bequem liegen konnten. Benkis versteckte den Sack zwischen den Dornen. Sie aßen Brot, jeder bekam noch ein Stückchen Honigwabe.

Die Sonne ging unter, im Osten blinkten kühl zwei Sterne, Nebel stieg aus dem Fluss. Pica legte sich neben Benkis, schmiegte sich in seinen Arm.

Mit den Fingerspitzen berührte er ihren Mund, glitt den Hals hinab, streichelte ihre zierlichen Brüste. Sie schmusten miteinander.

Viel später zeigte Pica ihm ein Sternbild im Süden.

»Das ist die Jungfrau, nach der mich mein Vater benannt hat. Sie hält eine Ähre in der Hand, die Spica. Davon blieb Pica übrig. Das ist mein Stern.«

»Du bist die Allerschönste«, sagte Benkis. »Und meine Herzliebe.«

Dann schliefen sie ein.

Benkis träumte, dass Abu Tarik jenseits des Abgrunds stand und seinen Namen rief. Er schrak auf.

Da waren die Hunde!

Er sprang auf und versuchte sich zu orientieren. Vom Ufer her hörte er wildes Knurren, Zerren. Genaueres konnte er nicht erkennen. Geistesgegenwärtig griff er sich Picas Messer und stürmte durch das wadenhohe Wasser.

Jetzt kommt mir Lutegs Geschenk noch zugute, dachte er dankbar.

Die Hunde kämpften um den Sack, den sie sich aus dem Gebüsch geholt hatten. Sie bissen und rissen sich darum, in der Hoffnung, etwas Essbares zu finden. Das letzte Stückchen Brot hatte ihre Gier angestachelt.

»Ben Mahkis al Kabir!«, schrie Benkis und sprang direkt unter die Meute.

Eine der Bestien machte sich gerade an das Wachspaket heran. Benkis stürzte sich auf sie und stieß ihr das Messer bis zum Heft in den Hals. Blindlings trat er mit den Füßen um sich. Er griff das Paket, spürte keinen Schmerz, als ein Hund die Zähne in sein Bein grub. Es stachelte seine Wut zur Weißglut an, er hieb mit dem Messer in einen Hundeleib, ein Blutstrahl schoss hervor, das Tier ließ sein Bein los. Es röchelte und fiel zur Seite. Als Pica ihm zu Hilfe kam, umklammerte er das Buch, zwei Hunde waren geflohen, der dritte wütete um ihn herum. Pica schlug ihm mit einem Knüppel über den Schädel, dass er jaulend davonlief. Der vierte lag röchelnd und verblutend im Sand.

»Sieh nach, ob das Buch noch heil ist«, bat Benkis.

Ihm wurde schwindlig, Lichter tanzten vor seinen

Augen, er durfte nicht ohnmächtig werden, ehe er wusste, was mit dem Buch war.

Das Paket war bis auf eine kleine Ecke unversehrt geblieben, die Hunde hatten nicht genug Zeit gehabt, es zu zerfetzen.

Benkis wankte an einen Baumstamm und legte sich hin, er schloss die Augen.

»Ich hab einen Biss am Bein abbekommen«, sagte er zu Pica. »Es wird nicht so schlimm sein, ich muss mich nur etwas erholen.«

Doch als Pica die tiefe, klaffende Fleischwunde im Unterschenkel sah, zuckte sie zusammen.

»Wir müssen sie verbinden«, sagte sie. Ihr schauderte. Das war keine Kleinigkeit. Sie riss den unteren Saum ihres Rockes ab und verband notdürftig das Bein. Benkis ließ alles mit sich geschehen. Sie breitete ihr Wolltuch aus, legte ihn darauf und schlug es um ihn herum, ihm sollte nicht kalt werden. Sie wachte neben ihm und machte sich große Sorgen um ihren Freund. Sie sehnte den Morgen herbei.

21. Kapitel

Die gierigen Hände

Wie ein Sieger hockte Zad auf dem Hundekadaver und spähte zu Benkis und Pica hinüber. Die ersten Sonnenstrahlen brachen durch den Morgennebel, beschienen den blutig zerwühlten Sand. Benkis war in einen unruhigen Schlaf gefallen, Pica hielt seinen Kopf auf ihrem Bein. Sie strich ihm über die Haare.

Pica hatte Zeit genug gehabt, sich zu überlegen, was zu tun war. Zuerst musste die Wunde versorgt werden. Sie mussten möglichst schnell Menschen treffen, die ihnen helfen könnten. Am besten würde es sein, wenn sie bald ein Kloster fänden oder ein Gehöft, in dem sie bleiben konnten, bis das Bein geheilt war. Mit dieser Wunde konnte Benkis nicht wandern. Auf keinen Fall durfte er Wundfieber bekommen. Das fürchtete sie am meisten, und sie wusste nicht, wie sie ihn davor schützen sollte. Auf der Denebola wurden Wunden mit Meerwasser ausgewaschen.

Benkis schlug die Augen auf, er fragte sofort nach dem Buch.

Pica zeigte ihm das Paket.

»Es ist ganz in Ordnung«, sagte sie und drückte seine

Hand. »Du hast geschlafen. Soll ich dir die Wunde neu verbinden und mit Wasser auswaschen?«

»Nein«, sagte er. »Lass den Verband so, wie er ist. Wir brauchen alten Wein, um die Wunde zu reinigen, und sauberes Leinen.«

Pica schüttelte verzweifelt den Kopf. Woher sollten sie in dieser Einsamkeit alten Wein bekommen?

»Wir müssen an einen Ort gehen«, sagte Benkis, der Picas Gedanken erraten hatte. »Ich muss wohl noch ein wenig durch die Landschaft humpeln«, meinte er und versuchte zu lächeln.

Pica schluckte, sie suchte einen geeigneten Stock, wickelte das Paket in ihr Wolltuch und warf es sich über die Schulter. Die Sackfetzen und den zerbissenen Ziegenschlauch ließ sie liegen.

Benkis stützte sich auf den Stock, an der anderen Seite hielt ihn Pica. So verließen sie den Fluss und wandten sich auf einem Karrenweg westwärts. Als Zad sah, dass sie aufbrachen, verließ er seinen Posten und stieg in die Höhe, kreiste am Himmel.

Benkis versuchte, die Schmerzen in seinem Bein zu unterdrücken. Er biss die Zähne aufeinander und verlagerte sein Gewicht möglichst auf das rechte Bein und den Stock.

Schweigend gingen sie dahin. Zu ihrem Glück fiel der Weg sanft ab, auch brauchten sie sich nicht durch Gebüsch zu wühlen oder über Hänge zu klettern. Gegen Mittag rasteten sie im Schatten eines uralten Olivenbaumes, dessen Wurzeln wie versteinerte Schlangen über den Boden krochen. Benkis bat Pica, ihm das Paket unter den Kopf zu legen. Er dämmerte vor sich hin.

Ein Satz von Abu Tarik ging ihm im Kopf herum, kreiste als Feuerspirale vor seinen Augen und ergab keinen Sinn. Immer wenn er glaubte, den Satz verstanden zu haben, entzog er sich ihm wieder. »Der Weise ehrt den einen Gott, der Tor dient den Dämonen.« Abu Tarik war doch kein Dämon, dachte Benkis, wir haben uns einfach getäuscht. Vor Anstrengung geriet er ins Schwitzen.

Pica befühlte seine Stirn, sie war heiß, das Gesicht gerötet.

Sie gingen weiter. Für Benkis wurde es zur Tortur, nicht enden wollend, kein Haus, kein Hof lag an ihrem Weg. Immer wieder sprach Pica ihm Mut zu. Auch sie war am Ende ihrer Kräfte.

Im Dämmerlicht des Abends sahen sie endlich einen breiten Fluss und vereinzelte Hütten an seinem Ufer. Benkis schleppte sich an Picas Seite zu den armseligen Behausungen. Dort angelangt fiel er kraftlos ins Gras.

Pica legte seinen Kopf auf ihr Tuch und klopfte laut an die Hüttentür. Es öffnete niemand.

Plötzlich aber trat ein Mann hinter der Hütte hervor und blieb erstaunt stehen. Pica bat um Hilfe für ihren kranken Bruder. Das hatten sie sich vorher überlegt, es schien ihnen sicherer, wenn sie sich als Bruder und Schwester ausgaben.

Der Mann pfiff durch zwei Finger. Einen Moment

später erschien ein sehr junger Mann in einem dreckigen Kittel und mit löchrigen Kniehosen. Er starrte Pica an und trat langsam näher.

Pica wies auf Benkis und fragte, ob man ihnen helfen könnte.

»Sicherlich«, sagte der ältere der beiden. Er kniete sich zu Benkis und begutachtete den Verband.

»Wie habt ihr das denn vollbracht?«, fragte er.

Mit knappen Worten erzählte Pica von dem Hundekampf.

»Wohin wollt ihr denn?«, fragte der Jüngere und kam nah an Pica heran.

»Zu einem Kloster an der Vivant«, sagte Pica.

»Damit geht der keinen Schritt mehr«, sagte der Ältere.

»Wir brauchen Wein, um die Wunde zu waschen.«

»Wein?«, fragte der Jüngere grinsend. »Wein ist doch viel zu schade, um damit eine Wunde zu waschen.« Er lachte und verzog seinen Mund. Pica konnte die schwärzlichen Zahnstummel in seinem Mund sehen, es ekelte sie.

»Könnt ihr den Wein bezahlen?«, fragte der Ältere.

»Wir haben nichts«, sagte Pica traurig.

»Eine Wunde muss ordentlich eitern. Es ist besser, wenn ihr das Bein mit Ochsendung einreibt«, meinte der Mann bedächtig.

»Ihr braucht nichts zu zahlen«, rief der junge Mann. »Ich mach das schon.«

Er sah den anderen aus den Augenwinkeln an, Pica ahnte nichts Gutes. Dann ging er in die Hütte und kam mit einem Krug zurück. »Du darfst mich Dorr nennen«, sagte er, als er ihr den Krug hinhielt.

Pica fielen seine überlangen, schlanken Finger auf, die allerdings vor Dreck starrten. Sie wollte den Krug zurückweisen, doch sie konnte es nicht.

»Danke«, sagte sie schnell und zog den Krug an sich. Sie kniete sich neben Benkis.

Die Männer warfen ihnen einen Strohsack zu, wiesen ihnen einen Platz hinter der Hütte zu und verschwanden in Richtung Flussufer.

Pica wickelte vorsichtig den Verband vom Bein. Benkis öffnete die Augen, es schmerzte entsetzlich, aber er versuchte es nicht zu zeigen. Sie wusch die Wunde mit dem Wein und verband sie mit einem zweiten Stoffstreifen frisch. Als sie fertig war, lehnte sich Benkis erschöpft zurück.

»Du musst große Schmerzen haben«, sagte Pica. »Du brauchst dich nicht zusammenzureißen.«

Dann gab sie ihm das letzte Stückchen Honigwabe, Wasser zu trinken und deckte ihn zu. Selbst aß sie nichts, sie hatte keinen Hunger.

Unruhig wälzte sich Benkis von einer Seite auf die andere, fand keinen Schlaf, auch Pica schlief nicht.

Sie dachte an ihre Eltern, die irgendwo auf dem Mittelmeer segelten, ihre Waren verkauften, Handel trieben und glaubten, dass ihre Tochter tot oder versklavt sei.

Es wurde eine lange Nacht. Zermürbt von Sorgen und Gedanken, schlief Pica gegen Morgen doch noch ein. Sie wachte erst auf, als sie der alte Mann rüttelte.

»Aufstehen!«, rief er.

Pica rieb sich die brennenden Augen und stand auf, schob sich die Haare aus der Stirn.

»Wir haben einen Vorschlag, wenn ihr wollt«, sagte der Mann und winkte Pica zu sich. »Dorr muss mit dem Ochsengespann flussaufwärts, eine Ladung Trockenfisch soll verkauft werden. Er kommt an der Mündung der Vivant vorbei und kann dich und den da mitnehmen. Der Wagen wird zwar hoch beladen sein, doch kann er zwischen den Säcken liegen und braucht nicht zu laufen.«

»Ist der Fluss denn die Durance?«, fragte Pica freudig. Das war ihr noch gar nicht klar geworden.

»Sicher«, sagte der Mann.

»Aber wir können doch nicht zahlen!«

»Dorr macht es auch für nichts«, meinte der Mann und lachte kurz auf. »Ich täte das nicht, aber das geht mich nichts an. Der Kranke wird trotzdem das Wundfieber kriegen.«

»Das wird er nicht«, rief Pica.

»Ihr müsst euch beeilen, Dorr hat den Wagen schon beladen und will los. Er kann es gar nicht mehr abwarten, der Schlingel.«

Der Vorschlag der Männer klang sehr freundlich, sagte sich Pica, aber die hatten bestimmt einen Hintergedanken dabei. Nun, sie würde schon auf der Hut sein und ihr Messer griffbereit halten.

Vorsichtig weckte sie Benkis. Er war mit allem einverstanden. Dass er nicht mehr zu laufen brauchte, schien ihm wie ein Geschenk des Himmels.

»Bis in die Nähe des Klosters nimmt er uns mit«, sagte Pica zu Benkis.

Mit Hilfe des Mannes schaffte sie Benkis zum Wagen und legte ihn zwischen die Säcke. Dorr knurrte einen Gruß und überprüfte die Zugleinen. Die Ochsen stierten mit triefenden Augen vor sich hin, sahen alt und zäh aus.

»Gib mir das Buch unter den Kopf«, bat Benkis Pica leise. »Dann kann ich in Ruhe schlafen.«

Er legte seinen Kopf darauf und schloss erschöpft die Augen.

Dorr knallte mit der Peitsche, die Ochsen zogen an, das Fuhrwerk setzte sich in Bewegung.

Hoch oben kreiste ein Falke und beobachtete den Ochsenkarren, doch Pica achtete nicht darauf. Sie schritt hinter dem Wagen her, hatte Benkis vor Augen, seinen blassen Kopf zwischen den stinkenden Säcken.

Dorr hielt die Leine, stapfte neben dem Wagen, fluchte und schimpfte mit den Ochsen und trieb sie zur Eile an. Ab und zu sah er über die Schulter und grinste Pica an.

Mittags machten sie eine Pause. Pica fühlte Benkis' heiße Stirn. Sie weckte ihn, um die Wunde noch einmal zu waschen. Doch er bat, den Verband zu lassen, die Schmerzen seien so schon genug. Er schloss die Augen und sank in seinen Dämmerschlaf zurück.

»Wie geht es denn dem Brüderchen?«, fragte Dorr, als er sich neben Pica setzte und ihr von seinem Proviant anbot.

»Ich weiß nicht«, sagte sie leise.

»Aber ich«, sagte Dorr und kaute genüsslich.

Bald ging es weiter, immer dem Karrenweg flussaufwärts entlang. Die Ochsen schritten gleichmäßig aus und zogen geduldig den schweren Wagen, die mächtigen Holzräder knarrten eintönig. Nur wenn der Weg zu morastig wurde und die Ochsen tief einsanken, schüttelten sie unwillig die Köpfe und brüllten. Dann vertrieb Dorr mit seiner Peitsche ihren Unmut und feuerte sie mit Zurufen an.

Benkis bekam von all dem nichts mit, er träumte von Abu Tarik.

Abu Tarik, Mulakim, Jasmin und Abu Fahlin saßen unter dem Pfirsichbaum im Kreis und meditierten. Er, Benkis, stand am Brunnen und wollte sich ebenfalls zu ihnen setzen, doch er konnte nicht gehen, seine Füße hafteten mit Bleigewichten am Boden, einfach festgewurzelt.

»Nun komm endlich!«, sagte Abu Tarik.

»Ich kann nicht«, sagte Benkis verzweifelt.

»Aber das ist Unsinn«, sagte Abu Tarik. »Du brauchst deinem Herzen nur Flügel zu geben.«

Dann verschwand das Bild und das Gebrüll eines Stieres drang schmerzhaft in seinen Kopf.

Am ersten Abend suchte Dorr unweit des Ufers einen Rastplatz. Pica musste Feuerholz sammeln, während Dorr die Ochsen versorgte. Bald knisterten kleine Flammen und fraßen sich in das trockene Holz. Dorr briet Fleisch auf dem Feuer, er gab Pica davon ab. Sie aß ein wenig. Benkis hatte nur einige Schluck Wasser getrunken.

Dorr hatte einen Blick auf Benkis geworfen und abfällig gemurmelt, dass es mit dem zu Ende gehen würde. Pica hatte das genau verstanden, doch sie wollte es nicht hören.

»Wie lange brauchen wir bis an die Vivant?«, fragte sie Dorr.

»Fünf Tage«, war Dorrs knappe Antwort.

»Aber in fünf Tagen kann es zu spät sein!«, rief Pica. Erschrocken hielt sie sich die Hand vor den Mund.

»Du siehst ja, wie schwer die Ochsen zu schuften haben«, sagte Dorr.

Pica eilte zu Benkis, wusch ihm Gesicht und Nacken, den schweißnassen Oberkörper, sie machte ihm ein Lager aus frischem Gras.

Er dankte ihr schwach lächelnd. Pica legte sich neben ihn, bis er wieder eingeschlafen war. Später setzte sie sich zu Dorr ans Feuer.

In den Tagen, die sie mit Benkis gewandert war, hatten

sie kein Feuer gehabt und so manche Nacht gefroren. Ein Feuer war irgendwie tröstlich. Und nun, wo sie an einem sitzen konnte, konnte sie es nicht genießen. Sie starrte in die Flammen.

Dorr rutschte etwas näher. Er hatte einen Weinkrug neben sich, den er an die Lippen setzte und kräftig daraus trank. Auch ihr bot er den Krug an.

»Wenn man so am Feuer sitzt, ist ein Schluck Wein gerade das Richtige, nicht?«, sagte er schmatzend.

Pica wollte nicht unhöflich sein, doch sie lehnte dankend ab. Sie trinke nie Wein, sagte sie zu ihm, vertrage ihn nicht.

»Ein bisschen feiern«, meinte Dorr darauf. »Ist doch sonst langweilig, das Leben.« Er machte eine Pause und sah sie von der Seite her an.

»Man soll sich nicht unnötige Sorgen machen«, sprach er weiter. »Nun zier dich nicht, trink einen Schluck, dann geht es dir besser.«

Er drückte ihr den Krug in die Hand.

Sie wusste nicht, wie sie sich verhalten sollte, befürchtete, Dorr würde sie und Benkis einfach zurücklassen, wenn sie nicht trank. So nippte sie an dem starken Wein. Dorr lachte versöhnlich.

»Wir werden gute Freunde«, sagte er. »Du gefällst mir.«

Er erzählte von seinem Vater, von ihrer Tätigkeit als Flussfischer und Karrentreiber, trank immer wieder Wein und wurde zusehends betrunkener.

»Das Leben ist wie ein Fluss«, sagte er langsam. »Es gleitet vorbei, und wenn du nicht kräftig zupackst, entgleitet es dir wie nichts. Aber wer kann schon einen Fluss halten?« Dorr lachte laut.

Er sagte ihr viele Schmeicheleien, die in Picas Ohren plump und selbstgefällig klangen.

Sie verließ ihn und legte sich neben Benkis. Dorr registrierte das unwillig. Lange saß er am Feuer, trank Wein, später sang er.

Pica fand ihn widerlich.

An den nächsten Abenden wiederholte sich diese Szene. Immer wenn sie rasteten und ihr Lager aufschlugen, wollte Dorr ihr Wein aufzwingen. Er hatte einen ansehnlichen Vorrat unter seinen Trockenfischsäcken. Und jedes Mal wurde er zudringlicher. Einmal legte er seinen Arm um ihre Schulter, ein anderes Mal hielt er ihren Kopf fest und wollte sie küssen. Er kam ihr so nahe, dass sie seinen Weinatem riechen konnte.

Es rettete sie nur, dass sie plötzlich laut lachen musste. Verwundert ließ Dorr sie frei.

»Fass mich nicht noch einmal an«, sagte Pica mit drohender Stimme.

Aber sie wusste, sie durfte nicht riskieren, dass Dorr Benkis vom Wagen nahm und sie zurückließ.

Denn Benkis ging es sehr viel schlechter. Den zweiten Tag auf dem Karren verbrachte er noch in einer Art Halbschlaf. Doch schon einen Tag später meinte Pica, dass er sie nicht mehr erkannte. Er redete irre und klammerte sich immer wieder an das Buchpaket.

Pica betete zu ihrem Gott Poseidon, er möge helfen.

Nur einen Lichtblick gab es für Pica. An einem Morgen wusch sie sich am Fluss und entdeckte den Falken Zad auf einem hohen Baum. Der Vogel sah zu ihr her. Auf ihr Rufen kam er jedoch nicht. Seine Anwesenheit tröstete sie aber ein wenig.

Am vierten Tag saßen sie wieder am Feuer. Dorr kaute Trockenfleisch, trank Wein und betrachtete Pica unverhohlen.

»Mädchen«, sagte er, »dein Bruder da, der stirbt. Den kannst du vergessen, ich weiß, wovon ich rede.«

Pica sah ihn entsetzt an.

»Wen hast du sonst, wenn er tot ist? Niemanden als mich. Wer hat euch mitgenommen, ohne auch nur das Geringste dafür zu verlangen? Ich. Also stell dich mal gut mit mir und sei ein bisschen lieb zu deinem Dorr. Ich bin zwar keine Schönheit. Aber ein Mann bin ich, das kann ich dir flüstern.«

Er lachte mit seinem Mund voller Zahnstummel.

»Du bist eine zimperliche Puppe und das ist nicht gut. Morgen, sag ich dir, ist meine Geduld am Ende. Also leg dich lieber freiwillig zu mir.«

Schaudernd stand Pica auf. Ohne ihn zu beachten, eilte sie zu Benkis, der fiebernd dalag. Sie drängte sich an den heißen Körper des Kranken, hielt seine Hand und weinte lange.

Die Berghänge rückten näher, Tal und Flussbett verengten sich, der Fluss eilte über Stromschnellen, ein ungestümes Gewässer. Der Karrenweg stieg in die Hänge hinauf, die Ochsen mühten sich schnaufend und gaben ihr Letztes.

Den ganzen Tag hielt Pica ihr Messer griffbereit, lauerte auf jede Bewegung Dorrs. Der kümmerte sich gar nicht um sie, trieb die Ochsen mit Rufen und Hieben an und sah sich kein einziges Mal nach ihr um.

Vielleicht hat er vergessen, was er gestern in seiner Weinlaune gesagt hat, hoffte Pica inständig.

Der Karrenweg machte plötzlich einen Knick und endete an einer tiefen Klamm, über die eine schmale Holzbrücke führte.

Dorr stoppte das Gespann.

»Wir müssen abladen. Die Brücke trägt nicht alles auf einmal. Erst die Ochsen und den Karren, dann die Fischsäcke«, sagte er. »Deinen Bruder legen wir da hinten in den Schatten. Helfen kann er ja doch nicht. Aber du!«

Dorr und Pica hoben Benkis vom Wagen, Pica legte ihm das Paket unter den Kopf, deckte ihn wieder zu, er merkte es nicht.

Einzeln zog Dorr nun die Säcke vom Wagen, stapelte sie übereinander, bald lag die gesamte Ladung auf dem Weg.

»Du stellst dich auf den Wagen und hältst die Zugleine fest«, befahl Dorr. »Die Tiere müssen Halt spüren, damit sie nicht zur Seite ausbrechen, sie haben Angst vor dem Abgrund, also streng dich an. Ich führe sie vorn.«

Pica kletterte auf die leere Ladefläche.

Langsam zogen die Ochsen an. Die Brücke knarrte und bebte, als die Ochsen sie betraten. An den Seiten gab es keinerlei Geländer. Unten brauste der Fluss, Pica hielt die Leine mit all ihrer Kraft. Schritt für Schritt führte Dorr die Ochsen und kontrollierte immer wieder, ob der Wagen die Richtung behielt.

Umsichtig und geschickt machte er das, was selbst Pica zugeben musste.

Sie erreichten die andere Seite. Dorr zog noch weiter, bis zu einer Mulde, wo er die Tiere an einer Schwarzpappel festband.

»Gut gemacht«, lobte er die Tiere und klopfte ihnen den Rücken.

Gerade als Pica zu Benkis zurückwollte, sprang Dorr auf den Wagen und hielt sie mit begierigen Händen fest. Er lachte ihr höhnisch ins Gesicht.

»Nun gehörst du mir, mein schönes Fräulein!«, rief er und wollte sie niederdrücken. Doch er hatte nicht mit ihrem heftigen Widerstand gerechnet. Sie wand sich aus seinem Griff, wäre beinahe entkommen, ihr Rock blieb an einem Haken hängen, sie stürzte. Dorr warf sich auf sie, Pica konnte ihr Messer nicht erreichen.

Da fuhr Zad wie ein Blitz zwischen sie und vergrub seine Krallen in Dorrs Haare, hieb mit dem Schnabel in seinen Nacken. Das gab Pica einen geringen Spielraum.

Sie rollte sich zur Seite und sprang vom Wagen. Dorr hatte sich schnell von der Überraschung erholt.

»Was ist denn das für ein Vögelchen?«, rief er lachend. Er griff den Falken und schleuderte ihn fort, als wäre Zad ein Huhn. Er hechtete hinter Pica her. Drückte sie zu Boden. Sie sah seine feuchten Lippen näher und näher kommen, sie drehte den Kopf zur Seite und schrie um Hilfe.

»Halt!«, rief da eine Stimme. »Lass sofort das Mädchen los!«

Die Stimme kam so unverhofft, sprach in einem so gebieterischen Ton, dass Dorr innehielt und aufsah.

Pica sprang schnell auf die Füße und zog den Rock glatt. Sie atmete schwer, kämpfte mit den Tränen.

»Ich habe alles mit angesehen«, sagte der Mann. »Das Mädchen will nichts von dir wissen, verstanden!«

Energisch stieß der Mann seinen Stab auf den Boden. Er trat hinter den Bäumen hervor, von wo er alles beobachtet hatte, kam näher.

Dorr erhob sich langsam und spuckte aus.

»Was geht das dich an?«, brummte er.

»Nichts, Jüngelchen«, sagte der Mann. »Aber falls du noch nicht bemerkt haben solltest, mit wem du es zu tun hast, sieh mich an. Ich bin Mönch und wohne in einem Kloster ganz in der Nähe. Und wenn mich nicht alles täuscht, habt ihr einen Verwundeten dabei, der dringend Hilfe braucht. Ich habe gesehen, wie ihr ihn vom Wagen gehoben habt.«

»Der braucht keine Hilfe mehr«, sagte Dorr mürrisch. »Der ist hinüber. Das Mädchen hat ja eingewilligt. Außerdem will ich ihr nicht ans Leder. Nicht, du warst ganz einverstanden mit dem Spaß?«, sagte Dorr mit drohender Stimme zu Pica.

Sprachlos vor Empörung konnte sie nur mit dem Kopf schütteln.

»Angefleht hat sie mich, ihren Bruder und sie sollte ich mitnehmen. Sie wäre mir nützlich, die Schlampe. Jetzt will sie nichts davon wissen, das Luder!«

»In nichts habe ich eingewilligt«, sagte Pica leise. »Wir wollen zum Abt Claudius, aber mein Freund ist schwer verwundet worden. Er kann nicht mehr gehen.«

»Alles Lüge!«, schrie Dorr böse. »Der Freund ist ihr Bruder und mich hat sie umgarnt wie eine Hexe. Ja, sie hat mich verzaubert mit ihrem Schlangenblick. Ihr tut gut daran, Euch nicht weiter mit ihr abzugeben.«

»Das lass nur meine Sorge sein«, sagte der Mönch. »Deinen Freund oder Bruder bringen wir schnell ins Kloster und versorgen ihn.«

Sie eilten über die Brücke zu Benkis. Der Mönch untersuchte ihn kurz. »Meint Ihr, er wird wieder gesund?«, fragte Pica flehend.

»Gewiss«, sagte der Mönch. »Zwar bin ich kein Heilkundiger, sondern Gärtner. Aber ich habe schon so manchen eingehenden Strauch wieder zum Blühen gebracht. Den bekommen wir auch auf die Beine, da bin ich ganz sicher.« Dankbar nahm Pica jedes seiner Worte auf.

Der Mönch trat so selbstsicher auf, dass Dorr überhaupt keinen Widerstand wagte. Er fluchte vor sich hin und beschimpfte die Mönche im Allgemeinen und diesen im Besonderen, während er die Säcke über die Brücke trug und seinen Wagen belud.

Pica und der Mönch kümmerten sich nicht um ihn. Der Mönch nahm Benkis wie selbstverständlich auf den Rücken. Pica suchte ihre Sachen zusammen, trug das Paket und stützte den Kranken.

Mühsam erstieg der Mönch einen Klettersteig am Rande der Klamm, hinein ins Seitental der Vivant.

Sie gingen einen beschwerlichen Weg, Pica und der Mönch. Doch sie merkte nichts von der Anstrengung, so glücklich war sie über die Rettung. Auch dass der Mönch gar nicht so stark und kräftig war, wie er Dorr gegenüber aufgetreten war, fiel ihr nicht auf. Er war ein alter Mann, der schwer an Benkis zu tragen hatte. Öfter musste er eine Verschnaufpause einlegen, sein Atem ging schnell, fast keuchend, ab und zu hustete er. Das alles beirrte ihn nicht, mit keinem Wort bat er Pica um Hilfe.

Das Kloster lag auf einem Felsvorsprung, von der Abendsonne beleuchtet, ganz wie der Einsiedler es ihnen geschildert hatte.

Der Pförtner empfing sie freundlich und höflich am Tor. Sie wechselten einige Worte. Pica sah, dass die Augen des Pförtners stumpf waren, er war blind.

Sie traten in den Hof. Der Gärtner brachte Benkis und Pica ins Gästehaus.

22. Kapitel

Bruder Florianus

Benkis schlug die Augen auf und sah durch eine kleine Fensteröffnung einen Zweig mit grünen Blättern, die sich im Wind bewegten. Efeu rankte sich empor und ein Sonnenstrahl durchbrach den Schatten der Blätter und leuchtete verspielt auf.

Benkis schloss wieder die Augen.

Ben Mahkis al Kabir, was ist geschehen?

Er hatte Stimmen gehört. Dann war er hin und her gerüttelt worden. Pica hatte sich über ihn gebeugt und seine Lippen berührt. Ihre Tränen hatten sein Gesicht gekühlt. Wo war sie?

Benkis fasste unter den Kopf. Das Wachspaket war nicht an seinem Platz, aber es beunruhigte ihn nicht mehr. Er versuchte sich aufzurichten, zu rufen, doch er war zu schwach. Kraftlos fiel er in die Kissen zurück. Die Kissen rochen angenehm nach Kräutern.

Lange betrachtete er das Wippen der Zweige, beobachtete eine krabbelnde Fliege. Erinnerungen stiegen in ihm auf.

Eine näselnde Stimme hatte seine Fieberträume gestört. Pica hatte um Hilfe gerufen. Er hatte sie nirgends finden können, obwohl er einen weiten Weg gelaufen war. Auch Zad hatte geschrien. Eine helle Stimme hatte etwas angeordnet. Das Licht hatte sich geändert. Er war wieder eingeschlafen und die Hitze war aus seinem Körper gewichen, diese entsetzliche Hitze, die ihn von innen her ausglühte.

Eine Fliege summte dicht an seinem Ohr vorbei.

Hatten sie das Buch retten können?

Er wusste es nicht mehr. Sein Bein schmerzte, aber das scharfe Stechen hatte nachgelassen.

Benkis verscheuchte die Fliege von seiner Stirn. Er schlief ein.

Eine Stimme rief ihn, eine Stimme, die er aus seinen Träumen kannte. Im ersten Moment dachte Benkis, dass es Abu Tarik wäre. Doch als er die Augen aufschlug, sah er in ein fremdes Gesicht. Freundlich blickten ihn die braunen, ernsten Augen an und der schmale Mund lächelte.

»Er ist wach«, sagte der Mann mit heller Stimme. »Komm näher, Pica, du kannst mit ihm sprechen.«

Pica trat an sein Bett. Benkis lächelte froh und griff ihre Hand.

»Danke«, sagte er.

»Ist schon gut, du«, sagte sie rasch und wischte sich eine Träne aus dem Auge.

»Weißt du, wo wir sind?«

Benkis nickte. Er hatte es geahnt. Der bärtige Mann mit dem Mantel aus braunrotem Samt war Abt Claudius. Aber wie hatte Pica ihn herbringen können? Er hatte doch gar nicht mehr gehen können.

»Zad ist auch mitgekommen«, sagte Pica und lachte. »Er ist von Dorr in seiner Ehre gekränkt worden. Und er will unbedingt wissen, wo du steckst.«

Pica zog eine weitere Gestalt ans Bett, einen alten Mönch in schwarzer Kutte, er hatte einen grauen Bart und lockige Haare.

»Das ist Bruder Florianus«, sagte Pica.

Der alte Mönch sagte etwas zu Pica, das sie für Benkis übersetzte. »Er ist froh, dass du wieder gesund geworden bist, er hat sich große Sorgen um dich gemacht. Er war es, der dich ins Kloster trug. Leider kann er kein Wort Arabisch. Nur der Abt spricht es.«

Der Mönch strich Benkis durchs Haar. Benkis fasste sofort Vertrauen zu ihm. Dann verabschiedeten sich Abt Claudius und der Mönch von ihnen und ließen die beiden allein.

»Wie hast du das schaffen können?«, fragte Benkis, als Pica ihren Kopf an den seinen legte.

»Ich wollte dich retten, du warst sehr krank«, sagte sie. »Ich hätte alles getan …« Sie schwieg und sah ins Leere.

»Aber ich bekam rechtzeitig Hilfe von Bruder Florianus, dem alten Mönch. Er beschützte mich und nahm dich auf seinen Rücken. Erinnerst du dich an den Ochsenkarren und an Dorr?«

Pica erzählte ihm die ganze Geschichte der Karrenfahrt. Zum Schluss sagte sie: »Als wir hier ankamen, wurdest du gewaschen und ins Bett gepackt. Ich durfte deine Wunde neu verbinden. Sie wollten erst nicht, dass ich die Wunde mit Wein wasche, meinten, das wäre schädlich. Aber ich habe darauf bestanden. Der Gärtner gab mir Kräuter für einen fiebersenkenden Tee. Auch das Kräuterkissen hat er für dich gemacht. Bald ging es dir besser. Heute bist du zum ersten Mal richtig bei Bewusstsein.«

»Wie lange sind wir denn schon hier?«, fragte Benkis.

»Vier Tage. Die Mönche sind hilfsbereit und freundlich. Zad haust in einer Höhle im Turm.«

»Ich würde am liebsten gleich aufstehen«, sagte Benkis. »Aber ich habe auch Hunger.«

»Ruh dich aus«, sagte Pica. »Ich bringe dir etwas aus der Küche.«

Sie eilte fort und kehrte schnell mit einem Teller voller runder Kuchen zurück, dazu brachte sie ihm einen Becher Milch. Benkis aß und trank. Pica sah ihm zu und freute sich, dass es ihm schmeckte.

Dann ließ sie ihn allein, er wollte schlafen.

Als er nachmittags aufwachte, fühlte er sich kräftig genug, um aufzustehen. Er setzte sich auf den Rand des Lagers. Ein leichter Schwindel erfasste ihn, doch er gab sich einen Ruck und ging mit wackligen Schritten ans Fenster.

Viel konnte er nicht erkennen, als er hinaussah. Eine Mauer, den Teil eines gepflasterten Hofes, darüber blauer Himmel zwischen den Ästen der Linde. Er ging ans Bett zurück und setzte sich.

Pica trat leise herein, sie brachte ihm neue Kleidung. Die alten Sachen waren zu zerschlissen und verdreckt gewesen. Bruder Florianus hatte sie weggeworfen. Nun zog Benkis einen Hemdkittel an, wie ihn die Franken trugen, dazu enge Kniehosen, Sandalen. Auch ein weißes Stirnband brachte Pica ihm, worüber er sich besonders freute. Er band es sich um den Kopf.

»Du siehst aus wie ein Franke«, sagte Pica. »Hoffentlich verwechsle ich dich nicht mit einem anderen.«

»Höchstens mit einem alten Mann«, meinte Benkis verdrießlich. »Du musst mich stützen, sonst kann ich keinen Schritt gehen.« Wenn er auftrat, tat sein Bein sehr weh. Doch mit jedem Schritt wurde es besser.

Sie gingen langsam eine Treppe hinunter und kamen ins Freie. Benkis blickte sich um. Da lagen die verschiedenen Gebäude, aus dunklen Steinen gemauert. Nach Norden die Kirche und ein Turm, woran sich das Wohn- und Schlafhaus der Mönche anschloss. Gegenüber lagen das Refektorium, Küche und Ställe, eine Schmiede. In der Mitte des Hofes sprudelte ein Brunnen im Schatten der hohen Linde.

Auf seinen Stock gestützt, kam ihnen Bruder Florianus entgegen. Er begrüßte sie und führte sie in seinen Garten, der außerhalb des Klosters neben der Kirche lag. Sie schritten durch das Tor. Pica stellte Benkis dem blinden Pförtner vor, der sie schon hatte kommen hören. Er saß auf einem Hocker und wünschte Benkis gute Besserung.

»Aber er spricht Arabisch?«, wunderte sich Benkis.

»Ja«, sagte der Pförtner. »Der Abt hat es mich gelehrt.«

»In meiner Heimat gibt es einen blinden Mann, der wunderschön tanzen kann«, sagte Benkis.

Sie gingen weiter. Der Garten wurde von einer Mauer eingesäumt, Bruder Florianus öffnete das kunstvoll gehämmerte Gittertor.

»Unser Schmied ist ein großer Künstler«, sagte er zu Pica.

Sie setzten sich auf eine Steinbank.

Der Garten war nicht sehr groß und ließ sich von ihrem Platz aus überblicken. Neben der Bank wuchs eine knorrige Kiefer, es gab einen Brunnen, blühende Büsche und Beete mit Kräutern und knospenden Blumen.

»Und dort«, sagte der Gärtner und zeigte auf eine Holzhütte, »steht meine Klause. Abt Claudius hat mir gestattet, hier im Garten zu leben.«

Plötzlich hustete Bruder Florianus heftig. Benkis und Pica sahen sich erschrocken an.

»Das ist nichts«, sagte Bruder Florianus. »Das hat nichts zu bedeuten. Es ist das Alter.«

»Aber das kann man bestimmt heilen«, sagte Benkis zu Pica. »Wenn Abu Tarik hier wäre, wüsste er ein Mittel dagegen.«

»Er meint, es käme vom Alter«, sagte Pica.

»Abu Tarik ist der Arzt, von dem du mir erzählt hast?«, fragte Bruder Florianus Pica. »Der so wunderbar heilen kann, wie wir es hier noch nicht vermögen? Der frühere Freund unseres Abtes, nicht?«

Pica nickte.

»Auch Abt Claudius ist ein guter Arzt. Wohl nicht mehr auf dem neuesten Stand eurer Ärzte dort, aber immerhin, er hat lange in Córdoba studiert. Zwar vermute ich, dass in anderen Klöstern über ihn getuschelt wird, da er ungewöhnliche Ansichten vertritt, die aus dem herkömmlichen Rahmen fallen. Von uns Mönchen jedoch wird er geliebt und verehrt. Er zeigt uns, wie wir uns selbst vergessen können, um anderen zu helfen.«

Pica übersetzte Benkis, was der alte Gärtner gesagt hatte.

Das klingt sehr fromm, dachte Benkis. Es hätte von Abu Tarik sein können. Die beiden waren sich irgendwie ähnlich.

»Wir sind wohl das einzige Kloster weit und breit, das sich so gründlich mit Heilpflanzen und Medizin beschäftigt. Und mit einigem Erfolg. Die Menschen der Umgebung ... Nun, ich will aber nicht prahlen. Alles liegt in Gottes Hand. Es ist Zeit für die Abendmesse, die Glocke läutet.«

Bruder Florianus erhob sich und ließ die beiden im Garten zurück.

»Hast du dem Abt schon das Buch gegeben?«, fragte Benkis.

»Nein«, sagte Pica. »Ich wollte es dir überlassen. Du bist der Schüler von Abu Tarik gewesen. Es steht nur dir zu.«

»Ohne dich wäre ich nie in dies Kloster gekommen, sondern irgendwo verhungert oder am Fieber gestorben«, sagte Benkis. »Ich weiß auch gar nicht, ob ich ein richtiger Schüler war. Dazu war die Zeit viel zu knapp. Wohl eher ein Reisebegleiter«, sagte Benkis nachdenklich.

»Auf dem Meer können unwahrscheinliche Dinge passieren«, sagte Pica ohne rechten Zusammenhang. »Ein Seemann trieb einmal fünf Jahre auf einem Baumstamm und hat sich nur von rohen Fischen und Regenwasser ernährt. Bis ihn der Wind an einen Strand getrieben hat.«

»Nach fünf Jahren?«, fragte Benkis ungläubig.

»Nun ja, die Seeleute übertreiben gern.«

»Ich will nicht, dass er tot ist«, sagte Benkis leise.

»Man darf die Hoffnung nie aufgeben.«

»Aber man darf sich auch keine unsinnigen Hoffnungen machen«, meinte Benkis. Und nach einer längeren Pause fragte er: »Denkst du noch an die Nacht, bevor die Hunde uns angriffen?«

Pica nickte und sah ihn an.

»Es war schön, weißt du«, sagte Benkis und nahm ihre Hand. »Ich habe dich sehr, sehr gern.«

»Komm«, sagte Pica lächelnd. »Ich bringe dich in deine Kammer, du musst dich noch schonen.«

Sie kehrten ins Kloster zurück. Gerade als sie das Gästehaus betreten wollten, schoss Zad aus der Höhe herab und landete auf Benkis' Schulter.

»Au!«, schrie Benkis auf. »Du tust mir weh mit deinen Krallen, Zad, du Geier, lass das!«

Aber der Vogel war kaum zu bremsen, er schrie aufgeregt, hieb in Benkis' Haare, schlug mit den Flügeln, als müsse er mit einem Adler kämpfen.

»Tza, tza. Und dieser Ochsentreiber hat deinen Angriff gar nicht respektiert? Das war ja eine Unverschämtheit, nicht?«

Benkis forderte ihn zum Fliegen auf. Zad kreiste um den Hof und verschwand hinter dem Turm. Benkis trat ins Haus.

Als er im Bett endlich die Augen schließen konnte, dachte er darüber nach, wie sie dem kranken Gärtner helfen könnten. Vielleicht stand in dem Buch etwas. Eine Medizin gegen solch starken Husten. Der Gärtner hatte ihn und Pica gerettet, hatte ihn auf seinem Rücken ins Kloster geschleppt. Das musste für einen alten Mann eine große Anstrengung sein. Hoffentlich hatte er sich dabei nicht übernommen.

Einen Tag später standen Benkis und Pica vor der Tür zum Zimmer des Abtes. Benkis fühlte sich zwar noch recht schwach auf den Beinen. Doch es ging ihm immer besser. Er hatte mit der Übergabe nicht länger warten wollen. In den Händen hielt er das Wachstuchpaket.

Pica klopfte. Sie traten in den Raum, in dem der Abt arbeitete und schlief. Abt Claudius stand am Fenster und sah hinaus. Er drehte sich um und begrüßte sie freundlich.

»Es freut mich, dass es dir wieder besser geht, Benkis. Ich begrüße dich im Kloster Qurterieux. Deine Begleiterin hat mir von eurer Reise erzählt. Ich weiß, dass ihr Freunde meines alten Freundes Abu Tarik seid und dass euch wundersame Zufälle in dieses Land verschlagen haben.«

Benkis erwiderte nichts. Er wickelte das Paket aus, löste die Riemen und nahm das Buch vorsichtig aus der Leinenhülle. Die Spuren der Hundezähne waren noch zu sehen. Dann hielt er das Buch in Händen.

Es war sehr viel kleiner, als er gedacht hatte. Es war in Leder eingebunden, mit einem dunkelblauen Buchrücken und schwarzem Rand. Benkis schlug es auf.

Abt Claudius trat näher und betrachtete das Buch. Pica beugte sich über Benkis' Schulter. Auf der ersten Seite stand in kunstvoll verschnörkelter arabischer Schrift der Titel.

Benkis las vor: »Im Namen des Gnädigen und Barmherzigen. Dies ist ein medizinisches Lehrbuch, eine Zusammenstellung der von mir studierten, erprobten und angewandten Methoden der Medizin. Nebst Chirurgie und Heilmittelkunde. Nebst einer summarischen Tabelle der Anatomie des menschlichen Körpers.«

»Zeig es mir«, bat der Abt. »Mein Freund war damals

ein großer Liebhaber von summarischen und übersichtlichen Tabellen. Ich bin gespannt, welchen Schatz er uns mit diesem Buch übermittelt hat.«

Er blätterte in dem Buch, berührte vorsichtig das dünne Papier und strich mit den Fingern darüber.

»Ja«, sagte er. »So fühlt es sich an, das Papier. Seit wir in Córdoba studiert haben, habe ich kaum mehr ein Buch in den Händen gehabt. Ihr müsst wissen, dass es bei uns noch kein Papier gibt. Wir schreiben auf dem teuren und seltenen Pergament. Das Papier ist wohl weniger haltbar, aber sehr viel billiger herzustellen. Außerdem ist es viel leichter und feiner.«

Er blätterte. Blätterte weiter, versuchte, etwas zu lesen. Benkis bemerkte sein Erstaunen, seine Verwunderung. Irgendetwas stimmte nicht.

Dann lächelte der Abt und gab Benkis das Buch zurück: »Hier, sieh einmal, ob du es lesen kannst.«

Benkis sah hinein. Da stand in sauberer und klarer Schrift etwas geschrieben. Zeile für Zeile, Seite für Seite. Er blätterte weiter, fand Tabellen im Text, auch Zeichnungen. Doch alles, Zeichnungen und Tabellen, die Schrift war unentzifferbar. Es sah aus wie ein dichtes Netz von kleinen, nicht zu entwirrenden Strichen und Punkten.

»Was ist das?«, fragte Benkis ungläubig. »Es sieht wie arabische Schrift aus, aber es ist so klein, es ist zum Lesen einfach zu klein. Wie kann das sein?«

»Ja«, sagte der Abt. »Es ist zum Lesen zu klein. Das

Buch hat ein Geheimnis. Ich hätte es mir denken können. Auch Geheimnisse liebte mein Freund schon in Córdoba. Er hat sich nicht sehr verändert. Ich hätte es mir denken können, dass ein von ihm geschriebenes Buch nicht einfach so zu lesen ist.«

»Aber wie hat er das schreiben können?«, fragte Pica, die so etwas noch nie gesehen hatte.

»Ich weiß es nicht«, sagte der Abt. »Wenn er es geschrieben hat, dann wird er es auch wieder entziffern können. Also warten wir, bis Abu Tarik uns weiterhilft, oder …«

»Oder …?«, fragte Benkis.

»Oder das Buch wird nie gelesen werden.«

Benkis legte das Buch auf den Tisch.

»Jedenfalls danke ich euch beiden, dass ihr euren Auftrag so verantwortungsvoll ausgeführt habt. Ihr seid Gäste des Klosters, solange es euch gefällt.«

Damit entließ sie der Abt.

Als sie auf dem Gang standen, meinte Benkis enttäuscht: »Ich hatte gehofft, dass wir in dem Buch ein Medikament für die Krankheit des Gärtners finden könnten. Damit ist es nun nichts.«

»Aber wir können ihm im Garten helfen«, sagte Pica.

Sie suchten Bruder Florianus und fanden ihn auf seiner Gartenbank.

»Gerade haben wir dem Abt das Buch von Abu Tarik gebracht«, erzählte Pica. »Doch niemand kann es lesen, es ist zu klein geschrieben.«

Pica übersetzte nun das Gespräch, das sie führten, für Benkis.

»Dann könnt ihr beruhigt sein«, sagte Bruder Florianus. »Dann wird Abu Tarik auch hierher kommen und es entziffern. Er gehört bestimmt nicht zu den Menschen, die etwas unerledigt lassen.«

»Wenn er ertrunken ist, kann er uns dies Geheimnis nicht mehr verraten«, meinte Benkis düster. »Ich hatte gehofft, für Euch, Bruder Florianus, eine Medizin in dem Buch zu finden, gegen Euren Husten.«

»Gegen das Alter gibt es keine Medizin. Gott hat mir ein langes Leben gegeben. Damit kann ich wohl zufrieden sein.«

»Aber Gott hat auch eine Medizin geschaffen, die den Husten erleichtert. Eine Pflanze, die den Husten löst. Ich werde sie Euch bringen.«

Bruder Florianus lächelte Benkis zu und sagte: »Wenn du sie mir bringst, werde ich sie auch nehmen.«

Benkis erzählte von Abu Tariks Heilpflanzen. Von der Bedeutung der Düfte erzählte er. Zum Beispiel dem Weihrauch, der reinigend auf die Seele wirkte. Vom Rosenduft, der die Gefühle und den geistigen Körper erhebt.

»Auch wir verwenden den Weihrauch«, sagte der alte Gärtner, »und dies Wissen kommt aus Arabien.«

Benkis erzählte von der Wundbehandlung, der Wirkung des Weins, berichtete von dem Schimmelstaub, der bei Halsschmerzen half.

»Vielleicht solltet Ihr auch den Staub nehmen«, sagte Pica.

»Nein«, sagte Bruder Florianus. »Für solche Experimente bin ich zu alt.«

»Aber es hilft!«, meinte Benkis.

»Lass ihn«, sagte Pica und fügte leise hinzu: »Ich liebe dich trotzdem.«

»Oho!«, rief der Gärtner. »Die Sprache verstehe ich auch. Die beiden haben sich wohl gern, was?«

Benkis gab Pica einen flüchtigen Kuss, Bruder Florianus nickte ihnen zu.

Dann überfiel ihn plötzlich ein so starker Hustenanfall, wie Benkis und Pica es noch nicht erlebt hatten. Er bekam keine Luft mehr, sein Gesicht lief dunkel an. Sie legten ihn flach auf den Boden, Pica hielt seinen Kopf, Benkis eilte, um Hilfe zu holen. Pica sprach beruhigend auf ihn ein.

Ein Mönch half ihnen, ihn in seine Klause zu tragen. Dort legten sie ihn auf die Holzpritsche. Benkis deckte ihn zu.

Sie warteten, bis sich der Husten gelegt hatte.

Als sein Atem wieder ruhiger ging, fragten sie ihn, ob er noch etwas brauchte. Er dankte für alles. Sie gingen still hinaus.

23. Kapitel

Der Zauberer

Benkis wollte sich nicht damit zufrieden geben, dass das Buch nicht zu entziffern war. Noch einmal holte er es sich vom Abt und untersuchte es sorgfältig. Blätterte es Seite für Seite durch, besah sich die winzigen Zeichnungen, auf denen er wohl die Abbildungen von Menschen, von einzelnen Körperteilen entdecken konnte. Doch was die Zusatzzeichen und Anmerkungen bedeuteten, war nicht zu lesen, es war einfach zu klein. Und so viel er auch suchte, er fand keinen Hinweis, wie das Buch zu handhaben sei.

Er ärgerte sich, dass er das Geheimnis nicht lüften konnte.

»Geduld«, hörte er Abu Tarik sagen. »Alles kommt zu seiner Zeit.«

Es war aussichtslos, er musste das Buch zurückgeben.

Als Benkis wieder auf dem Hof war, flog Zad vom Turm herab. Benkis zog den Handschuh über und Zad setzte sich auf seine Hand. Er ging mit dem Falken zum Tor hinaus.

Der Pförtner, der ihn am Klang seiner Schritte erkannt hatte, sprach ihn an.

»Was ist das für ein Vogel, mit dem du sprichst, der so scharf schreit?«

Benkis klärte ihn auf. Er hielt Zad fest, damit der Blinde über das Gefieder streichen konnte, so machte er sich ein Bild von dem Vogel.

Benkis musste an Achmed denken, wie der sich gedreht hatte, bevor sie zur Mauer der Toten gegangen waren. Ob Makir wohl noch das Turmversteck aufsuchte?

Dann verabschiedete er sich vom Pförtner und eilte den Weg zum Fluss hinunter. Er setzte sich auf einen Stein am Wasser.

Er kraulte Zad und sagte: »Wir sind weit von zu Hause fort, Zad, gefällt es dir hier? Hier gibt es so viel Wasser, reißende Flüsse voller Wasser, und Wälder mit dichten, grünen Bäumen. Es ist ein fruchtbares Land. Und doch können die Menschen kaum lesen und schreiben, wissen fast nichts über die Medizin. Sie haben keine Krankenhäuser, und ihre Landwirtschaft ist so kümmerlich, dass sie sich nur schwer ernähren können. Dabei ist ihr Land so reich. Warum ist das so?«

Zad antwortete mit einem Flügelschlag.

Benkis ließ den Falken frei.

Er zog seine Kleider aus, wickelte den Verband vom Bein. Die Wunde war gut verheilt, frisches Wasser konnte ihr nicht schaden.

Er stieg ins Wasser, tauchte in ein tiefes Becken, das der Bergfluss zwischen großen Felsbrocken ausgespült hatte. Er schwamm in dem eiskalten, sprudelnden Wasser, bis er vor Kälte bibberte. Dann legte er sich auf ein Grasfleckchen zum Trocknen.

»Und noch etwas«, sagte Benkis zu Zad, der von einem Ast aus zuschaute. »Was bedeutet es, seinem Herzen Flügel zu geben, was meint er damit?«

Benkis musste wohl eingeschlafen sein, denn er wurde von einer Spinne geweckt, die über seinen Nacken krabbelte. Als er sie verscheuchen wollte und die Augen aufschlug, saß Pica neben ihm und kitzelte ihn mit einem Grashalm.

»Du Schlafmütze«, sagte sie. »Du bist ja nicht einmal richtig angezogen. Wenn das die Mönche sehen, bekommst du Ärger.«

Erschrocken sprang Benkis auf und suchte seine Hose. Pica hatte seine Kleider versteckt und machte sich furchtbar über ihn lustig, bis Benkis sie mit all ihren Sachen ins Wasser warf.

Später sonnten sie sich auf der kleinen Wiese.

Benkis und Pica brachten Bruder Florianus einen Kräuteraufguss aus zerstoßenem Anis und getrocknetem Salbei. Widerwillig nahm er die Schale und trank den Sud.

»Ich habe keinen Durst mehr«, sagte er zu Pica. »Was hatte ich früher für einen Durst. Ich konnte trinken und trinken, wie das Meer schluckte ich. Ganze Flüsse konnte ich austrinken.«

»Wenn du wieder gesund bist, wird auch der Durst zurückkommen«, sagte sie.

»Mein Mädchen, von diesem Lager stehe ich nicht mehr auf. Ihr müsst immer daran denken, dass ich ins Paradies gehen werde, wenn ich tot bin.«

Pica wiederholte die Worte für Benkis.

»Frag ihn, ob wir uns dann nicht wieder sehen«, sagte Benkis. »Wenn er in das Paradies der Christen geht und wir in das Paradies der Moslems, werden wir dann für ewig getrennt sein?«

Pica sah Benkis erstaunt an und sagte: »Warum willst du das wissen?«

»Frag ihn, bitte«, sagte Benkis.

»Es gibt nur ein Paradies«, sagte Bruder Florianus auf Picas Frage. »Gott hat den Menschen die verschiedenen Religionen gegeben. Aber nur ein einziges Paradies. Die Religionen sind nur die verschiedenen Wege, die zu einer Brücke führen. Der eine Weg ist gerade und lang, der andere Weg ist ein schmaler Pfad, schwer zu finden, schwerer noch zu gehen. Ihn gehen nur wenige. Dann gibt es Wege, die scheinbar so bequem dahinführen, doch haben auch sie ihre Tücken und Schwierigkeiten. Alle diese Wege führen zu einer einzigen Brücke, über die jeder gehen muss.«

Pica übersetzte es für Benkis.

»Das ist der Tod«, sagte er nachdenklich.

»Nur diese Brücke führt hinüber«, sagte Bruder Florianus sinnend und schwieg.

Benkis nahm die faltige Hand des alten Mannes und hielt sie fest. Er hatte ihn lieb gewonnen und wartete still am Krankenlager, bis er eingeschlafen war. Dann verließen sie die Klause und arbeiteten im Garten. Sie wollten dem Gärtner einen Gefallen tun, hackten die Beete, zupften Unkraut zwischen den jungen Pflanzen und lockerten die Erde.

Pica pflückte einen großen Strauß Frühlingsblumen, tat sie in einen Krug und stellte ihn auf einen Hocker neben das Bett. Er würde die Blumen sehen können, wenn er wieder aufwachte.

Die Glocke bimmelte zur Mittagsandacht. Gerade wollten sie den Garten verlassen, als sie den blinden Pförtner an der Mauer entlangkommen sahen. Er rief Benkis' Namen.

»Hier bin ich«, sagte Benkis. »Was gibt es, dass Ihr Euer Tor verlasst?«

»Eigentlich nichts Wichtiges«, sagte der Pförtner. »Kommt doch zum Tor, ich möchte mit euch reden.«

Die drei gingen um das Kloster und setzten sich unter das Torgewölbe.

»Nur ein Traum, den ich hatte«, sagte der Pförtner. »Der Falke hat ihn mir mit seinem Schrei wieder in Erinnerung gebracht. Er schrie und da fiel mir ein, dass er in meinem Traum auch geschrien hatte. Ich träumte, ich stände in Matou auf dem Marktplatz. Matou ist der nächstgrößere Ort von hier. Ich erkannte Matou, obwohl ich seit Jahren nicht mehr dort gewesen bin. Ich stehe unter den Platanen und sehe euren Abu Tarik daherkommen. Dabei kenne ich diesen Abu Tarik nur aus euren Erzählungen. Doch wusste ich genau, dass es Abu Tarik war, der über den Platz ging. Ein alter Bauer kam angehumpelt, ein sehr alter Mann, ganz schief im Kreuz. Er hatte wohl große Schmerzen. Der Bauer sprach mit Abu Tarik und zeigte ihm seinen schiefen Rücken. Nun, euer Abu Tarik hieß den Bauern sich hinzusetzen. Er zog kräftig an dem einen Bein, dann an dem anderen, fasste den Bauern an der Schulter und zack, der Bauer konnte sich wieder gerade aufrichten und gehen. Als habe er nie ein lahmes Kreuz gehabt. In dem Moment schrie der Falke und setzte sich auf meine Schulter, ich kraulte ihn. Dann wachte ich auf.«

Er lebt, dachte Benkis, ich bin mir ganz sicher.

»Ich möchte euch nun bitten, nach Matou zu reiten und nachzusehen, ob an meinem Traum etwas Wahres ist«, sagte der Pförtner. »Es könnte immerhin sein, dass ihr diesem Abu Tarik dort begegnet, nicht?«

»Gerne!«, rief Pica. »Wie kommen wir denn nach Matou?«

Der Pförtner beschrieb den Weg.

»Ihr könnt auf dem Esel reiten, das ist ein gutmütiges Tier. Und wenn ihr gleich aufbrecht, seid ihr am frühen Nachmittag dort.«

»Prima«, sagte Pica. »Ich bin noch nie auf einem Esel geritten.«

»Ich schon«, sagte Benkis und lachte.

Der Pförtner sagte ihnen, in welchem Stall sie den Esel finden würden. Sie holten ihn heraus, legten ihm das

Zaumzeug um und stiegen beide auf. Das Tier trabte zum Tor hinaus, der Pförtner winkte ihnen nach.

»Und verratet nicht, dass ihr wegen meines Traumes nach Matou reitet.«

Sie ritten flussabwärts, kamen an den steilen Kletterpfad und stiegen vom Esel ab. Bald sahen sie ins Tal der Durance, konnten die schmale Holzbrücke ohne Geländer sehen, wo Bruder Florianus sie gerettet hatte.

Sie wandten sich nordwärts, die Durance hinauf. Sie ritten in einem gemächlichen Trab, überquerten den Fluss zwischen großen Geröllbrocken und flachen Sandbänken und kamen auf einen viel befahrenen Weg. Händler und Kriegsknechte begegneten ihnen, Bauernwagen mit klobigen Rädern, eine Gruppe von Pilgern und zwei vornehme Herren zu Pferd.

Der Ort Matou lag in einem Seitental zwischen weiten Hängen, die Häuser waren aus rötlichem Sandstein und mit Lehmziegeln gedeckt.

Auf dem Marktplatz herrschte reges Treiben, Geschrei und Lärm.

Pica und Benkis suchten die hohen Platanen, die der Pförtner in seinem Traum gesehen hatte, doch wuchsen hier nur kleine Ahornbäume, die kaum Schatten gaben. Die Bauern hatten ihre Waren ausgebreitet, Oliven vom letzten Jahr, Walnüsse und Haselnüsse, Knoblauch und Zwiebeln, zu Zöpfen geflochten. Auch Trockenfleisch und frisches Gemüse gab es, doch nur wenig.

Sie drängten sich durch die Menge, den Esel im

Schlepptau, und suchten nach Abu Tarik oder hofften, zumindest einen alten Mann mit schiefem Kreuz zu entdecken.

Dann sahen sie eine Traube von Menschen an einer Ecke des Platzes stehen. Alle versuchten sich nach vorne zu drängen.

»Dort«, sagte Benkis.

Den Esel banden sie fest und quetschten sich durch die Menge.

»Ein Zauberer«, hörte Pica sagen.

Als sie in der vordersten Reihe standen, sahen sie einen Mann in fränkischer Kleidung neben einem jungen Burschen, sie sprachen miteinander.

Benkis' erster Gedanke war, es ist nicht Abu Tarik, er sieht so anders aus. Doch als er die Stimme hörte, klopfte sein Herz stark.

Es war Abu Tariks Stimme.

Er hätte schreien mögen, Abu Tarik lebte!

Jetzt würde auch der Gärtner überleben, Abu Tarik würde den Husten heilen können. Sie würden mit ihm zurückreisen. Endlich wieder in die Heimat, in die heiße Wüstenstadt.

Pica griff seine Hand. »Komm!«, sagte sie und zog ihn vor.

Abu Tarik drehte sich zu ihnen um und lächelte, sah sie lange an.

Der Traum stimmte nicht ganz, dachte Benkis, er hat einem Jungen geholfen, keinem alten Mann.

»Friede sei mit euch«, sagte Abu Tarik.

Dann fügte er ernst hinzu: »Wer sich durchsetzt, der hat Willen, wer auch im Tode nicht untergeht, der lebt.«

Ja, dachte Benkis, er hat sich nicht verändert.

Dann konnte er es nicht länger aushalten, er warf sich Abu Tarik in die Arme. Sie lachten und sprachen auf einmal, alle durcheinander, auch Pica umarmte den Arzt. Die Zuschauer wunderten sich über dies Schauspiel. Der junge Patient stand dabei und murmelte immer wieder: »Er hat mir den Rücken gerade gebogen. Er ist ein Zauberer, wirklich und wahrhaftig, ich kann es bezeugen.«

Benkis erzählte, dass im Kloster ein kranker Mönch läge, dem er unbedingt helfen müsse. Und das Buch könne niemand lesen.

Abu Tarik schmunzelte und sagte: »Aber ihr habt es ins Kloster gebracht, dafür danke ich euch. Es ist nur ein kleiner Trick mit dem Buch, nicht mehr. Wenn wir im Kloster sind, zeige ich es euch.«

Sie halfen, Abu Tariks Sachen zusammenzupacken und auf den Esel zu laden. Dann wanderten sie zum Kloster zurück.

Abt Claudius stand unter dem Torbogen und erwartete sie.

Hat der auch geträumt?, wunderte sich Benkis.

Abu Tarik schritt auf den Abt zu, erst langsam, er blieb stehen, sie sahen sich an, dann eilten sie aufeinander zu und fielen sich in die Arme. Wie zwei Brüder, die sich seit ewigen Zeiten nicht mehr gesehen haben. Sie lachten und weinten vor Freude und umarmten sich immer wieder.

Noch ehe Abu Tarik sich von der Reise erholt und umgezogen hatte, brachte ihn Benkis in die Gärtnerklause. Er hatte darauf bestanden.

Abu Tarik wechselte einige fränkische Worte mit dem Gärtner, betastete seinen Rücken, klopfte die Brust ab, er legte sein Ohr auf den Brustkorb und hörte ihn ab. Dann durfte sich Bruder Florianus wieder in die Decken legen, Abu Tarik gab ihm von dem Kräutertee zu trinken.

»Ich danke Euch, dass Ihr meine beiden jungen Freunde gerettet habt«, sagte er. »Was in meiner Macht steht, werde ich für Euch tun. Aber wie ich glaube, hat Abt Claudius schon alles Notwendige veranlasst. Mehr vermag auch ich nicht.«

Der alte Mönch nickte und lächelte.

»Danke«, sagte er mit leiser Stimme. »Ich bin froh, dass ich Euch noch begegnen durfte. Die beiden haben mir so viel von Euch erzählt. Ich war neugierig, das mögt Ihr mir verzeihen.«

Benkis und Pica standen weiter entfernt und hatten alles mit angesehen, Pica hatte Benkis erklärt, worüber sich die beiden unterhielten.

Warum kann er nicht zaubern, dachte Benkis, warum kann er nicht helfen?

Dann drehte er sich plötzlich um und eilte fort aus der Klause, verkroch sich in seiner Kammer. Er wollte allein sein.

Nicht einmal Pica wagte, ihm zu folgen.

Sie kannte den Tod, er war ihr nicht fremd. Eine jüngere Schwester von ihr war trotz der liebevollen Pflege ihrer Mutter gestorben. Ein Seemann war bei einem Sturm ertrunken, es gab so viel Schreckliches, der Tod gehörte dazu. Und es gab auch einen friedlichen Tod, das war etwas besonders Schönes.

Doch das konnte Benkis in dieser Situation nicht sehen.

Er hatte sich auf sein Lager geworfen und haderte mit dem Schicksal, haderte mit Abu Tarik, der doch in allem Rat gewusst hatte. Nur hier half er nicht.

Später klopfte Abu Tarik an Benkis' Tür und trat herein. Er sah den Jungen im zerwühlten Bett und setzte sich zu ihm. Das Buch hatte er mitgebracht, er schlug es auf. »Sieh«, sagte er. Er reichte Benkis ein geschliffenes Glas, durch das er sehen sollte.

»So einfach ist das Rätsel des Buches zu lösen. Mit diesem Vergrößerungsglas habe ich es geschrieben, damit kann man es lesen. Zum einen wollte ich Platz sparen, zum anderen es auch nicht für jeden zugänglich machen.«

Benkis staunte. Wenn er das Glas über die Schrift hielt, vergrößerte sich das Schriftbild ein wenig. Zwar

war es immer noch eine kleine Schrift, doch nun konnte er es lesen.

Dann erzählte Abu Tarik, wie es ihm seit dem Schiffbruch ergangen war.

»Zum Glück konnte ich mich auf unser morsches Boot retten. Es trieb kieloben, ich zog mich hinauf und band mich mit dem Gürtel fest. So überstand ich den Sturm, die Strömung trieb mich nach Westen, drei Tage lang. Dann rettete mich ein Fischer, nahm mich in seinem Boot auf und segelte mit mir in die Rhonemündung, bis nach Avignon. Er brachte mich in sein Haus, wo ich gastfreundlich aufgenommen wurde. Er hatte eine große Familie und war sehr besorgt um mich und meine Reisepläne. Ich konnte ihm eine gute Medizin gegen seine Schlaflosigkeit machen, worauf er seine Fürsorge verdoppelte. Bald trieb er einen entfernten Vetter auf, der mich die Rhone aufwärts mitnahm. Wir ritten zwei Tage durch das fruchtbare Tal zu einem anderen Verwandten, einem reichen Kaufmann. Den durfte ich in seinem Wagen begleiten. Ich will dich nicht mit Einzelheiten dieser unbequemen Reise langweilen. Es ging über unwegsame Höhenzüge bis ins Tal der Durance, wo mich dieser freundliche Herr an einen Onkel empfahl, der sich meiner annahm. Kurz und gut, ich gelangte nach Matou und erfuhr von dem Burschen, dass es weniger als eine halbe Tagesreise bis ins Kloster Qurterieux war. Der Bursche jammerte über starke Rückenschmerzen. Du weißt, dass man so etwas mit ein wenig Geschick und Kraft wieder einrenken kann. Gerade hatte ich meine Behandlung zur Verwunderung der Bewohner beendet, als ihr beiden kamt. Mir wurde auf meinem Weg immer geholfen, noch ehe ich um Hilfe bat.«

Komisch, dachte Benkis, Pica und ich mussten mit wilden Hunden und finsteren Ochsentreibern kämpfen.

»Später kannst du mir eure Erlebnisse berichten, Benkis. Ich bin müde und möchte mich ausruhen. Nur eine Frage noch, hast du inzwischen schweigen gelernt?«

Er ist unverbesserlich, dachte Benkis und musste lächeln.

Die Antwort fiel ihm nicht schwer: »Nein, schweigen kann ich noch nicht. Doch ich habe gelernt, wie schwer es ist. Um es ganz zu beherrschen, brauche ich Jahre.«

Abu Tarik nickte und sagte: »Das ist gut. Eins sollst du wissen, Benkis. Auch wenn unsere Wege sich wieder einmal trennen werden, so werden wir doch immer in Verbindung bleiben, ja?«

Er ist nicht nur unverbesserlich, dachte Benkis, sondern auch unverständlich. Er redet vom Abschied, wenn er gerade angekommen ist.

Er nickte stumm, ihm kamen die Tränen, doch er wollte nicht weinen, nicht jetzt. Abu Tarik verließ den Raum.

24. Kapitel

Abschied

Benkis legte im Garten ein neues Beet an. Es sollte für den Gärtner sein, falls er wieder gesund werden sollte. Ein Heilkräuterbeet, Bruder Florianus würde seine Freude daran haben.

Sorgfältig suchte er am Flussufer nach gleichmäßigen Kieseln und legte daraus die Umrandung. Die einzelnen Abschnitte für die verschiedenen Kräuer fasste er mit kleineren Steinen ein. Pica half ihm beim Sammeln und Auswählen der Kiesel. Sie mischte den Erdboden mit Stallmist und grub es im Beet unter. Schließlich hatten sie es fertig, es brauchte nur noch bepflanzt zu werden. Voller Übermut stürzten sie zum Fluss hinunter, verschwitzt und staubig, zogen sich die Kleider vom Leib und sprangen ins Wasser.

Es kühlte herrlich.

Sie schwammen und tauchten und versuchten sich gegenseitig unter Wasser zu drücken. Benkis merkte, dass Pica eine bessere Taucherin war als er, aber das war kein Wunder. Sie war ja auf dem Meer aufgewachsen.

Später lagen sie eine Weile faul im Halbschatten der Kiefern, rochen den harzigen Geruch, und Benkis versuchte Pica zu erklären, dass der Punkt der Ursprung aller Zahlen sei.

»Und du bist ein Ursprung voller Punkte«, meinte Pica kritisch. »Ich weiß nicht, ob ich mit so vielen Punkten etwas anfangen kann.«

»Du willst mich nicht verstehen«, sagte Benkis. »Das ist Mathematik.«

Sie kehrten zum Kloster zurück, gingen durch den Garten zur Klause.

Leise traten sie ein.

Bruder Florianus war wach und grüßte sie freundlich.

Er sah viel besser aus als am Tage zuvor, dachte Benkis. Die täuschten sich alle, er würde bestimmt wieder gesund.

Sie setzten sich zu ihm, Bruder Florianus trank etwas Tee.

»Der Abt hat mich gesegnet«, sagte Bruder Florianus zu Pica, die es Benkis übersetzte.

»Aber er sieht viel besser aus«, sagte Benkis. »Sag ihm, dass er wieder gesund wird.«

»Es stimmt, dass ich mich heute besser fühle«, sagte der Gärtner.

»Wir haben eine Überraschung für dich«, sagte Pica. »Wir würden sie dir gern zeigen, es ist draußen im Garten.«

»Auch ich habe eine Überraschung«, sagte der Mönch. »Allerdings ist sie nur für Benkis. Es tut mir ein wenig Leid, dass ich für dich nichts habe.«

»Darüber mach dir keine Gedanken«, sagte Pica schnell.

»Sag ihm, er soll aus meiner Truhe den länglichen, in ein Wolltuch gewickelten Gegenstand herausholen.«

Benkis tat, wie ihm der alte Mönch geheißen, und holte den Gegenstand aus der Truhe. Er wickelte ihn vorsichtig aus.

Dann hielt er eine wunderschöne Holzflöte in der Hand. Sie war aus Ebenholz, mit Elfenbein verziert.

»Ich möchte sie ihm schenken, da ich ja keinen Sohn habe und auch keine Familie mehr. Die Flöte hat mir einst mein Vater vermacht.«

Benkis schüttelte den Kopf.

»Doch«, sagte der Mönch. »Du darfst es annehmen.«

»Kennt er schon die Geschichte vom Dämon und Wiedehopf?«, fragte Benkis. »Wir können sie ihm erzählen.« Und Pica erzählte die Geschichte, Bruder Florianus hörte gespannt zu.

»Und deshalb schenke ich ihm die Flöte«, sagte Bruder Florianus, als Pica geendet hatte. »Außerdem habe ich ihn auf meinem Rücken hierher getragen, das wäre schon Grund genug. Ihr beide dürft nicht vergessen, dass die Liebe das Kostbarste ist, das es gibt.«

Pica lächelte ihn an und sagte: »Ich werde es bestimmt nicht vergessen.«

Der Schrei des Falken Zad ertönte.

Benkis blickte auf, wollte sie der Vogel vor etwas warnen? Aber hier gab es keine Gefahr.

Auch Pica blickte gespannt hinaus.

Als der Schrei ein zweites Mal ertönte, traten sie an die Tür. Zuerst konnten sie Zad nicht entdecken. Als sie an die Gartenmauer kamen, sahen sie ihn. Der Falke saß auf der höchsten Turmspitze und schlug wild mit den Flügeln. Er stieß zu ihnen herab. Benkis zog den Handschuh über, schon hockte der Falke auf seiner Hand.

Zad nickte so aufgeregt, wie ihn Benkis noch nie erlebt hatte. »Was hat er nur?«, fragte Benkis.

»Er will uns etwas sagen«, sagte Pica leise.

Ich weiß es, dachte Benkis plötzlich, ich ahne es zumindest.

Zad flog auf, er umkreiste Benkis und Pica, stieg höher und höher, umkreiste den Turm.

»Er will sich verabschieden«, sagte Pica nachdenklich, als habe sie Benkis' Gedanken erraten.

»Ja«, sagte Benkis traurig. »Ich habe es verstanden.«

Noch einmal stieß Zad einen seiner gellenden Schreie aus, dann war er nur noch als kleiner Punkt im Blau des Himmels zu sehen und verschwand gegen das gleißende Sonnenlicht.

»Fort ist er«, sagte Benkis.

Der Falke war zwar schon oft fort gewesen, doch diesmal, spürte Benkis, war es endgültig.

Versonnen blinzelte Benkis ins Sonnenlicht. Pica griff in seine Haare und zog leicht daran.

»Sei nicht traurig. Er hat seine Freiheit, das ist das Größte für einen Falken.«

Langsam kehrten sie in die Hütte zurück.

Sie traten an das Lager und blieben ehrfürchtig stehen.

Bruder Florianus lag dort ganz still, seine Augen blickten in eine weite Ferne. Eine sehr weite Ferne, in die kein menschliches Auge mehr folgen konnte. In den Händen hielt er die Flöte.

»Er lächelt«, sagte Benkis und nahm die Flöte an sich. Eine Träne lief über seine Backe. »Er schweigt, er ist tot. Friede sei mit ihm.«

Pica legte ihre Hände auf die Hände des Gärtners. Sie weinte.

Abu Tarik war leise in die Hütte getreten. Er kam an das Lager, schloss mit vorsichtiger Hand die Augen des Toten und sprach einen Segen.

Ihm folgten Abt Claudius und all die anderen Mönche, jeder trat heran und verabschiedete sich auf seine Weise vom Gärtner.

Sie hatten ihn alle geliebt.

Drei Tage hielten Benkis und Pica abwechselnd mit Abu Tarik und dem Abt die Totenwache. Darauf wurde der Gärtner auf dem kleinen Friedhof hinter der Sakristei begraben.

An diesem Abend stiegen Benkis und Pica auf den alten Turm. Abt Claudius hatte ihnen den Schlüssel anvertraut. Der Turm wurde sonst nicht mehr benutzt. Benkis öffnete die niedrige Tür. Alles war voller dichter Spinnweben und Staub. Aufgeschreckte Fledermäuse flatterten und schwirrten durch die Maueröffnungen, Mäuse sprangen die Treppe herunter.

Sie traten auf die Plattform hinaus. Weit breitete sich die Landschaft vor ihren Augen aus.

Benkis lehnte sich über die Brüstung.

Wie klein war der Klosterhof, wie winzig der Garten, die Ställe. Dieser Turm war sicher noch viel höher als sein alter Turm in Al Suhr, noch sehr viel höher.

Benkis holte tief Luft. Die letzten Tage waren traurig und ernst für sie beide gewesen. Und sehr anstrengend. Pica sah müde und erschöpft aus, ihre schwarzen Haare wehten im Wind.

Als ich sie zum ersten Mal sah, stand sie mit erhobenem Schwert zwischen ihrem Vater und ihrer Mutter und bedrohte die Seeräuber. Wie lange war das schon her?, fragte sich Benkis.

»Abu Tarik hat sich mit dem Klosterschmied zusammengetan«, sagte Benkis. »Er möchte mit dem Schmied ein neues chirurgisches Besteck machen. Seines ist im Meer versunken. Der Schmied ist ganz begeistert von diesem schwierigen Auftrag. Er ist ein weit gereister Mann, er hat in Damaskus die Bearbeitung des Sarazenenstahls ein wenig kennen gelernt. Die beiden verstehen sich glänzend.«

»Will er wirklich hier bleiben und die Mönche in der Heilkunst unterweisen?«, fragte Pica.

»Ja«, sagte Benkis. »Und was möchtest du?« Er sah sie von der Seite an.

»Ich möchte bei dir sein«, sagte Pica.

»Und ich bei dir«, sagte Benkis und lachte erleichtert. Übermütig küsste er sie.

»Und dann möchte ich mit dir meine Eltern und die Denebola suchen gehen«, sagte Pica. »Sie müssen wissen, dass ich lebe und glücklich bin.«

»Ja, das müssen sie wissen.«

»Und dann?«, fragte Benkis nach einer Pause.

Pica legte die Stirn in Falten und überlegte.

Der blinde Pförtner trat aus seinem Hoftor, überquerte den Platz und ging an den Springbrunnen, dort wusch er sich Gesicht und Hände, dann ging er in die Kirche hinein.

»Dann fahren wir mit der Denebola zurück an die Küsten Afrikas«, sagte Pica. »Mit dem ersten Kamel, das wir finden können, reiten wir nach Al Suhr.«

»Du wirst Mulakim und Jasmin und Makir und Abu Barmil kennen lernen. Und ich zeige dir die Mauer der Toten und den blinden Achmed, den Tänzer.«

»Und dann?«, fragte Pica, beantwortete sich die Frage aber gleich selber: »Gehen wir beide nach Bagdad, ich lerne schreiben und lesen, wir studieren Medizin. Ich werde die erste Frau sein, die Medizin studiert. Und dann?«

»Gehen wir auf das Schiff deines Vaters«, sagte Benkis. »Wir werden über das Meer fahren und in den Häfen die Kranken heilen. Wir werden die berühmtesten seefahrenden Ärzte, die die Welt je gesehen hat.«

»Ja«, stimmte Pica zu. »Denn ich kann nicht immer auf dem Land leben. Ich muss das Meer riechen können.«

»Und dann?«, fragte Benkis.

Pica lächelte und schmiegte sich an ihn: »Wenn ich traurig bin, dann spielst du mir auf deiner Flöte etwas vor.«

»Dann muss ich Flöte spielen lernen!«, rief Benkis.

»Ja«, sagte Pica. »Es wird höchste Zeit.«

Die Geschichte von Benkis, Pica und Abu Tarik ist eine erfundene Geschichte, auch die Orte und die Handlung sind frei erfunden.

Der historische Rahmen allerdings, die Einzelheiten, die erwähnt werden, sind nicht frei erfunden. Es könnte sein, dass es sich im Jahre 952 n. Chr. so zugetragen hat, wie es erzählt wird.

Worterklärungen

Aar	Altertümliche Bezeichnung für Adler
Aba	Arabischer Mantel
Allah	Die arabische Bezeichnung für Gott
Beduine	Angehöriger eines arabischen Hirten- und Wüstenvolkes
Beizvogel	Raubvogel für die Jagd
Burnus	Arabischer Kapuzenmantel
Dirham	Islamische Silbermünze, ihr Wert entspricht dem 7/100sten Teil eines Golddinars
Dinar	Islamische Goldmünze von etwa 4,25 Gramm
Dschinn(en)	Ein böser Geist
Felafel	Kichererbsengericht
Griechisches Feuer	Eine auf dem Wasser brennbare Mischung aus Schwefel, Steinsalz, Harz, Öl, Asphalt und gebranntem Kalk
Hadschi	Ehrenbezeichnung für einen Mekkapilger
Islam	Eine der fünf großen Weltreligionen. Ihr Stifter war Mohammed, der um 570 in Mekka geboren wurde. Die wichtigsten Gebote des Islam sind:

	Das Bekenntnis zu Allah und seinem Propheten Mohammed. Das Gebet fünfmal täglich zur vorgeschriebenen Zeit. Das Geben von Almosen. Einmal im Leben die Pilgerfahrt nach Mekka. Das Fasten im Monat Ramadan.
Kalligraphie	Schönschreibkunst
Karawanserei	Unterkunft für Karawanen
Lateinersegel	Dreieckiges Segel
Mantra	Mystische Silbe oder Bild
Mekka	Geburtsstadt Mohammeds auf der arabischen Halbinsel
Minarett	Turm einer Moschee, von dem der Muezzin zum Gebet aufruft
Moschee	Islamisches Gebetshaus
Moslem	Gläubiger des Islam
Muezzin	Gebetsrufer
Pilaw	Hammel-Gemüse-Eintopf
Poseidon	Der griechische Meer- und Wassergott
Refektorium	Speiseraum im Kloster
Sari	Indisches Umschlagtuch, das entweder den Oberkörper oder den ganzen Körper verhüllt
Schebecke	Segelschiff auf dem Mittelmeer
Scheich	Stammesoberhaupt oder Titel für einen Gelehrten
Scherbett	Kühles Getränk aus Fruchtsaft und Zucker

Schurta	Polizeitruppe, die neben der Armee für Ordnung sorgt
Spriet	Querbalken, an dem das lateinische Segel befestigt ist
Tserniki	Griechischer Segler
Veda(en)	Älteste Sammlung heiliger indischer Schriften
Yoga	Ein indisches religiöses System, das mit geistiger und körperlicher Selbstdisziplin arbeitet

Geoffrey Trease
Das Goldene Elixier
Abenteuer-Roman
Aus dem Englischen von Abraham Teuter
Gulliver Taschenbuch (78144), 224 Seiten *ab 12*

England, 13. Jahrhundert: Robin, als Aussätziger aus seinem Dorf
vertrieben, wird Zeuge eines brutalen Überfalls. Bei seinem
Anblick machen sich die Räuber aus dem Staub. Der Gerettete,
ein jüdischer Arzt, bietet Robin an, ihn von der Hautkrankheit zu
heilen, die der Dorfpfarrer für Lepra gehalten hat. Der Junge wird
jedoch nicht mehr in die Dorfgemeinschaft aufgenommen.
Er kehrt zu Salomon, dem jüdischen Arzt, zurück und erlebt,
wie König Edward die Juden aus England vertreibt.
Die Königin aber braucht Salomon, denn er soll ihr eine Medizin,
das Goldene Elixier, aus Spanien beschaffen. Eine lange,
gefahrvolle Reise beginnt …

Beltz & Gelberg
Beltz Verlag, Postfach 100154, 69441 Weinheim

Bruce Clements
Ein Amulett aus blauem Glas
Abenteuer-Roman
Aus dem Amerikanischen von Marion Balkenhol
Gulliver Taschenbuch (78210), 192 Seiten *ab 12*

Sydne und ihr jüngerer Bruder Juls sind Schausteller. Von Ostern bis Wintereinbruch ziehen sie mit ihren Eltern über Land. Sie jonglieren, zeigen Kunststücke und spielen Theater. Am Ostermontag des Jahres 831 segelt draußen auf dem Meer schwer beladen ein Wikingerschiff. Ein letztes Mal vor der Heimkehr wollen die Wikinger anlegen, um Jagdhunde und Sklaven zu erbeuten. Ihnen fallen Sydne und Juls zum Opfer …

»… eine sehr spannende Geschichte, voll von Bildern und Eindrücken aus dem rauhen Leben der Wikinger.«
Susanne Steimer, ESELSOHR

Beltz & Gelberg
Beltz Verlag, Postfach 100154, 69441 Weinheim

Arnulf Zitelmann
Unter Gauklern
Abenteuer-Roman aus dem Mittelalter
Mit Nachwort des Autors
Gulliver Taschenbuch (78021), 192 Seiten *ab 12*

Martis, der Schafsjunge des Klosters, steht unter Verdacht, mit der seltsamen Babelin in geheimer Verbindung zu stehen. Als Babelin verbrannt wird, flieht Martis aus dem Kloster und schließt sich den Fahrenden und Gauklern an. Dort trifft er das Zigeunermädchen Linori wieder, dem er das Leben gerettet hat. Zusammen erleben Martis und Linori ein Stück mittelalterliche Geschichte.

»In einem Nachwort geht der Autor sehr ausführlich auf die gesellschaftlichen Verhältnisse und die verschiedenen geistigen Strömungen im Mittelalter ein, er erklärt auch, auf welche historischen Tatsachen und Quellen er seine Geschichte stützt. Das Buch ist trotzdem nicht geschichtsbuchhaft trocken geschrieben, sondern sehr lebendig.«
Der Tagesspiegel

Beltz & Gelberg
Beltz Verlag, Postfach 10 01 54, 69441 Weinheim

WAU! Was alles in mir steckt!

Lesehund
Bildergeschichten
Märchen
Fortsetzungsroman
Geschichten
Gedichtladen
Hundsthema
Erzählwettbewerb
Rätselhaftes
Bericht
Entdeckung

»Die wohl lustigste, sorgfältigste, anregendste Kinderzeitschrift auf dem deutschsprachigen Markt.«

Basler Zeitung

Der Bunte Hund

MAGAZIN FÜR KINDER IN DEN BESTEN JAHREN

Unterhaltung fürs ganze Jahr:
Geschichten, Rätsel, Bilder und so weiter von bekannten Autoren
und Autorinnen, Künstlerinnen und Künstlern.
Mit Erzählwettbewerb für Kinder.

Erscheint dreimal im Jahr, 64 Seiten, vierfarbig,
DM 12,80 (Jahresbezug DM 30,– incl. DM 4,50 Porto)
In jeder Buchhandlung.

Beltz & Gelberg
Beltz Verlag, Postfach 10 01 54, 69441 Weinheim